Drei Secondos

Meinen Söhnen Joël-Sami und Julien-Zakaria, mit dem größten Stolz, den ein Vater haben kann, und allen Secondos und Secondas dieser Welt!

Inhalt

Die junge Fatima ist Tochter eines Tunesiers und einer Schweizerin. Ihr Vater verließ die Familie, als sie erst ein Jahr alt war. Im Alter von dreißig Jahren macht sie sich auf eine Reise, von der sie nicht viel erwartet: sie will lediglich ihren Vater finden, ihm ihre Meinung sagen und zurückkehren.

Yves ist ebenfalls Sohn eines Tunesiers und einer Schweizerin und fliegt auf Drängen seines Vaters nach Djerba, um seine Großmutter wiederzusehen, die ihn letztmals als Jugendlichen gesehen hatte.

Schließlich fliegt Khaled, Sohn zweier tunesischer Gastarbeiter, mit demselben Flug nach Djerba. Er will in Ben Guerdane seine Verlobung feiern.

Die drei unterschiedlich aufgewachsenen »Secondos« treffen sich und erzählen einander ihre Geschichten …

Der Autor lässt verschiedene Verwandte und Bekannte zu Wort kommen, die vom selben Ereignis eine andere Sicht haben. Das Leben dieser drei Secondos, Träger zweier Kulturen, wird so aus verschiedenen Seiten beleuchtet.

Amor Ben Hamida

Drei Secondos

Auf der Suche nach Identität

Bibliografische Information der Deutschen Nationalbibliothek:
Die Deutsche Nationalbibliothek verzeichnet diese Publikation in der Deutschen Nationalbibliografie; detaillierte bibliografische Daten sind im Internet über < http://dnb.d-nb.de > abrufbar.

Coverbild: Khadija Illustrationen, Teufen/Schweiz
Satz, Umschlagdesign, Herstellung und Verlag: Books on Demand GmbH, Norderstedt
ISBN: 978-3-8334-8670-8

Inhalt

Vorwort

Liebe Secondos!

Seht ihr? Man hat für euch schon einen Namen erfunden. Ihr seid nicht die Primos. Die Ersten sind in der Regel bessergestellt als die Zweiten, in jedem Spiel, aber das Leben ist eben kein Spiel und daher seid ihr, die Secondos, besser angesehen als eure Väter, die Primos. Von euch erwartet man, dass ihr besser angepasst seid als eure Väter. Ihr habt es aber am schwersten. Wir, eure Väter, können jederzeit sagen, wir wollen uns nicht anpassen, weil wir nur in Transit sind in Europa. Ihr aber, was wollt ihr für Argumente bringen? Dass eure Eltern euch nach ihren Prinzipien und Traditionen erziehen wollen? Das ist, wie wenn ich in einem Boot sitze und mich weigere, schwimmen zu lernen, weil ich ursprünglich aus der Wüste stamme! Ihr habt eben keine Entschuldigung und keine Ausrede für Nicht-Integration. Ihr werdet hin- und hergerissen; einerseits zieht euch die Familie eures Vaters zu sich, will, dass ihr nach ihren Traditionen lebt, wünscht sich, dass auch ihr dieses Europa als vorübergehendes, notwendiges Übel anseht und bald wieder zu ihnen kommt. Andererseits werdet ihr von euren Freunden, Schulkameraden, Arbeitskollegen zur Teilnahme an ihrem kulturellen und sozialen Leben eingeladen und ermutigt.

Eure Sandwich-Position ist schwerer zu ertragen als unsere, denn wir haben uns bereits für die eine oder andere Seite entschieden. Ihr aber steht ständig unter diesem Einfluss der beiden Kulturen, die euch für sich gewinnen wollen. Es ist falsch, nur in der Wüste leben zu können und sich doch ins tiefe Meer zu getrauen. Genau so falsch ist es, ein guter Schwimmer zu sein, aber die Hitze der Sahara nicht zu ertragen. Ihr, die Secondos, tragt eben beides in euch: Sand und Wasser, heiße Sonne und kühlen Schatten, ihr seid eigentlich die Gewinner, die Ausgeglichenen, die mit den beiden Kulturen im Herzen.

So lange ihr klein seid, wird irgendjemand über eure Zukunft entscheiden. Vergebt, wenn der Entscheid falsch war. Das geht allen Eltern so.

Aber wenn ihr groß genug seid, entscheidet selber. Es ist nie zu spät. Und es ist nie schwer, sich in die Mitte zu setzen, denn von beiden Extremen aus gesehen liegt die Mitte am nächsten!

Ihr habt eine reiche zweite Heimat. Ihr habt mehr als jene dort und mehr als diese hier. Ihr seid Träger zweier Kulturen, ihr seid die idealen Vermittler. Das ist eine edle und noble Aufgabe. Nehmt sie wahr. Verteidigt und erklärt, auf beiden Seiten. Um es mit einer leichten arabischen Übertreibung zu sagen: Ihr seid die Hoffnung dieser sich globalisierenden, sich geographisch näherkommenden, aber intellektuell und kulturell auseinandergleitenden Welt! Denn ihr seid die grauen Elemente in einer schwarz-weißen Anhäufung! Das Schwarz kann niemals von sich aus heller werden, so wie das Weiß von sich aus nicht dunkler wird. Ihr aber tragt je eine Hälfte dieser Farben. Das kann euch niemand nehmen!

Und seht es doch von der richtigen Warte aus: Hier werdet ihr beneidet um eure schöne Mischlingshaut, dort werdet ihr beneidet um eure Gesundheit, euer gutes Aussehen, eure Fähigkeit, eine andere Sprache zu sprechen. Neid, meine jungen Freunde, ist ein gutes Zeichen – für den Beneideten!

Liebe Secondas!

Ihr, die weiblichen Kinder einer bikulturellen Familie, ihr seid im Kreuzfeuer der Kritik, wenn ihr nach Hause geht, also dorthin, wo euer Vater zu Hause ist. Denn dort wird man euch zwei, drei Sachen vorwerfen, die man den Jungs einfach nicht vorhalten kann. Die alte Leier: In der islamischen Welt kann ein Mann wenig Fehler machen, eine Frau aber … Wenn man also von euch weiß, dass ihr in die Discos geht, womöglich Alkohol trinkt, euch auch noch mit Jungs trefft und diese Jungs zudem noch Christen sind, wenn man sieht, dass ihr knappe Röckchen, enge Hosen und einen tiefen Ausschnitt tragt, dann sind das alles Dinge, die man euch vorwerfen wird. Einem Jungen kann man vorwerfen, dass er trinkt und nicht betet.

Ihr könnt beim besten Willen diese Problematik nicht lösen, ihr könnt ihr lediglich aus dem Weg gehen, indem ihr in Tunesien, Marokko, Ägypten und anderswo versucht, euer Verhalten dem eurer Cousinen anzupassen, natürlich derjenigen, die von euren Großeltern und Onkeln »akzeptiert« werden. Eine Diskussion über das Tragen eines weiten Ausschnitts werdet ihr nicht gewinnen. So könnte sie ablaufen:

- *Onkel: »Warum tragt ihr eure halben Brüste zur Schau?«*
- *Ihr: »Weil es alle tun und weil es mir gefällt!«*
- *Onkel: »Ich sage euch, wieso ihr das macht. Die Frau will dem Mann gefallen, ihn in die Falle locken, ihr könnt das nicht mit Worten oder anderen Vorzügen, also benutzt ihr euren Körper. Und was wollt ihr damit erreichen? Nur körperliche Liebe. Welcher Mann will fünfzig Jahre mit einer Frau leben und sie und ihre Kinder versorgen, weil sie seinen Blick mit ihren Brüsten gefangen hat? Ihr gehorcht einer natürlichen, niedrigen Eigenschaft des Menschen, die er aber besiegen sollte: unbeherrschbarer Drang nach Lust. Und was ist mit jenen, die einen Mann haben und so herumlaufen? Wollen sie damit ihrem Mann gefallen, der neben ihnen geht? Oder einem anderen, der ihnen entgegenkommt? Will die Frau sich selber und ihrem Mann gefallen, dann kann sie das alles zu Hause machen, warum in aller Welt muss das in der Öffentlichkeit sein? Und noch etwas: Was ist mit all jenen, die nicht so schöne Körper haben? Ist es nicht niedrig und gemein ihnen gegenüber? Und zum Schluss noch: Was hindert einen betrunkenen Mann daran, einer solchen Frau etwas anzutun? Sie bietet ihm etwas an und gibt es dann doch nicht?*

Natürlich könnt ihr euch in nächtelange Gespräche mit euren Verwandten verwickeln. Oft aber scheitert es an der Sprache oder an der Tatsache, dass diese Tabus nicht gern diskutiert werden!

(aus: »Mit arabischen Grüßen« von Amor Ben Hamida)

Mit dieser Erzählung will ich meine Erfahrungen und Gedanken zum Thema Zweitgeneration all jenen weitergeben, die damit Probleme haben: den Eltern, den Familien dies- und jenseits der Kulturgrenzen, den Freunden, Lehrern und Bekannten von Secondos und Secondas.

In der Hoffnung, der eine oder die andere finde hier Bestätigung, Anregung, Hilfe oder Erklärung zu manchem Problem …

Die Begegnung

Im Flughafen Zürich-Kloten ertönte aus dem Lautsprecher: »Meine Damen und Herren, wir bedauern, Ihnen mitteilen zu müssen, dass der Flug nach Djerba TU 4523 verspätet ist.« Auf der Anzeigetafel veränderte sich die Abflugzeit um zwei Stunden und diese rote, jedem Passagier verhasste Farbe erschien, die nun »verspätet« anzeigte.

Die Mienen der Urlaubspassagiere wurden denn auch sofort anders. Aus den erwartungsvollen, ungeduldigen Gesichtern voller Vorfreude wurden hier verärgerte, hier gelangweilte. Ein junger Mann schien nicht besonders emotional auf die Ansage zu reagieren, zückte lediglich sofort sein Handy und rief an: »Hey Dad, typisch Tunis-Air, Verspätung, aber nicht eine halbe Stunde – zwei Stunden.« Er lachte. Es musste am anderen Ende eine Bestätigung für seine Annahme gegeben haben, dass man sich bei Flügen von Zürich nach Djerba auf so etwas gefasst machen musste, besonders um diese Jahreszeit, Mitte Juli. Er verabschiedete sich von seinem Vater. Dann ging er zum Desk der Fluggesellschaft, denn diese hatte einen Gutschein für einen Drink und ein Sandwich versprochen. Er nahm den Voucher im Wert von zehn Franken entgegen und ging damit in Richtung Bar. Dort war schon eine Schlange entstanden. Der Barmann war zwischen der Vorfreude auf den gesteigerten Umsatz und dem Stress durch die verlangende, rufende und fuchtelnde Menge hin- und hergerissen. Endlich konnte der junge Mann mit orientalischem Gesichtsausdruck, braunem Haar und hellem Teint ein Sandwich und einen Kaffee ergattern. Immer mehr Menschen gingen in Richtung Bar, so auch eine etwa dreißigjährige Frau mit dunklen Augen und hellbraunem Haar.

Der junge Mann nahm an einem kleinen Tisch Platz und verzehrte sein Sandwich, schlürfte an seinem Kaffee und schrieb Kurzmitteilungen. Als die junge Frau auch zu ihrem Drink und dem Käsebrötchen gekommen war, suchte sie einen Platz und fand ihn bei dem jungen, orientalisch aussehenden Mann. »Isch da no frei«, fragte sie auf Schweizerdeutsch, in der Vorahnung, dass der junge Mann sie verstehen würde. »Klar«, antwortete dieser und schrieb weiter.

Die junge Frau hatte eine helle Hautfarbe, einen nordafrikanischen Blick und eine arabische Nase, nicht besonders groß, aber etwas breit und mit leicht runder Spitze. Aus diesem Grund schien ihre Kleidung nicht zu ihr zu passen: die engen, körperbetonten Jeans, die feine Bluse, die ihren Büstenhalter erahnen ließ. Das feine, seidene, farbige Halstuch musste teuer gewesen sein. Auch ihr Parfüm war keineswegs eines dieser Düfte, die arabische Frauen trugen, stark und nach Kölnisch Wasser riechend, sondern ein feines Düftchen aus edlem Hause. Gelegentlich sah der junge Mann zu ihr auf oder an ihr vorbei oder einfach in ihre Richtung, denn sie fiel ihm durch ein Telefongespräch auf, das sie mit ihrer Mutter führte:

»Hör zu, Mami, wir haben Verspätung, wie du geahnt hast. Ich werde wahrscheinlich erst am frühen Abend landen. Ich rufe dich dann von Jerba an, o. k.? Und mach dir bitte keine Sorgen, ich bin alt genug.«

Die Art, wie sie »Jerba« aussprach, fiel dem jungen Mann auf. Zunächst dachte er, sie sei Araberin, womöglich Tunesierin. Aber ihr perfektes Schweizerdeutsch und ihr Parfüm, ihr sicherer Blick, als sie ihn fragte, ob der Platz frei sei, ihre Kleider und ihre sehr gepflegte Erscheinung ließen ihn zweifeln. Sein Vater hatte ihm oft von jungen tunesischen Frauen erzählt. Das war keine Tunesierin, zumindest keine reine. Aber der Akzent, oder vielmehr der fehlende Akzent bei der Aussprache von »Jerba« ließ ihn wieder annehmen, sie könnte genau wie er Kind einer binationalen Ehe sein, eines Tunesiers und einer Schweizerin. Sie sagte nämlich nicht »Djerba« mit einem »D« am Anfang, sondern lediglich »Jerba«, so wie es sein Vater aussprach.

Er musste sie zu lange angeschaut haben, denn plötzlich fragte sie ihn: »Fliegst du in die Ferien oder zu Verwandten?«

»Zu Verwandten, zur Familie meines Vaters.«

»Auf Jerba?« Der junge Mann schaute etwas verdutzt. Sie musste den gleichen Verdacht gehabt haben wie er bezüglich seiner Herkunft. »Ja, mein Vater holt mich am Flughafen ab. Und du?«

»Nach Zarzis. Ich gehe zu meinem Vater.« Sie sprach dieses Wort so komisch aus, dass der junge Mann sie erneut fragte: »Zu wem?« »Zu meinem Vater, meinem leiblichen. Ich habe ihn noch nie gesehen, zumindest nicht bewusst.«

Eine kurze Pause war unumgänglich.

»Du kennst deinen Vater nicht? Und du gehst ihn jetzt einfach so besuchen? Erwartet er dich denn?«

»Nein, er weiß nichts von seinem Glück. Er hat vielleicht auch schon vergessen, dass es mich gibt, seine Tochter in der Schweiz.«

»Ich bin Yves.« Der junge Mann streckte seine Hand aus, welche die junge Frau mit einem herzlichen Händedruck nahm. »Ich bin Fatima.«

»Dein Vater hat dich alleingelassen, mit deiner schweizerischen Mutter?«

»Ja, als ich ein Jahr alt war, beschloss er, sich von meiner Mutter zu trennen und nach Tunesien zurückzugehen.«

Yves spitzte die Lippen, als wenn er etwas fragen wollte, aber nicht wusste, was und wie. Und Fatima kam ihm entgegen.

»Die klassische Geschichte. Er hat meine Mutter 1977 kennengelernt, als er von Deutschland kommend eine Woche Ferien bei einem Freund in St. Gallen verbrachte. Sie verliebten sich und heirateten. 1978 kam ich auf die Welt. Und 1979 verließ er die Schweiz wieder.«

Mitten in ihrem Gespräch stand plötzlich ein anderer junger Mann an ihrem Tisch, einen Kaffee und ein Käsebrot in den Händen, dem Gesicht nach eindeutig Tunesier, und fragte, ob hier noch ein Platz frei wäre. Beide Gesprächspartner sagten nur kurz: »Ja«, und redeten weiter. Der junge Mann setzte sich und fühlte sich fast unerwünscht. Als er aber die Ausführungen von Fatima interessiert mitverfolgte, wurde sie auf ihn aufmerksam.

»Du bist sicher Tunesier?«, fragte sie ihn. »Ja«, antwortete er, »ihr seid es auch, oder?«

»Ich bin Yves. Und das ist Fatima.«

»Ich bin Khaled.«

Sie begrüßten den neuen Tischgast und redeten weiter.

»Also, wie war das? Dein Vater lebte eine Zeit lang in der Schweiz, davor in Deutschland, dann heiratete er deine Mutter?«

»Ja«, antwortete Fatima, »ich war eigentlich ein unerwünschtes, ungeplantes Kind. Und vielleicht hätte ich gar nicht auf die Welt kommen dürfen. Meine Mutter ist katholisch, die hatte sich kein Kind vor der Ehe vorstellen können. Und mein Vater ist Moslem, du weißt, was das heißt bezüglich außerehelichen Kindern und Sex vor der Ehe, schlimmer als die Katholiken. Na ja, Geschwister, oder zumindest Halbschwestern, habe ich jetzt, in Zarzis, Neila und Hanan. Sie sind achtzehn und zwanzig Jahre alt. Stellt euch vor! Und ich habe sie noch nie gesehen, nur Fotos vor vielen Jahren.«

»Hattest du denn Kontakt zu deinem Vater oder zu deinen Geschwistern?«

»Kontakt ist übertrieben. Zuerst war anscheinend Funkstille. So erzählte es mir meine Mutter. Er meldete sich über Jahre nicht. Dann, plötzlich, eine Postkarte aus Zarzis, einfach so. Ich weiß nicht, was er damit bezweckte. Jedenfalls ging die Diskussion um meinen Vater wieder von vorne los. Ich wollte halt einiges wissen und meine Mutter musste mir erzählen. Auf der Postkarte schrieb er, dass er zwei Töchter hätte, eine wäre zehn, die andere acht Jahre alt. Meine Mutter hat nie geantwortet.«

»Und wie hast du nun herausgefunden, wo er wohnt?«, fragte Yves.

»Ich habe nachgeforscht. Irgendwann, ich weiß auch nicht, vielleicht im Alter von zwanzig, entstand bei mir die fixe Idee, dass ich diesem Mann begegnen und ihm in die Augen schauen und sagen will: ›Ich bin Fatima, deine Tochter.‹ Dann würde ich mich ohne weitere Worte umdrehen und für immer verschwinden, ihn in seinen Gedanken, vielleicht seinem Schmerz und seinen Tränen, alleinlassen.«

»Du wolltest es wie Johnny Cash machen«, fügte Yves ein, »seinem Vater begegnen, der ihm einen grässlichen Namen gab, und sagen: ›My name is Sue, how do you do?‹ Nur Johnny Cash wollte in diesem Lied seinen Vater töten, aber am Schluss hat er herausgefunden, dass sein Vater es bewusst gemacht hatte, damit der Junge sich im Leben besser durchschlagen konnte.«

»Mein Vater hat mir diesen Namen nicht gegeben, damit ich stark werde. Er hat uns einfach unserem Schicksal überlassen und ging nach Hause. Er hat keine Ahnung, was meine Mutter nach seiner Flucht durchmachen musste.«

Khaled fragte leise: »Weißt du denn, was er selber durchgemacht hat? Ich kann mir nicht vorstellen, dass ein Mann, ein Araber und Moslem, so gefühllos seine Tochter und seine Frau verlässt und sich nie wieder Gedanken macht.«

Fatima schaute ihn verdutzt an, aber ihre Antwort kam rasch: »Ich weiß von meiner Mutter, dass er knallhart war. Eines Tages packte er seine Sachen und ging. Er habe sich nicht einmal richtig von mir verabschiedet. Nein, ich glaube nicht, dass er je an uns gedacht hat in diesen neunundzwanzig Jahren.«

»Krass«, sagte Yves.

»Jetzt habe ich aber genug erzählt, jetzt seid ihr dran!«

Khaled ergriff das Wort sofort, aus dem schüchternen Jungen wurde ein gesprächiger Mann.

»Meine Eltern sind beide Tunesier, von Ben Guerdane. Sie waren schon verheiratet, als mein Vater in die Schweiz ging, um einen Cousin zu besuchen. Er blieb etwas länger, klassisch für damals, versteckte sich nach Ablauf seiner dreimonatigen Frist eine Weile, dann fand er Arbeit, bestimmt schwarz, ich habe diese Geschichte nie ganz verstanden. Plötzlich hatte er einen B-Ausweis, dann, fünf Jahre später, die Niederlassung. Und dann holte er meine Mutter nach. Seither leben sie in der Schweiz. Ich kam 1980 auf die Welt. Mein Vater schickte mich im Alter von fünf nach Tunesien zurück, damit ich die Schule in Ben

Guerdane besuche. Trotz Tränen und Trauer meiner Mutter hat er es tatsächlich durchgesetzt, weil er ihr immer sagte, sie würden dann fünf Jahre später sowieso wieder heimgehen. Aber sie sind heute noch in der Schweiz. Ich habe fünf Jahre bei meiner Großmutter gelebt. Das tat manchmal schon weh, wenn die Eltern in die Ferien kamen und ohne mich wieder abreisten. Aber im Alter von zehn habe ich gesagt, ich wolle in die Schweiz zu meinen Eltern, sonst würde ich irgendeinen Blödsinn machen. Meine Eltern willigten ein. Nur leider hatte ich inzwischen fünf Jahre verloren. Ich konnte kaum mehr Deutsch, in der Schule in der Schweiz war ich immer der Schwächste. So blieben mir auch nicht viele Möglichkeiten für eine Ausbildung übrig. Ich arbeite heute in dem Betrieb, wo mein Vater seit zwanzig Jahren angestellt ist. Und nun fliege ich nach Hause, um mich zu verloben. Und wie ist deine Geschichte?«

»Tja«, sagte Yves, »meine Geschichte klingt ja nach gar nichts, wenn ich eure höre. Mein Vater ging in der Schweiz zur Schule, also er kam als Student nach Lausanne und hat meine Mutter am Ende seines Studiums kennengelernt. Er war zuerst Chemie-Lehrer in Zürich, aber dann stieg er um in den internationalen Verkauf. Mein Bruder Jean und ich wuchsen eigentlich ganz schweizerisch auf. In der ganzen Familie sprach nur unser Vater Arabisch. Aber er hat nie verlangt, dass wir oder unsere Mutter uns ihm anpassen. Wir gingen auch quasi nie nach Tunesien in die Ferien. Ich weiß heute noch nicht, wieso. Ich wäre als Kind gerne öfter nach Djerba gegangen, aber mein Vater ging meistens alleine. Er hat viel gearbeitet und uns in der Schweiz alles ermöglicht, Winterferien in Davos etwa.

Ich habe Informatik studiert. Mein kleinerer Bruder macht die Hotelfachschule in Lausanne. Ich bin kein echter Moslem, genau so wenig, wie es mein Vater ist. Er ist Weinkenner und somit bestimmt kein Moslem in den Augen der meisten Moslems. Aber er hat uns immer von Allah, Mohammed und dem Koran erzählt. Er hat uns immer gesagt, dass eigentlich Christentum, Judentum und Islam dieselben

Religionen sind, dass nur die Zeiten anders waren, zu denen diese Gesandten und Bücher kamen. Und vor allem hat er uns nie zu etwas gezwungen.«

Nach diesen Zusammenfassungen ihrer verschiedenen Lebensgeschichten entwickelte sich folgendes Gespräch:

Yves: »Ich hole uns noch was zu trinken, was möchtet ihr?«

Fatima: »Ich nehme jetzt gern ein Glas Weißwein.«

Khaled: »Du trinkst Alkohol?«

Fatima: »Ja, etwas dagegen?«

Khaled: »Nein, ist deine Sache. Ich dachte nur, du bist doch Muslimin!«

Fatima: »Nein, bin ich nicht. Ich bin konfessionslos.«

Khaled: »Aber das ist nicht möglich. Nach islamischem Recht bist du Muslimin, wenn dein Vater Moslem ist.«

Fatima: »Verlässt nach islamischem Recht ein Vater seine einjährige Tochter?«

Khaled: Schweigen ...

Fatima: »Also!«

Khaled: »Und was hast du für einen Glauben, Yves?«

Yves: »Ich bin getauft und beschnitten.«

Khaled: »Das verstehe ich nicht, dein Vater ist doch auch Moslem. Warum ließ er dich taufen?«

Yves: »Weil meine Mutter Christin ist. Darum. Deine Eltern sind beide Moslems, du bist sicher Moslem.«

Khaled: »Natürlich!«

Yves: »Was soll ich dir bringen?«

Khaled (leicht verwirrt): »Einen Kaffee, bitte.«

Yves: »Okay.«

Fatima: »Wie heißt denn deine Verlobte?«

Khaled konnte sich immer noch nicht ganz vorstellen, wie die Eltern dieser jungen Menschen es zulassen konnten, dass ihre Kinder keine Moslems waren. Er wusste natürlich, dass es Moslems gab, die tranken und außereheliche Beziehungen hatten. Aber immerhin, sie konnten auf die Frage, ob sie moslem seien, klar mit »Ja« antworten. Er antwortete auf die Frage Fatimas: »Sie heißt Samah«, gleichzeitig überlegte er, was wohl richtiger sei: sich Moslem zu nennen und gegen die Regeln zu verstoßen oder die Regeln zu brechen und zuzugeben, nicht Moslem zu sein.

Fatima: »Samah! Schöner Name, hat das etwas mit Himmel zu tun?«

Nachdem Yves mit den Getränken zurückgekehrt war, erklärte Khaled:

»Nein, Sama heißt Himmel. Samah hat mit Vergebung, Verzeihen zu tun.«

Yves: »Du sprichst doch ein paar Worte Arabisch, Fatima?«

Fatima: »Ja, das mit dem Himmel, das muss ich euch erzählen. Ich hatte mal einen arabischen Freund, aus dem Irak, wir hatten nichts miteinander, aber wir mochten uns sehr gern. Und er ließ mal eine Kassette laufen, wo einer sagte: ›Aschkuki lissama‹, und ich wollte wissen, was er sagte, weil er es so oft wiederholte. Das heißt: ›Ich beschwöre dich beim Himmel.‹ Darum weiß ich, was Sama ist.«

Sie lächelten alle und Khaled ergänzte: »Nizar Gabbani, ein wunderbarer Dichter.«

Yves bewunderte Khaleds Wissen: »Du kennst dich wohl mega aus in der arabischen Welt? Ich wollte, ich könnte das von mir auch sagen. Aber ich werde wohl vieles nachholen müssen. Wir haben in meiner Jugend selten über die arabische Kultur gesprochen. Mein Vater behielt sie irgendwie für sich.«

»Nun ja«, sagte Khaled, »manchmal wünsche ich mir, ich hätte etwas mehr von der westlichen Kultur verstanden, aber sie blieb mir verschlossen. Ich verstehe heute noch nicht, wie die Europäer so leben können. Aber ich sehe halt alles aus einem arabisch-islamischen Blickwinkel heraus, den ich mitbekommen habe.«

»Ich glaube nicht an den Mittelpunkt«, fügte Fatima hinzu. »Ich glaube, du kannst entweder im Wasser oder an der Küste sein, in der Luft oder auf dem Boden. Aber nicht dazwischen, es gibt dieses Dazwischen nicht, das uns Secondos oft vorgegaukelt wird. Du rennst höchstens hin und her, mal bist du in dieser Gesellschaft, mal in der anderen, aber du kannst doch niemals, zu keinem Zeitpunkt, dazwischen liegen.«

Khaled musste schmunzeln und warf ein: »Das erinnert mich wieder an Nizar Gabbani. Er schrieb: ›Wähle die Liebe oder die Nichtliebe, es ist feige, nicht zu wählen, es gibt keinen Ort zwischen Hölle und Paradies‹.«

Sie lächelten alle nachdenklich. Dann sagte Yves ernst: »Mein Vater – wisst ihr – mein Vater behauptet das Gegenteil. Er sagt, es gäbe keinen klaren Platz auf dieser Welt, es sei alles ein Übergang. Niemand befindet sich an einem Ort, alle befinden sich in der Mitte von irgendetwas. Zwischen Schönheit und Hässlichkeit, zwischen Jugend und Alter, zwischen Leben und Tod, so auch zwischen zwei Kulturen. Das sind seine Worte. Ich glaube meinem Vater. Und bei allem Respekt vor ... Nasser?« – Khaled korrigierte ihn – »Nizar Gabbani – sieh dich doch selber an. Bist du nicht genau in der Mitte? Du lebst in der Schweiz, lebst aber wie ein Tunesier. Wärst du in Tunesien, dann wärst du nicht in der Mitte, wärst du in der Schweiz und würdest wie ein echter Schweizer leben, dann wärst du vielleicht auch eher in einer klaren Position. Aber du bist doch genau in der Mitte wie ich oder Fatima. Okay, vielleicht mehr auf dieser oder jener Seite, aber doch nicht ganz, oder? Mein Vater sagt, wenn ein Asiate eine amerikanische Cola trinkt, wenn ein Schwede ein italienisches Auto fährt, wenn ein Araber einen französischen Kugelschreiber benutzt, wenn ein Grieche französischen Wein trinkt oder wenn ein Südafrikaner eine deutsche Maschine bedient, dann ist doch nichts mehr eindeutig, dann ist doch alles ineinander verschmolzen, alles eine fließende, sich berührende und wieder auseinanderdriftende Masse. Er verglich das stets mit Regentropfen am Zugfenster: Wenn der Zug abfährt, dann rinnen sie aufeinander zu, die Regentropfen, und verschmelzen miteinander, vereinigen sich, kaum ein Tropfen schafft es, über die ganze Fensterscheibe alleine und selbstständig zu fließen, irgendwo trifft er auf einen anderen, sie werden stärker, größer und nehmen weiter unten einen anderen in sich auf.«

Fatima schien nachzudenken, sich die Worte Yves' eingehend zu überlegen, zu prüfen, auf sich und ihre Lebensgeschichte anzuwenden. Dann schüttelte sie den Kopf und sagte:

«Yves, bei allem Respekt vor deinem Vater, eines Tages muss wohl jeder seine Seite wählen. Du bist entweder Schweizer oder Tunesier, beides ist sehr schwierig.«

Und Khaled ergänzte, als wenn er durch den Einwand Fatimas ermutigt worden wäre: »Absolut. Der Mensch braucht eine Zugehörigkeit, seine Seele braucht Verwandte, Seelenverwandte, jeder Mensch muss eine Heimat haben. Niemand kann in der Mitte leben, wie es dein Vater sagt.«

»Aber Freunde! Was glaubt ihr, sind denn die Schweizer? Viele unter ihnen waren mal Franzosen, Deutsche oder Italiener. Wo macht ihr denn die Grenze, bei welcher Generation? Habt ihr gelesen, dass sogar Christoph Blocher einen deutschen Vorfahren hatte? Und dieser deutsche Vorfahre, was glaubt ihr, woher er eigentlich ist? Ich erzähle euch eine Geschichte, die mein Vater mal beiläufig erwähnte, als wir über die Zürcher sprachen. Zürich hat ein Denkmal, es sind die Heiligen Regula und Felix. Ich machte mir einen Spaß, meine damaligen Mitschüler zu fragen, ob sie wüssten, woher die Heiligen Regula und Felix kämen, natürlich erst, nachdem ich die Geschichte erfahren hatte. Die meisten sagten mir: ›Felix und Regula, Mann, das waren Zürcher, das sagen doch ihre Namen schon‹, aber ich erwiderte: ›Nein, sie sind Ägypter!‹ Und meine Freunde schauten mich an, als käme ich von einem anderen Planeten. Ja, St. Felix und Regula waren ägyptische Christen, die nach Zürich geflohen waren, aber in diesem Exil von den Römern, die damals herrschten, enthauptet wurden.«

Nach einer kurzen Pause schloss Yves:

»Was ich euch damit sagen will? Dass mein Vater recht hat. Es gibt nichts Eindeutiges, kein Weiß und kein Schwarz. Es ist alles mehr oder weniger grau. Das will ich euch sagen.«

»Oh«, sagte Fatima. Und Khaled war ebenfalls etwas erstaunt und gleichzeitig erfreut. Irgendwie gefiel ihm die Aussage seines halben Landsmannes und doch beunruhigte sie ihn, denn er war anders aufgewachsen, er dachte anders darüber, er empfand auch anders. Er war überzeugt, dass es diese eindeutige Trennlinie gab. Nun schien sie aber mit diesem Beispiel etwas verwischt worden zu sein. Obwohl er immer noch überzeugt war, Yves' Vater täusche sich, war er bereit, darüber nachzudenken, ob er persönlich nicht auch gelegentlich in der Mitte stand, weder auf der einen noch auf der anderen Seite des Spielfeldes.

»Meine Schwester ist auf der anderen Seite, wie man sagen könnte.« Khaled erschrak leicht, als er diese offene Bereitschaft in sich fühlte, mit diesen fremden Leuten über ein großes Familienproblem zu reden.

»Auf der anderen Seite?«, fragte Fatima. »Ja, sie hat sich vor lauter Integration einen Schweizer Freund zugelegt. Und nicht nur das. Sie hat die Grenze überschritten.«

»Khaled«, schob Yves ein, »red' Klartext mit uns. Ich verstehe kein Wort.«

»Na ja, eigentlich will ich gar nicht darüber reden. Aber eben, meine Schwester ist anders als ich. Obwohl wir die gleichen Eltern haben. Ich wollte das nur sagen, na ja, weil ich über die Aussage deines Vaters nachdenke. Wahrscheinlich kann es innerhalb einer Familie vorkommen, dass der eine an einem Ufer steht und die andere am anderen. Und so gesehen, ich meine, mit den Augen deines Vaters gesehen, steht die ganze Familie eher in der Mitte als eindeutig auf der einen oder anderen Seite.«

Ein Mann in Uniform schritt schnell zum Desk und nahm das Mikrophon in die Hand. Während er auf die Anzeigetafel schauen musste, um die Flugnummer abzulesen, meldete er die unmittelbare Abfertigung der Passagiere an. Und schon war Bewegung unter den ungeduldig Wartenden zu spüren.

»Sie wollen, dass wir einsteigen«, sagte Yves und fragte Fatima: »Was hast du für einen Platz?«

»F 15, und du?«

»D 22, ziemlich weit weg, und du Khaled?«

»Moment. B26.«

»Das wäre ja auch zu schön gewesen«, sagte Fatima, »aber wir tauschen schnell mal die Handy-Nummern aus, wenn ihr nichts dagegen habt.«

1

Fatima Hausamann

Ich bin dreißig Jahre alt und habe seit neunundzwanzig Jahren keinen Vater mehr. Nicht dass er gestorben wäre, zumindest für den Rest der Welt lebt er und erfreut sich bester Gesundheit. Für mich und meine Mutter aber ist er vor neunundzwanzig Jahren gestorben. Er haute ab, als ich ein Jahr alt war, und ließ mich und meine Mutter in der Schweiz zurück, in einer kleinen Stadt im Kanton Thurgau. Ich kenne die ganze Geschichte nur von Erzählungen meiner Mutter und meiner Großeltern. Das Schlimmste, was ich meinem leiblichen Vater vorwerfe, ihm nachtrage und nie verzeihen werde, ist, dass er sich nicht einmal nach mir umgeschaut hat. Er soll die Wohnung verlassen haben, ohne sich von mir zu verabschieden, ich soll im Wohnzimmer gelegen und geschrieen haben, wie wenn man mir ein Stück aus meinem Körper geschnitten hätte, so formulierte es meine Großmutter, die an jenem Tag bei meiner Mutter saß. Mein sogenannter Vater gab niemandem die Hand. Er sagte kein einziges Wort zum Abschied. Meine Großmutter behauptet, ein paar Tränen in seinem Gesicht gesehen zu haben, als er mit seiner Reisetasche durch die Tür huschte. Ich glaube es ihr immer noch nicht. Ein Mann, der so etwas tut, kann nicht weinen. Unmöglich! So unmöglich wie ein Stein weinen kann oder ein Stück Eisen. Er soll mich kurz vor seinem Abgang auf die Stirn geküsst haben und ich soll ihm ahnungslos zugelächelt haben.

Ich hasse meinen Vater nicht dafür, dass er gegangen ist, sondern für den Zeitpunkt und die Art seines Abgangs. Meine Mutter war ohne Arbeit, ohne Einkünfte, und musste beim Sozialamt um Vorschüsse betteln, weil sie nicht den Mut hatte, bei ihren Eltern um Geld zu bitten, die sie ja anscheinend eindringlich vor diesem Mann gewarnt hatten. Irgendwann fand sie einen kleinen Job in einem Café. Sie hat mich als zweijähriges Kind mitgenommen und stundenlang in einem Zimmer im ersten Stock des Cafés hingelegt. Wenn ich schrie, schaute zuerst ein Kind des Wirtspaares nach mir. Gelegentlich soll meine Mutter die Gäste alleingelassen haben und zu mir hochgekommen sein. Nach meiner Geburt konnte sie ihren Traumberuf, Krankenschwester, lange nicht ausüben. Sie hat jahrelang nur Gelegenheitsjobs machen können, um uns zwei durchzubringen.

Ich hasse meinen Vater nicht dafür, dass er mir gefehlt hat, damit konnte ich leben, aber dafür, was er mit seinem Abgang meiner Mutter angetan hat. Sie litt lange unter der Einsamkeit, Bitterkeit, dem Unverständnis und der Behördenwillkür. Sie litt unter den Kommentaren der Nachbarn und der vermeintlichen Freunde. Auf einen arabischen Vornamen und einen schweizerischen Nachnamen konnte sich niemand einen Reim machen. Sie war es müde zu erklären. Mir hingegen machte es nie etwas aus zu sagen, dass mein Vater uns verlassen hatte, als ich ein Jahr alt war. Ich hatte meistens Sympathie deswegen erhalten.

In der Pubertät, wenn Kinder am gemeinsten sind, da hatte ich gelegentlich Mühe. Die eine oder andere Schulkameradin machte mich regelrecht zur Sau mit Sprüchen wie etwa: »Dein Vater ist ein Terrorist«, oder: »Dein Vater ist ein Scheich, aber du bist arm.«

Meine Mutter gab sich die größte Mühe, mich von der arabischen Welt fernzuhalten. Sie meinte es bestimmt gut. Aber irgendwann begann ich, mich dafür zu interessieren. Ich suchte bewusst Kontakt zu arabischen Menschen, insbesondere mit einem irakischen Jungen hatte ich näheren Umgang. Dann kam es, dass ich mich für Sprache und Kultur interessierte. Ich weiß nicht, ob damals – wie alt war ich? – vielleicht fünfzehn – schon ein klarer Plan in meinem Kopf war, meinen Vater aufzusuchen. Jedenfalls lernte ich ein bisschen Arabisch, las den Koran, kaufte Touristenführer und hörte gelegentlich arabische Musik, wohl zum Leidwesen meiner Mutter.

Dann holte mich der Alltag ein. Meine Sekundarschule, die Lehre als Krankenschwester und die ersten Liebschaften lenkten mich einige Jahre von der Suche nach meinem Vater und meinen Wurzeln ab. Nach Abschluss meiner Lehre blieb ich im Kantonsspital Frauenfeld, wo ich heute noch arbeite.

Dort habe ich immer wieder Araber – Krankenpfleger und Putzpersonal – und einmal auch einen palästinensischen Arzt kennengelernt. Ich muss es wohl regelrecht auf sie abgesehen haben. Kaum hörte ich ein Wort Arabisch oder sah ich jemanden, der orientalisch aussah, nahm ich schon Kontakt auf. Ich weiß nicht, woher diese Faszination kam – bestimmt nicht wegen meiner tollen Beziehung zu meinem leiblichen Vater. Alles Arabische zog mich an. Meine erste Wohnung sah wie ein arabisches Zelt aus. Ich kaufte alles, was orientalisch aussah, roch oder klang, saß meistens auf dem Boden, ein paar Kissen hinter dem Rücken, und mein Lieblingsgetränk war lange Zeit Pfefferminztee. Dieser Mann, mein leiblicher Vater, hatte es aus der Ferne geschafft, mich an sich und seine Kultur zu binden, vielleicht mit einem fernen Zauber.

Und so kam ich vor Kurzem zu diesem jungen Mann aus Zarzis. Ich fand ihn in einem Internet-Forum. Ich interessierte mich für Tunesien und er sich für die Schweiz. Ich gab mich als eine junge Schweizerin aus, die Kontakte zu tunesischen Männern suchte, und forderte ihn auf, mir so viel wie möglich über Tunesien, Südtunesien und insbesondere Zarzis zu erzählen. Und er erzählte, vielmehr er schrieb, per E-Mail. Täglich kam eine Antwort auf eine meiner Fragen. Und täglich stellte ich eine andere Frage, immer getarnt als eine blonde, blauäugige Schweizerin, die von ihren männlichen Landsleuten nichts hielt und sich eher durch orientalische Männer angezogen fühlte.

Lieber Tahar,

bitte erzähl mir doch die Einstellung der Tunesier zu diesem oder jenem …

So begannen meine E-Mails an ihn. Und Tahar gab sich die größte

Mühe, er muss alles gewusst oder aber immer aufwendig geforscht haben. Und so kamen seine E-Mails regelmäßig.

Liebe Heidi,
du wolltest zum Thema Schleier mehr wissen? …

Unsere »Beziehung« dauerte bis vor einer Woche, als ich beschloss, ein Ticket zu kaufen.

Immer wenn mich meine Mutter in meiner arabischen Wohnung besuchte, frage sie mich, warum ich denn stundenlang in diesem arabischen Forum verbringe. Meine Antwort »aus reinem Interesse« nahm sie mir nicht ab. Sie sah es wahrscheinlich kommen, noch vor mir: Sie war sich sicher, dass ich das alles nicht einfach aus Interesse tat. Sie war überzeugt, dass ich eines Tages das tun würde, was sie am liebsten getan hätte, nämlich vor diesem Mann stehen und sagen: »Ich bin es! Warum hast du uns verlassen?« Einerseits, da bin ich mir heute noch sicher, war sie glücklich darüber. Denn sie hatte diesem Mann einiges zu sagen, wozu sie keine Gelegenheit bekam, weil er so abrupt und ohne Vorwarnung abgehauen war. Andererseits wollte sie mich schonen, weil sie glaubte, es täte mir vielleicht mehr weh als ihm. Da kannte mich meine Mutter aber schlecht. Ich hatte nicht so viele Emotionen, wie sie glaubte. Ich war kein sensibles Mädchen, das vor seinem Vater stehen und heulen würde. Ich fühlte mich im Alter von etwa zweiundzwanzig Jahren so stark, dass ich mir zutraute, eine Stunde, eine einzige Stunde, bei ihm zu verbringen und ihm so viele Hässlichkeiten zu sagen, dass er gar nicht einmal dazu käme, Stellung zu nehmen. Und was für eine Stellung sollte er denn nehmen? Wie wollte er mir begründen, dass er uns unserem Schicksal überlassen hatte, selber wieder heiratete und wahrscheinlich glücklich lebte, während wir zwei hier mit allen alltäglichen Schwierigkeiten zu kämpfen hatten.

Ich erfuhr erst vor wenigen Jahren aus dem Mund meiner Mutter, dass ich zwei Halbschwestern hatte. Er soll es ihr geschrieben haben. Das beschäftigte mich eine Weile. Die Frage, was das heißen könnte, zwei Halbschwestern zu haben, stellte ich mir sehr oft. Einerseits – hätte man mir nichts gesagt – könnte ich ihnen auf einem Urlaub begegnen und keine Ahnung haben. Andererseits – da waren zwei Frauen auf dieser Welt, die die gleiche Hälfte einer Abstammung hatten wie ich. Es faszinierte mich.

Nein, ich war mir sicher, auch als ich fünfundzwanzig wurde, dass ich auf diesen Tag hinarbeiten sollte. Es war wie eine Mission, die ich in mir fühlte. Ich wollte es für mich und meine Mutter tun. Ich wollte ihm während einer einzigen Stunde heimzahlen, was neunundzwanzig Jahre ohne Vater ausmachten. Und ich war sicher, dass ihm das mehr wehtun würde als uns beiden die letzten drei Jahrzehnte. Zweifel? Ich hatte nie welche, denn ich wusste inzwischen etwas über Araber: Wenn sie eines nicht ertragen, dann die Tatsache, dass ihnen jemand, und ausgerechnet eine junge Frau, das Unrecht vor Augen führt, das sie getan haben. Er wird vor mir zerbrechen. Ich werde von oben herab zusehen, wie er gedemütigt und voller Reue heult. Und dann werde ich gnadenlos lachen und davongehen, ihm keine Gelegenheit geben, sich zu rechtfertigen oder zu entschuldigen. Er hatte uns auch keine Chance gegeben!

Dabei hatte meine Mutter alles für diesen Mann getan: Sie hatte sich für ihn geändert, trug das Kopftuch, trank auch nach seiner Abreise lange keinen Alkohol, aß noch länger kein Schweinefleisch. Und wofür? Um ihm zu gefallen und ihm das Leben leichter zu machen. Damit er sagen konnte: »Seht, Landsleute, meine Frau folgt mir und gehorcht mir. Ich bin der Mann im Haus.« Sie hatte einen Teil ihrer Persönlichkeit aufgegeben. Und als Dank dafür ließ er sie sitzen, mit einem einjährigen Kind und einer Riesenlast.

Es ist kein Hass. Es ist lediglich eine Art Rachegefühl, das ich empfinde. Ich will ihn ja nicht zurückhaben. Ich will nicht einmal länger mit ihm zu tun haben als notwendig. Und da genügt mir eine Stunde. Ich werde gestärkt herauskommen. Ich werde endlich diese Last abwerfen und sie ihm auf die Schultern legen. Ich trug sie ja, seit ich

Kleinkind war, nun kann er sie tragen, auf seinen breiten, arabischen Männerschultern.

Aber vielleicht mache ich mir ja nur Illusionen. Vielleicht empfängt er mich nicht einmal. Vielleicht hört er mir ruhig zu und lacht mich dabei aus. Anstatt ihn heulen zu sehen, werde womöglich ich zusammenbrechen. Aber nein, er ist Araber, er wird sich seiner Taten erinnern und sich schämen!

Wie werde ich ihn ansprechen? Sage ich »Ässlämä« oder »Bonjour« oder gar »Grüezi«? Soll ich ihn mit »Si Ali« oder ganz einfach beim Vornamen ansprechen? Soll ich »Grüezi Herr Akkari« sagen? Eins ist sicher: Ich werde nicht Papa sagen! Wie denn auch? Zu einem wildfremden Mann Vater sagen! Kommt nicht infrage. Und wie wird er mich ansprechen? Fatima? Oder tunesisch Fatma? Oder wird er mir auch lediglich die Hand geben und sagen: »Hallo, wie geht's?« Er kann bestimmt noch ein paar Worte Deutsch.

Auf meine Halbschwestern bin ich sehr gespannt. Sie können nichts dafür, genau so wenig wie ich, dass wir uns unter diesen Umständen kennenlernen. Ob sie eifersüchtig werden, wenn ich auftauche? Ob sie nicht auch lieber in meiner Lage wären und gern in der Schweiz leben würden?

Vor der blauen Tür eines weißen Hauses stand eine junge Frau in europäischen Kleidern und zögerte. Sie atmete tief ein, während ein paar spielende Kinder sie beobachteten. Dann fasste sie Mut und klopfte. Eine Vielzahl von Gedanken gingen ihr durch den Kopf. Unzählige Szenen spielten sich vor ihrem geistigen Auge ab. Werden sie ihr überhaupt aufmachen? Werden sie sie nicht zum Teufel jagen, wenn sie sie erkennen? Das wäre nicht einmal das Schlimmste. Sie würde damit fertig. Aber was sie nicht ertragen könnte, was ihr Mühe machen würde, das wäre ein emotionsloser Empfang, eine neutrales »Hallo, wie geht's dir?«, ein langes, stummes Sitzen und Einander-Anschauen, ohne Worte, ohne Gefühl.

Sie hörte eine Tür im Inneren des Hauses knarren, biss sich leicht auf die Lippen und richtete ihren Kopf hoch. Schritte kamen schlarpend der Haustür entgegen. Die sengende Sonne strahlte ihr auf den mit einem leichten Seidentuch bedeckten Kopf. Ein Schlüssel wurde gedreht. Die Tür ging auf und eine junge Frau überlegte sich, in welcher Sprache sie die Anklopfende fragen sollte: »Tfadhli? – Bitte schön?« Fatima erwiderte auf Französisch: »C'est la maison de Ali Akkari?« Die junge Frau antwortete: »Oui.« Ob er da wäre. Die etwa Achtzehnjährige antwortete, dass er noch arbeite, aber jeden Moment nach Hause käme. Dann, im Zweifel, ob diese Frau wirklich nur Französisch verstand, fragte sie sie auf Arabisch: »Schkun inti? – Wer bist du?« Und die Frau außerhalb des Hauses antwortete sofort: »Änä Fatma, min Suisra.«

Die junge Frau stieß einen Schrei aus und rannte ins Haus, während sie die Tür offen ließ. »Ummi, Yam! – Mutter, Mami!« »Schnua? – Was ist los?«, fragte eine Frau im Alter von etwa fünfzig Jahren, die anscheinend in der Küche das Mittagessen bereitete, denn aus der offenen Küchentür roch es nach orientalischen Gewürzen. Fatima roch es an der Haustüre, es erinnerte sie an jene Zeit, als sie mit Arabern herumzog und die Männer als Erstes mit einem selbst gekochten Nachtessen auf sich aufmerksam machten – als wenn Araber in ihrer Heimat wüssten, wo die Küche im Haus lag! Dieser Geruch kam ihr so heimisch vor, als wäre sie ihr Leben lang in einer solchen Umgebung gewesen.

Die junge Frau konnte nur stottern: »Fatma, Fatma.« »Fatma änähi? – Welche Fatma?« Die Mutter wollte sie beruhigen, als sie schluchzend sagte: »Fatma ukhti! – Fatma, meine Schwester!« Auch die Mutter stieß einen leisen Schrei aus und rannte zur Haustür, barfuß und ohne Kopfbedeckung, was eine Araberin in ihrem Alter nur im Notfall machte. Fatima hatte draußen geharrt, die Tränen vermischten sich mit dem Schweiß auf ihrem ungeschminkten Gesicht. Sie nahm ein Taschentuch aus ihrer Handtasche und wischte sich das Gesicht ab.

Als sie die ältere Frau kommen sah, wusste Fatima, dass das die Frau ihres Vaters war, seine zweite Frau, ihre Stiefmutter. Sie gab ihr die Hand und bat sie einzutreten. Sie gingen ins kühle Wohnzimmer, wo die achtzehnjährige Halbschwester Fatimas schluchzend, zitternd und fast heulend mitten im Zimmer stand. Auch sie gab ihr nun die Hand mit einem leisen, verweinten »Asslämä! – Sei gegrüßt!«

Die Mutter bat den Gast, sich zu setzen, und forderte ihre Tochter auf, Wasser zu holen. Diese huschte in die Küche und holte zwei Gläser voll kühlen Wassers. Eins gab sie ihrer Halbschwester, eins trank sie in einem Zug aus.

Mehrmals sprach die fünfzigjährige Frau die Worte aus: »Subhan Allah! – Allmächtiger Gott!«. Und sie starrte ungläubig diese junge Frau an, als hätte sie es erwartet, dass sie hier auftauchen würde. Und immer wieder sagte sie: »Subhan Allah!«

Dann sagte sie zu Fatima: »Ana Selma«, und klopfte sich leicht auf die Brust – »Ich bin Selma.« »U hädhi Neila, oukhtik – Und das ist Neila, deine Schwester«, dabei deutete sie auf ihre immer noch im Schockzustand stehende junge Tochter.

Fatima saß da, wortlos, schaute sich um. Das Wohnzimmer war schön eingerichtet, zwischen modernen Möbeln und alten, kitschigen Bildern entdeckte sie eine Schweizer Kuckucksuhr und einen fast vergilbten Swissair-Kalender aus dem Jahr 1977. Ihr Vater hatte ihn entweder bei seiner Heimreise mitgenommen oder zuvor nach Hause geschickt. Dann war da ein altes, schwarz-weißes Bild eines Mannes mit dünnem Schnurrbart und einem »Kabbus« – dem typischen roten Männerhut. Das musste wohl ihr Großvater sein. Sie wusste nichts über ihn und auch nichts über ihre Großmutter tunesischerseits. Sie hatte sie eigentlich hier, bei ihrem Sohn, erwartet.

Sie war auf der Suche nach etwas Besonderem. Von Wand zu Wand wanderte ihr Blick, bis sie den Kopf stillhielt. Selma erkannte, was Fatimas Blick anhielt, ging auf die Kommode zu, machte das Glastürchen auf und reichte ihr das Bild. Es war ihr junger, schöner Vater mit einem kleinen Baby. Im Hintergrund erkannte sie die alte Wohnung ihrer Mutter. Zwischen einem Lächeln und ein paar Tränen sagte sie: »Baba – Mein Vater.« Das Eis war nun gebrochen. Alle drei Frauen lachten herzlich und die beiden einheimischen redeten wie ein Wasserfall. »Was für ein schönes Baby, und mein Gott, was daraus geworden ist.«

»Ya Latif!«, rief eine junge Frau in europäischen Kleidern und mit einem Kopftuch, die gerade ins Zimmer stürmte, vor der Hitze flüchtend, und meinte damit: »Du Barmherziger!« Als sie Fatima sah, musste sie sie sofort erkannt haben, denn sie schrie: »Fatma?« Die Frauen umarmten sich und schauten sich lange ohne Worte an, erkannten jedoch die Ähnlichkeit in ihren Augen, ihren Nasen und ihren Lippen. Sie waren eindeutig Halbschwestern, obwohl Hanan – so stellte sich die junge Frau vor – etwas dunkler war an Haaren und Teint. Hanan sprach Deutsch, zur Überraschung und Freude ihrer Halbschwester. Sie kam gerade von der Arbeit. Nun konnten die Frauen Fragen stellen an ihre Halbschwester und Stieftochter und Hanan übersetzte. Fatima hatte auch einiges zu erfragen, und es fiel ihr leichter, Hanan die Fragen auf Deutsch zu stellen und die Antworten übersetzt zu bekommen.

»Wo ist mein Vater?«

»Er kommt jeden Moment. Er arbeitet bei der STEG, dem Elektrizitäts- und Gaswerk. Jetzt, im Hochsommer, hat er den sogenanten ›régime unique‹, von sieben bis zwei Uhr. Er ist gleich da. Weiß er denn, dass du kommst? Uns hat er nichts gesagt.«

»Nein, er weiß nichts.«

»Uhhh«, rief Neila aus. »Heute ist doch Freitag. Er wird direkt in die Moschee gegangen sein. Er kommt bestimmt nicht vor vier Uhr.«

»Aber du wirst doch bei uns bleiben, bis er kommt, oder?«, wollte Hanan wissen. Fatima beruhigte sie alle. »Ich bin noch bis Mittwoch hier. Aber heute Nachmittag habe ich mich für einen Kamelritt angemeldet. Ich muss um vier im Hotel sein. Wisst ihr, ich war noch nie im Leben auf dem Rücken eines Kamels.« Sie lachten alle, obwohl keine der Frauen jemals einen Ritt auf einem Kamelrücken erlebt hatte.

Sie diktierte ihrer kleinen Schwester ihre Handy-Nummer. Ihr Vater solle sie bitte heute Abend anrufen, damit sie mit ihm reden könne, bevor sie ihn wieder besuchen komme.

»Wenn er mich sehen will«, ergänzte sie lächelnd.

Aus der Küche kam ein seltsamer Geruch. »Uuuk«, schrie Selma, »der Couscous brennt an!«, und rannte in die Küche. Vor lauter Reden, Fragen und Schauen hatte sie ihr Mittagessen auf dem Gasherd vergessen.

Hanan zog ihre Schuhe aus, nahm ihr Kopftuch ab und sagte: »Yä khouaiti! – Mein Schwesterchen!«

Sie nahm Fatimas Hand und hielt sie ganz fest in ihren beiden Händen. Sie schwiegen, als wenn sie nicht wüssten, was sie einander sagen sollten. Beide Frauen hatten Tränen in den Augen und doch wagte es keine, draufloszuheulen wie vorhin die jüngere Halbschwester Neila.

Fatima aß den nach ihrer Beurteilung besten Couscous der Welt. Selma schöpfte ein Gefäß voll, legte Gemüse und ein großes Stück Fleisch darauf und deckte es mit einem Küchentuch zu. »Hädhä ghadä babak«, sagte sie lachend. Und Hanan übersetzte: »Das ist das Mittagessen deines Vaters.«

Nach dem Mittagessen gab es frischen Tee mit Pfefferminze, den Fatima viel zu süß fand. Aber ihre Schwestern erklärten ihr, dass hierzulande alle viel zu süß trinken, viel zu scharf essen und viel zu wenig Wasser trinken. Auf das Dessert verzichtete sie. »Yä bnäiti! – Mein Töchterchen!«, sagte Selma, als wenn es ihr herausgerutscht wäre, »du bist so mager, du solltest dringend etwas für deine Figur tun.« Die jungen Frauen lachten und Neila erklärte ihrer Mutter: »Nein, Mutter, sie ist okay so. Wir wollen alle abnehmen. Das war zu deiner Zeit, dass man dicke Frauen bevorzugte. Das hat sich geändert.«

Dann holte Selma ein altes Album hervor, setzte sich neben Fatima und schlug es auf. Beim Blättern, ohne Worte, musste Fatima staunen. Woher hatte er diese Fotos, dachte sie. Es waren nicht nur Bilder, die er selber aufgenommen hatte, bis sie ein Jahr alt war. Es war die Zeit des

Kindergartens, die Zeit der Primarschule, der Sekundarschule. Es waren sogar Fotos darunter, die nicht älter als ein Jahr waren. Auf einigen Fotos war auch ihre Mutter zu sehen. Dieser irakische Freund Abdellatif war auch darauf. Und sogar der palästinensische Arzt. Ihr Vater schien über all die Jahre Fotos von ihr gesammelt zu haben. Sie würde ihrer Mutter ein Wörtchen flüstern, dass sie das alles ohne ihr Wissen getan hatte. Aber was wollte sie ihr denn vorwerfen? Höchstens dass sie sie hätte fragen sollen. Aber hätte sie es denn erlaubt, zumindest in den letzten Jahren, dass ihr Vater regelmäßig Fotos von ihr erhielt?

Als Fatima aufstand und sich verabschieden wollte, sah sie den Frauen die ehrliche Trauer an. Aber sie konnte nicht länger bleiben.

Warum hat er all diese Fotos bestellt?, fragte sie sich noch, als sie sich von ihrer Stiefmutter und ihren Halbschwestern vor der Haustüre verabschiedete. Und wieder standen die gleichen Kinder auf der Straße und bestaunten die Frau, die sie nicht einordnen konnten. War sie eine Touristin, die Onkel Ali von seinem Europa-Aufenthalt her kannte, oder war sie aus Tunis, oder kam sie aus Sousse? Jedenfalls sah sie nicht aus, als käme sie aus Zarzis …

Im Taxi, auf dem Weg zurück zum Hotel, schämte sie sich für die Lüge. Sie hatte gar keine Verabredung für einen Kamelritt. Sie hatte einfach Angst bekommen vor diesem Wiedersehen mit ihrem Vater. Sie wollte es, wenn irgendwie möglich, auf morgen verschieben, vielleicht auf Mittwoch, kurz bevor sie abfliegen würde. Sie fürchtete sich auf einmal vor der Begegnung. Sie war seit Mittwoch in Zarzis. Zum Glück hatten sie sie nicht gefragt, warum sie denn erst am Freitag zu ihnen gekommen war. Zum Glück war es ihnen in der Aufregung entgangen. Wie hätte sie es auch erklären können?

Eine halbe Stunde nachdem Fatima in ein Taxi eingestiegen und zu ihrem Hotel abgefahren war, rief in Akkaris Haus eine Männerstimme: »Assalamu alaikum.« Hanan rannte hinaus, um ihren Vater zu empfangen. »Baba, reg dich nicht auf, bitte, du weißt schon, wegen deines Herzens.«

»Was ist passiert, um Gottes Willen?«

»Bintäk yä baba, bintäk – Deine Tochter, Vater, deine Tochter«, stotterte Hanan mit Tränen in den Augen. Ihr Vater musste sich an der Wand stützen: »Was ist los mit meiner kleinen Tochter, was ist passiert?«

»Nichts, nicht deine kleine Tochter, es ist Fatma!«

»Was ist mit Fatma?« »Sie war hier, Vater, sie ging vor wenigen Minuten wieder.«

Sie erklärten ihrem Vater alles. Dass sie ihre Handy-Nummer hinterlassen hatte, dass sie noch bis Mittwoch in Zarzis sei und dass er sie anrufen solle, um mit ihr einen Termin zu vereinbaren, wenn er sie sehen wolle.

Ali riss den Zettel mit der Telefonnummer an sich und stellte die Nummer ein. »Gib mir ein Glas Wasser«, forderte er. Gespannt wartete er auf die Stimme seiner Tochter. Doch es kam eine Amtsmeldung. »Ittisalat Tounes turahhibu bikum. Tunisie Telecom. Nous regrettons de vous informer que ce numéro n'est pas valable.«

Nach einer langen Schweigeminute und drei weiteren Versuchen fragten sie sich, ob wohl eine Ziffer falsch aufgeschrieben wurde. War es die letzte Ziffer, dann gäbe es nur ein paar Kombinationen, war aber irgendeine Ziffer falsch, dann hatten sie keine Chance. Ali entschied sich für die erste Variante und probierte neun andere Endziffern. Bei einigen kam dieselbe Mitteilung, bei zwei anderen kam ein Mann ans Telefon und Ali legte sofort auf. Bei einer Nummer kam eine Frau, aber es war nicht seine Tochter. Er schmiss den Zettel fort und konnte seinen Ärger und seine Enttäuschung über seine Tochter und die fehlerhafte Notiz nicht verbergen. Sie überprüften nochmals die Vorwahl: 0041 für die Schweiz. Das war richtig. Danach sieben, neun, das wusste er auch, war richtig. Es war also irgendeine Ziffer mitten in der siebenstelligen Telefonnummer. Keine Chance!

Selma brachte ihrem Mann das Mittagessen, stellte es auf den kleinen runden Tisch, deckte den Couscous auf und sagte in einem Ton, als wenn sie selber nicht dran glaubte: »Häyyä tghaddä – komm, iss – sie wird schon noch mal vorbeikommen.«

Er brachte keinen Bissen hinunter. Nach einer kurzen Erholung setzte er seinen Strohhut auf den Kopf und ging aus dem Haus. Die Frauen hinterließ er in traurigem Schweigen.

Er klapperte noch am selben Nachmittag alle Hotels in Zarzis ab. Er fragte stets: »Wohnt bei euch eine junge Frau aus der Schweiz, aber eigentlich Tunesierin, sie ist meine Tochter, heißt Fatma und sieht etwa so aus, also das war vor etwa einem Jahr.«

In den meisten Hotels hieß es, dass sie leider keine solche Auskunft geben könnten. Dort, wo man ihn kannte, sagte man ihm: »Nein, leider ist sie nicht bei uns abgestiegen.«

Den ganzen Abend saß Fatima auf ihrer Terrasse, schaute auf den Pool und beobachtete die Touristen. Immer wieder kontrollierte sie ihr Handy. Aber da war kein Anruf.

Sie hatte alle möglichen Erklärungen für das Fehlen des Klingelns, nur nicht, dass ihre kleine Halbschwester die falsche Nummer aufgeschrieben hatte.

Mal dachte sie, dass er sie vielleicht im Moment nicht sehen konnte, er hatte möglicherweise andere Termine. Aber andererseits wusste sie, dass ihr Vater keine wichtigen geschäftlichen Verabredungen haben konnte. Er war einfacher Arbeiter. Also hatte er einen anderen Anlass in der Familie und musste direkt nach der Moschee dorthin, kam gar nicht erst nach Hause. Möglich, ja. Aber vielleicht wollte er nicht anrufen. Er hatte Angst vor dem Wiedersehen. Oder es war gar keine Angst. Es war einfach so: Er brauchte sie nicht zu sehen, er hatte gar kein Interesse mehr an ihr. Ja, so war es, ihr Vater wollte sie gar nicht sehen. Davon war sie überzeugt.

Plötzlich fragte sie sich, ob sie die Reise nicht umsonst gemacht hatte. Wozu auch? Sie war nicht wegen des Strandes, wegen des Wetters oder gar wegen der Erholung nach Zarzis gekommen. Sie war eigentlich nur gekommen, um ihren Vater zu sehen. Aber sie wollte ein kleines

Rahmenprogramm haben, und sei es nur, um sich irgendwie abzulenken, falls etwas schiefgehen würde. Jetzt war alles schiefgegangen. Sie schaute sich die trostlose Landschaft, das trostlose Meer und die trostlosen Palmen an und schüttelte nur den Kopf: »Was mache ich bloß hier? Der Einzige, den ich sehen wollte, will mich nicht sehen! Na ja, immerhin konnte ich meine Halbschwestern kennenlernen. Ich werde ihnen aus der Schweiz schreiben. Hanan versteht ja Deutsch, das ist schön. Und irgendwann werden sie mir sagen, wieso er mich nicht treffen wollte. Er ist ganz einfach feige. Er kann nicht jenem kleinen Kind in die Augen sehen, das er vor Jahren seinem Schicksal überlassen hat. In mir sieht er halt immer noch dieses kleine Geschöpf im Kinderwagen, das ihm anscheinend so viel bedeutet hat, damals. Ich kann damit leben.« Eine kleine Träne rollte ihr die Wange herunter und sie wischte sie mit der Hand ab. Sogar die hell leuchtenden Sterne glitzerten ihr weinend zu, so schien es ihr.

Ali war unterdessen bei einem der letzten Hotels der Zone Touristique angelangt. Er schwitzte, war enttäuscht und verlor die Hoffnung. »Was denkt meine Tochter von mir. Wie kann ich ihr bloß sagen, dass es eine falsche Nummer war, wenn ich sie nicht erreiche. Was wird sie jetzt wohl glauben?«

»Habt ihr einen Gast namens Fatma, aus der Schweiz kommend, etwa dreißig Jahre alt, sah vor einem Jahr so aus.« Er zog das Bild hervor und zeigte es dem Mann hinter der Réception, der entschieden den Kopf schüttelte, trotzdem aber den Vorschlag machte, Ali solle doch seine Telefonnummer und seinen Namen auf einem Zettel hinterlassen, falls jemand mit dieser Beschreibung heute Abend kommen würde.

»Yä Rasul iLläh!«, rief er aus – »Oh Prophet Gottes!«

Er gab den Zettel ab, obwohl er nicht daran glaubte, dass es etwas nützen würde: »Wenn meine Tochter in diesem Hotel wäre, dann wüsste es dieser junge hagere Mann hinter dem Desk. Aber was soll's? Es schadet nicht. Vielleicht wohnt sie ja da, aber dieser hagere Typ hat sie immer verpasst, wegen seiner Früh- und Spätschicht. Und in einem solchen Hotel können die ja bei Gott nicht alle Gäste nach einer Beschreibung erkennen. Warum hat meine Tochter bloß nicht gesagt, in welchem Hotel sie abgestiegen ist? Das wäre so einfach gewesen, sie dann zu finden. Aber wieso sollte sie das Hotel angeben, wenn sie die Nummer hinterlässt? Sie ging davon aus, dass ich sie anrufen würde, und da hätte doch der Name des Hotels keine Rolle gespielt. Das muss eine Strafe Gottes sein, für mich, nicht für sie. Jetzt ist sie in meiner kleinen Stadt und ich finde sie nicht. Das ist ein Zeichen, ich verstehe es.«

Dann ging er gebückten Rückens aus der Empfangshalle, hielt die Hand an die Stirn und war dem Weinen nahe. In diesem Moment fand er sich damit ab, dass seine Tochter irgendwo im Umkreis von wenigen Kilometern auf seinen Anruf wartete und sich nicht getraute, wieder zu ihm nach Hause zu kommen. Ihm wurde übel bei der Vorstellung, dass sie glauben könnte, er wolle sie gar nicht sehen.

Das Wochenende verging. Und auch der Montag verging ohne Nachricht von ihrem Vater. Sie hatte mehrmals das Gefühl empfunden: »Ich sollte einfach wieder hinfahren. Ein Taxi nehmen und nochmals vorbeigehen. Aber wozu denn? Es stimmt etwas nicht. Er will mich definitiv nicht sehen. Wieso soll ich es noch mal versuchen?«

Am Dienstagmorgen, einen Tag vor Fatimas Abreise, rannte ein Mann zu ihrem Frühstückstisch, wo sie bereits Kaffee und Milch erhielt, entschuldigte sich mehrmals mit den Worten »Je m'excuse, Madame, je m'excuse …« und hielt ihr einen Zettel hin. Darauf stand eine lokale Telefonnummer und: »Bite anruf Vater.«

Der Mann aus der Réception erklärte: Er war nach der Aufnahme der Notiz am Freitagabend von einem ankommenden Bus voller Touristen überrascht worden und hatte den Zettel weggelegt. Irgendwie verschwand dieser Zettel in der Hitze des Gefechtes und kam erst wieder zum Vorschein, als er heute morgen – nach einem freien Wochenende und einem freien Montag – seine Schicht antrat und seine

Schublade kontrollierte. Möglicherweise hatten ihn seine Kollegen gesehen, den Zettel mit der Notiz dieses Mannes, etwa fünfzig, aus Zarzis, aber niemand wusste, wem er zu übergeben war.

Der Mann habe ihm lediglich ein Foto gezeigt und einen Namen genannt. »Ich war so im Stress, Madame. Erst vorhin, als ich Sie in den Frühstückssaal gehen sah, habe ich Sie wiedererkannt. Je m'excuse infiniment, Madame.«

Fatima schloss nur die Augen, während der junge hagere Rezeptionist auf leisen Sohlen wieder verschwand. Sie nahm nicht einmal den Kaffee, sondern stand auf und ging aus dem Hotel. Ihre Gefühle wechselten von Abneigung zu Hoffnung, von Verachtung zu Spannung. Ihr Vater hatte also doch versucht, sie zu erreichen. Das nächste Taxi brachte sie zu seinem Haus.

Neila erklärte, offensichtlich erleichtert, dass sie die Telefonnummer falsch aufgeschrieben haben musste. Die Nummern wurden verglichen und der Fehler gefunden. »Was eine Zahl ausmacht«, dachte Fatima.

Im Haus waren zwei andere Frauen anwesend, die sich ansahen: »Was macht wohl diese Fremde in Alis Haus?«, schienen sie sich gegenseitig zu fragen. Als sie erfuhren, wer sie war, veränderte sich ihr Gesichtsausdruck. Die eine war sichtbar erfreut, die andere schaute Fatima lediglich mit zugekniffenen, geheimnisvollen Augen an.

Gegen ein Uhr mittags kam Ali nach Hause.

»Binti – Meine Tochter«, konnte er noch aussprechen, dann musste er sich auf den kühlen Boden setzen. Er versuchte aufzustehen, aber Fatima kam ihm entgegen, setzte sich zu ihm und gab ihm die rechte Hand. Ali brach in Tränen aus, sein Weinen veränderte sich zu einem Heulen und dann zu einem lauten, schmerzerfüllten Schrei, den er jahrelang versteckt zu haben schien und nun loslassen wollte. Er hielt ihre Hand in seinen und presste sie gegen sein Herz, seine Lippen, seine Wangen und seine Stirn. Er heulte wie ein kleines Kind und sagte nur ständig: »Binti, yä binti – Meine Tochter, oh meine Tochter.«

Selma holte Wasser, Hanan hielt ihren Vater am Arm und Neila stand da und wusste nicht, was sie tun sollte. Sie hatte ihren Vater noch nie so gesehen. Sie kannte ihn nur als strengen und selbstsicheren Mann. Er kam ihr nun wie ein Häufchen Elend vor, das Hilfe brauchte. Es vergingen lange Minuten, bis Ali endlich seiner Tochter ins Gesicht sehen konnte. Darauf schossen ihm die Tränen wieder aus den Augen. Aber sein Heulen war endlich verstummt, es war nur noch ein Wimmern und Winseln, ein Schluchzen, Schlucken und Schnaufen.

Und wieder musste Selma in die Küche rennen. Zwischen diesem außerordentlichen Ereignis und ihrem Alltag musste gerade sie, die am wenigsten Beteiligte, die am wenigsten Verwandte, für den Ablauf der nächsten Stunden sorgen. Sie stellte sich auch ständig die Frage, wahrscheinlich als Einzige, die eine gewisse Distanz zu Fatima hatte, wie es wohl ausgehen würde. Was wollte diese junge Frau hier? Und wie würde es weitergehen? Wie würde diese Geschichte wohl enden?

Die Schwestern schienen überglücklich zu sein, ihre Halbschwester, die sie nur noch Schwester nannten, wiedergefunden zu haben. Ali schien den Schock seines Lebens gehabt zu haben, er hätte das nie erwartet: eine junge Frau, die den langen Weg von der Schweiz nach Zarzis auf sich nahm, um ihren Vater zu finden, der sie vergessen zu haben schien. Selma wusste nur allzu gut, wie oft er an diese Tochter gedacht hatte und wie sehr er darunter gelitten hatte, dass er sie in seinem jugendlichen Leichtsinn verlassen hatte.

Nun saßen alle im Wohnzimmer, nach Essen war niemandem mehr zumute. Ali hielt seine Tochter und ließ sie nicht mehr los. Er konnte nur noch sehr wenig Deutsch, wie sie schnell feststellte. Daher übersetzte Hanan. Fatima war gespannt auf die Erklärungen ihres Vaters, auf sein Leben der letzten dreißig Jahre, aber auch auf das Leben ihrer Schwestern. Endlich konnten sie alle reden. Gelegentlich flossen wieder Tränen, aber nun konnten sie einander mal mit einem Lächeln, mal sogar mit einem großen Lachen vieles erklären.

Es kam alles anders, als Fatima es sich vorgestellt hatte. Zuerst überwältigte sie dieses Mitgefühl ihrer Schwestern und ihrer Stiefmutter, dieses Gefühl der Mitschuld, obwohl sie nichts dafürkonnten, gar nichts. Dann überraschte sie ihr eigenes Gefühl gegenüber diesem alternden, schwachen, traurigen Mann, den sie zusammenbrechen sah und dabei nicht das empfand, was sie geplant hatte zu empfinden, nämlich Rache, Bitterkeit, Zorn. Sie empfand Mitleid. Es war bestimmt keine Liebe zum Vater, wie denn auch, sie hatte ihn zum ersten Mal in ihrem Leben bewusst gesehen. Aber seine ehrliche Trauer, seine vielen Tränen und die Liebe und der Respekt, den er ihr zollte, machten sie fast glücklich. Sie empfand eine Bereitschaft zu verzeihen, sie fühlte ihren eigenen Zorn nicht mehr.

Es war Selma, die nun darauf bestand, dass das Mittagessen eingenommen würde. Sie bat ihre jüngere Tochter, mit ihr in die Küche zu gehen, während Hanan und ihr Vater, mit Fatima in der Mitte, dasaßen und redeten. So erfuhr Fatima endlich, aus dem Mund ihres Vaters und dank der Übersetzung ihrer Halbschwester, was damals geschehen war. Sie hörte zu, ohne ein Wort zu sagen. Mal mit einem leichten Kopfschütteln über sich selbst, mal mit einem Lächeln, mal mit einem Seufzer erzählte Ali seiner Tochter, was an jenem Tag passiert war, als er sie verließ.

Als das Mittagessen aufgetragen wurde und der Duft dieser orientalischen Gewürze den Geruch der sommerlichen Hitze besiegte, war die Stimmung am ausgelassensten. Es gab Spaghetti an Tomatensauce mit Lammfleisch-Stückchen und Kichererbsen. Wenn Pietro diese verkochten Nudeln zu beißen bekäme, er würde den Leuten hier einen Vortrag halten …

Jetzt redeten alle über sich und die anderen. So erzählte Hanan, dass sie im Hotel Salem arbeite. Sie hat eine Coiffeuse-Schule in Sfax absolviert. Natürlich war ihr Vater anfänglich dagegen gewesen. Er hatte immer argumentiert, dass dieser Beruf keine wirtschaftlichen Aussichten hätte, dass die Tunesierinnen niemals so viel Geld ausgeben würden wie Europäerinnen für Schönheit und Haarpflege. Er hatte sich natürlich getäuscht. Hanan plante, einen eignen Salon in Zarzis zu eröffnen. Es seien so viele Frauen daran interessiert, sich regelmäßig in einen Coiffeursalon zu begeben. Die Generation ihrer Mutter kannte so etwas nicht. Sie ließen sich die Haare von einer Bekannten oder Verwandten zu Hause schneiden. Von Dauerwelle, Färben, Mèches, Haarstrecken und solchen Dingen wollten die alten Frauen nichts wissen. Die jungen Damen aber, die oft selber verdienten, gönnten sich diese Annehmlichkeiten immer öfter.

Neila ging noch zur Schule. Sie würde in einem Jahr ihr Baccaloréat abschließen. Und dann hatte sie ganz konkrete Vorstellungen. Sie war stark in Mathematik und technischen Fächern. Ali kommentierte das so: »Weißt du, ich glaube, die Welt wird auf den Kopf gestellt durch diese jungen Frauen, die uns Männer einfach überrollen werden. Unaufhaltsam dringen sie in unsere Berufswelt ein. Vor Kurzem habe ich hier in Zarzis eine Frau am Steuer eines Lastwagens gesehen. Und meine kleine Tochter will Informatik studieren, wo ihre Mutter noch Angst vor einem Computer hat.«

»Ich bin Krankenschwester, wie meine Mutter.« sagte Fatima. Zum ersten Mal wurde ihre Mutter erwähnt und plötzlich wurde den beiden Schwestern klar, dass diese junge Frau, die ihnen ähnlich sah, eine ganz andere Geschichte hatte als sie selber.

Es lag allen auf der Zunge zu fragen, wie es denn Fatimas Mutter ginge, aber niemand getraute sich, nicht einmal ihr Vater. Und so erzählte sie selber.

»Meiner Mutter geht es gut. Sie richtet Grüße aus. Sie arbeitet wieder vier Tage in der Woche. Ihr Mann, er heißt Pietro und ist Italiener, ist Bankangestellter. Es geht ihnen beiden gut.«

Die Gastgeber hörten aufmerksam zu. Hanan übersetzte einen Teil, während Ali immer mehr zu verstehen schien und gelegentlich die Übersetzung seiner Tochter mit einer Handbewegung abbrach.

Aber dann kam immer wieder die Frage von den anderen beiden Frauen, die kein einziges Wort Deutsch verstanden: »Asch galet? – Was hat sie gesagt?« Und so übersetzte Hanan mehr für ihre Mutter und ihre Schwester.

Selma sagte, während Hanan simultan übersetzte, diesmal an Fatima gerichtet: »Weißt du, ich konnte Aicha und Mabrouka fast nicht loswerden vorhin. Sie kamen heute Morgen zum Tee und wollten eigentlich wieder gehen, als du gerade eintrafst. Danach sah es so aus, als wollten sie den ganzen Tag bei uns verbringen. Sie waren so sehr an dir interessiert.«

Fatima lachte erfreut. Aber die anderen schüttelten leicht und lächelnd den Kopf, während Selma erklärte: »Sie haben beide heiratsfähige Söhne. Bestimmt sind sie jetzt zu Hause und schmieden Pläne. Die kommen wieder, du wirst sehen!«

Jetzt lachte Fatima herzlich laut über diese typisch arabische Haltung der Mütter. Sie hatte das von Tahar in einer E-Mail erfahren. Er schrieb ihr, sie solle aufpassen, wenn sie mal in Tunesien sei und von jemandem zur Familie eingeladen werde. Alle Frauen, die Söhne in ihrem Alter oder auch ältere Junggesellen zu Hause hätten, würden sie bemustern, von oben bis unten, sie würden auf ihre Gesten, ihre Kleidung, ihre Worte, ihren Blick, ihr Benehmen achten. Das sei, weil sie in ihr eine Kandidatin sähen für eine Hochzeit. Und wenn sie, diese alten Frauen, wüssten, dass sie aus Europa käme, dann erst recht.

Fatima fragte ihren Vater, ob er mehr über seine Eltern und Großeltern erzählen könnte. Sie wüsste so gut wie nichts. Und Ali fing mithilfe seiner älteren Tochter an zu erzählen.

»Ah, dein Großvater war ein ganz besonderer Mann. Als ich 1975 nach Europa verschwand, war er gegen diese Reise, denn er war der Meinung, ein Mann müsse seinem Land und seiner Familie helfen. Er war ein einfacher Beamter, hatte unter den Franzosen in der Gemeindeverwaltung von Zarzis gearbeitet und danach, als die Franzosen abzogen, weiter politisiert, auf lokaler Ebene aber.«

Selma unterbrach kurz: »Ich sehe, ihr werdet den ganzen Nachmittag dasitzen und erzählen. Aber Ali, willst du denn nicht ein Nachtessen geben für deine Tochter, wenigstens im engen Kreis?«

»Oh Gott, wie konnte ich nur. Klar. Schick die Kleine zu Abdessalem. Ein halbes Schaf wird wohl genügen.«

»Typisch Mann«, sagte Selma lachend und wandte sich an Fatima, mithilfe der Übersetzung ihrer Tochter. »Es ist drei Uhr nachmittags und er meint, wir könnten jetzt noch ein halbes Lamm kochen, mit einem Couscous, versteht sich.«

Bevor Ali und seine Tochter weiterreden durften, bestand Selma darauf, dass über das Nachtessen, überhaupt über die Nacht, gesprochen würde. Wollte Fatima womöglich noch zurück ins Hotel? Wenn sie übernachten würde, könnte man morgen früh das halbe Schaf holen, dann würde es für ein Mittagessen genügen. »Aber nein, sie fliegt ja morgen wieder ab.«

Das holte beide wieder auf den Boden der Realität zurück. Fatima machte einen Vorschlag:

»Ich weiß, dass das nicht üblich ist, aber ich würde gerne das Nachtessen übernehmen. Wir lassen etwas aus der Stadt holen. Kein Problem. Es ist ja eine Ausnahmesituation.«

Ihr Vater protestierte zunächst heftig, bis seine Frau ihn bat: »Ali, bei Allah, gönn uns doch auch etwas Zeit mit Fatma. Ich bin auch beschämt, dass wir ihr kein richtiges Fest bieten können, so knapp ist die Zeit. Aber lass sie doch, wenn sie möchte.«

Die Frauen sahen einander an und es schien, als überlegten Mutter und Töchter schnell, was sie wohl einer Schar von Verwandten und Nachbarn anbieten könnten, das man in der Stadt holen würde. Währenddessen wartete Ali fast gelangweilt, dass die Frauen sich endlich einigten, damit er weitererzählen konnte.

Aber Selma nahm die Angelegenheit für wichtig: »Ali, deine Tochter ist zum ersten Mal hier und wir müssen uns gut überlegen, wen wir einladen wollen. Also lass uns kurz entscheiden, wem wir es sagen wollen.«

Und die Liste hörte sich endlos an, angefangen bei den Familien von Alis Schwestern, also Fatimas Tanten, die da waren: Jamila, Samira, Monjia, Khadija und Selma, dann die Nachbarn Abdelmajid, Fathi, Mariam, Nadia. Dann Freundinnen ihrer Halbschwestern, die Fatima bestimmt gerne sehen würden: Rakia, Houda, Fathia und Neila. Und Selma fragte schüchtern, ob sie ihre Schwester und ihre zwei Brüder einladen dürfe: Aicha, Mohammed und Moncef. Als die Liste der engsten Bekannten und Freunde stand, zählte man weit über fünfzig Leute. Das war für Ali zu viel. Also beschloss man, die Kinder nicht einzuladen und da kamen – einschließlich der Familie Akkari selbst – nur noch achtundzwanzig erwachsene Personen infrage. Das war das Minimum. Und Fatima sagte nur: »Kein Problem. Ich würde diese Menschen auch gerne kennenlernen. Also hier ist Geld, einfach nehmen und einkaufen.«

Sie hatte keine Ahnung, wie die Preise hier waren. Ihr Vater nahm das Bündel an sich und sagte: »Nicht so viel! Wir holen bei Lassad fünfzehn gebratene Hähnchen mit Beilage, also Salat und Kartoffeln. Dann holen wir Wasser und Cola. Und für vierzig Dinars Süßigkeiten, bei der Patisserie l' Orient. Also sollten wir mit zweihundert Dinars zurechtkommen.«

Er zählte das Geld ab, gab die zweihundert Dinars seiner kleinen Tochter und sagte: »Nimm zwei große Taschen mit. Und komm mit dem Taxi heim.« Den Rest des Geldes gab er der staunenden Fatima zurück. Dreißig Leute essen und trinken einschließlich Dessert für zweihundert Dinars! Unglaublich, dachte sie …

Dann konnte Ali endlich weitererzählen.

»Deine Großmutter war die beste Frau der Welt. Das sagt vielleicht jeder Mann von seiner Mutter, aber ich habe diese Frau respektiert und geliebt wie keinen anderen Menschen in meinem Leben. Sie hat einiges durchgemacht in ihrer Kindheit. Ich erzähle dir nur eine Geschichte aus ihrem Leben, bei der es mich heute noch schaudert. Sie bekam im Alter von sechzehn Jahren, wie viele Männer und Frauen in der

Gegend, den grauen Star. Damals gab es einen einzigen französischen Arzt in Zarzis und vielleicht noch ein paar traditionelle Heiler. Sie musste ein Auge entfernen lassen, damit sie nicht ganz blind würde. Es gab aber kein Narkosemittel, das wurde vom Militär gebraucht. Kannst du dir das vorstellen? Und ich habe Albträume, wenn ich einen Zahn ziehen lassen muss.«

Neila verschwand mit dem Geld und zwei großen Taschen. Den Weg ins Stadtzentrum nahm sie zu Fuß, sie wollte das Taxigeld für den Rückweg sparen. Lassad war ein guter Bekannter von ihnen, er besaß einen kleinen Imbiss-Laden, wo er frisch gegrillte Hähnchen mit Salaten und Kartoffeln verkaufte. Man konnte bei ihm nur zum Mitnehmen kaufen oder stehend essen. Neila bat ihn, ihr fünfzehn Hähnchen mit Garnitur vorzubereiten. Der Mann erschrak und sagte: »Um Gottes Willen, du kommst mitten am Nachmittag und willst fünfzehn Hühner von mir, einen ganzen Tagesverkauf? Ich habe nur noch acht.« Während er in seinem Handy eine Nummer suchte, fragte er Neila: »Habt ihr hohen Besuch?« »Ja, meine Schwester aus der Schweiz.«

»Alooo, Ali? Sag mal, hättest du sieben Hähnchen bereit? Ich schicke dir jemand rüber. Ja, habe ich ihr auch gesagt, aber es ist für hohen Besuch aus der Schweiz. Gib dir Mühe, lass mich nicht hängen, okay?«

Dann, zu Neila: »Weißt du, wo Ali seinen Laden hat, Ali Latrache?«

»Ja, ich weiß, wo er ist. Soll ich die anderen sieben Hähnchen bei ihm abholen? Soll ich sie ihm bezahlen?«

»Ja, zahl sie ihm direkt, wir verständigen uns dann selber …«

»Wieso nennt ihr ihn eigentlich Latrache, der Taube, er hört doch normal.«

Während Lassad anfing, die Hähnchen zu prüfen, die am Spieß drehten, erklärte er ihr lachend:

»Seit unserer Jugend nennen wir ihn Latrache, ich wüsste ehrlich nicht mehr, wie er mit Familiennamen heißt. Ben Salem oder Ben Salah? Ich weiß es nicht mehr. Wir nennen ihn so, weil er ein großer Fan von Farid El Atrache ist und er ihn virtuos nachsingt. Wir verbringen ganze Abende mit ihm in seinem kleinen Laden, er spielt perfekt Oud und wenn du die Augen zumachst, glaubst du wirklich, die traurige, weinende, sensible Stimme von Farid zu hören.«

Sie erhielt die ersten acht Hähnchen und holte die restlichen sieben bei Ali Latrache ab. Natürlich lief im Hintergrund Farid: »Yä häbäybi yä ghaybin, ouhaschtuni yä ghaliyin … – Meine Lieben, die ihr abwesend seid, ihr fehlt mir, ihr Teuren …«

Dann holte sie die orientalischen Süßigkeiten: Baqlawa, Maqroudh, Kaak, winkte vor der Pâtisserie Orientale einem Taxi und fuhr heim. Sofort übernahm ihre Mutter die Taschen und verschwand damit und mit ihrer kleinen Tochter in die Küche. Hanan blieb beim Vater und Fatima, denn möglicherweise würde sie für Übersetzungen gebraucht.

Inzwischen kam eine Nachbarin wie gerufen, um den Frauen in der Küche zu helfen, denn Neila musste überall die Einladung persönlich aussprechen gehen. Die meisten Männer waren außer Haus, es war daher wichtig, den Frauen die Einladung zu überbringen, damit sie kein Nachtessen vorsahen.

Es wurde ein toller Abend. Ein Gast nach dem anderen drückte Fatimas Hand. Die meisten Frauen, besonders die jüngeren, die von Fatima erfahren hatten, küssten sie, manche hatten Tränen in den Augen. Viele sagten lediglich: »El hämdu liLläh – Gott sei gepriesen«, und wollten ihre Freude und Dankbarkeit für dieses Wiedersehen und die Wiedervereinigung ausdrücken.

Es wurde gegessen, Tee getrunken, Baqlawa geschlemmt, denn das gab es selten zum Dessert. Und wieder kam eine Runde Tee, die Männer saßen alle in einer Ecke des Hofes, die Frauen am anderen Ende. Fatima saß bei den Frauen mit ihrer stets übersetzenden Halbschwester. Sie wurde ausgefragt über ihren Beruf, ihr Leben, ihre Freunde und Schweizer Verwandten. Die jüngeren Frauen vor allem wollten wissen, ob sie beabsichtige, dort zu heiraten. Sie lächelte verlegen und antwortete, dass sie den richtigen Mann noch nicht getroffen hätte.

Bei der Übersetzung lauschten einige ältere Frauen sehr aufmerksam. Nur wusste Fatima dieses Mal genau, dass sie sie als Kandidatin für ihre Söhne betrachteten. »Wie lächerlich«, dachte sie für sich, »ich und ein Mann aus Zarzis, der mir das Kopftuch vorschreiben, selber ausgehen, mich aber nicht alleine aus dem Haus lassen würde.«

Eine Frau um die andere stand nun auf und verabschiedete sich. Sie hatten kleine oder große Kinder zu Hause und mussten sie nun ins Bett bringen. Die Männer saßen alle noch da und nur zwei standen mit ihren Frauen auf und gingen auch. Der letzte Gast war ein junger, gut aussehender, eleganter Mann, der mit Ali noch eine heftige Diskussion zu haben schien. Die Frauen setzen sich nun auch zu den beiden Männern. Es war noch nicht so spät und Fatima wollte noch nicht ins Hotel zurück.

»Politik …« sagte Selma, fast gelangweilt. Und Hanan erklärte ihrer Halbschwester: »Sami ist sehr engagiert in der lokalen Politik. Und mein Vater eben auch, aber sie sind nicht immer gleicher Meinung. Immer, wenn sich die beiden treffen, reden sie über das gleiche Thema. Sie diskutierten gerade über die Privatisierungswelle, weißt du, der Staat verkauft alle Großunternehmen an Private und diese schmeißen meistens einen Großteil der Arbeiter raus!«

Gegen elf Uhr abends wollte sich Fatima verabschieden. »Bist du wirklich sicher, dass du nicht hier übernachten willst«, fragte Selma sie noch mal und die Antwort war klar: »Nein, wirklich lieb von euch, aber ich fliege morgen ziemlich früh wieder ab.«

Die Abschiedsszene wurde mit Tränen und Lächeln möglichst schnell überwunden. Während des Küssens und Umarmens fragte Fatima, wo sie jetzt wohl ein Taxi bekäme.

»Es steht schon lange eins vor der Tür«, sagte Sami.

»Das ist wirklich nicht nötig, ich nehme ein Taxi. Echt kein Problem.« Aber Sami sagte resolut: »Cousine, du nimmst kein Taxi. Stell dir vor, was die Leute von uns denken würden. Sie würden uns noch lange nachsagen, wir würden unsere Verwandten in Taxis stecken und sie ihrem Schicksal überlassen. Ich bringe dich ins Hotel. Habe ich mit deinem Vater schon besprochen.«

Sein Französisch klang sehr klar, er rollte das »R« nicht, wie es fast alle hier taten. Er muss in Frankreich studiert haben, dachte Fatima.

»Aha.«

»Ja«, fügte Ali hinzu. »Ich weiß, Tochter, du bist es nicht gewöhnt, dass man über dich verfügt und für dich entscheidet. Aber es ist der richtige Weg. Wir sind zufriedener, wenn dich dein Cousin fahren darf. Bitte.«

Vater und Tochter umarmten sich lange und wortlos, beide mit Tränen in den Augen und dem unausgesprochenen Wunsch eines baldigen Wiedersehens.

»Wann fliegst du denn morgen?«, rief Hanan im Auftrag ihrer kleinen Schwester.

»Um elf. Ich muss um neun Uhr dreißig im Flughafen sein.«

Fatima sah noch einmal in die frohe und gleichzeitig bedrückte Familie, ihre eigene zweite Familie, und sagte:

»Kommt doch mal alle in die Schweiz mich besuchen!« Aber sie wusste, dass das unerschwinglich wäre.

»Häyä tasbhu ala khir – Also gute Nacht«, sagte Sami, während er den Motor einschaltete und den Rückwärtsgang einlegte.

»In welchem Hotel bist du denn?«, fragte er seine Cousine.

»Vincci«, antworte Fatima kurz.

»Oh, schönes Hotel.«

»Du kennst es?«

»Ja, wir hatten vor Kurzem unser jährliches Treffen dort. Ich bin Förster, musst du wissen. Das ist ein merkwürdiger Beruf in diesem Land, aber wir versuchen, gegen die anrückende Wüste mit Vegetation anzukämpfen. Es gibt kein anderes Mittel. Und da haben wir vieles von den Israelis abgeschaut, sie haben ganze Wüstengebiete wieder zu blühenden Oasen gemacht. Es braucht lediglich Wasser, Pflanzen und harte Arbeit. Das Wasser ist da unten, wenn auch ziemlich tief. Die

Pflanzen sind kein Problem, wir haben Bäume, die so wenig Wasser brauchen, dass du sie in puren Sand stecken und gelegentlich darauf pinkeln könntest.« Er lachte verlegen und wusste nicht, ob er seine Cousine damit brüskiert hatte. Als sie zurücklächelte, war er beruhigt und fuhr fort:

»Aber das mit der Arbeit, das hapert halt bei uns. Und was machst du beruflich?«

»Ich bin Krankenschwester.«

»Oh, schön, Menschen wie dich braucht es wohl nötiger als solche wie mich. Ich könnte keinen Tropfen Blut sehen, geschweige denn einem Menschen, einem unschuldigen, leidenden Menschen, eine metallene Nadel in den Körper stecken und sie ihm so tief reinstoßen, dass sie gänzlich in seinem Körper verschwindet.«

Fatima musste laut lachen. »Aber damit tue ich ihm doch einen Gefallen, er kann sein Blut testen lassen, er kann einen Impfstoff oder ein Heilmittel gegen seine Krankheit einnehmen. Die meisten Patienten sind dankbar für den kleinen, harmlosen Schmerz.«

»Weißt du«, fuhr Sami fort, »als wir kleine Kinder waren, da mussten wir täglich ins Spital gehen und uns eine Spritze einjagen lassen. Damals machte es mir nichts aus, heute würde ich die Nacht zuvor kaum schlafen …«

Sie betrachtete ihn von der Seite. Seine Augenbrauen waren so regelmäßig, als wenn sie gezupft wären. Seine langen Wimpern betonten die Klarheit seine dunklen Augen. Seine Nase glich der ihren. Seine Lippen waren voll und anmutig und auch seine Zähne waren nicht so gelb wie jene der meisten hierzulande, sondern weiß und gepflegt. Wenn er lachte, dann über das ganze Gesicht, wenn er die Stirn runzelte, dann sah man die Besorgnis in seinem ganzen Gesicht stehen.

Ein fremder Mann, dachte Fatima, und doch ist er mir so nah, als wäre er mein Bruder, mein bester Freund. Merkwürdig! Kann ich mich getrauen, ihn zum Dank zu einem Drink einzuladen, einen alkoholfreien halt, wenn er nicht trinkt. Vielleicht gibt er mir einen

Korb – wie peinlich das wäre. Vielleicht würde er aber zusagen, warum sollte er mich abladen und wieder gehen, er sollte mich ins Hotel begleiten, das war sein Auftrag. Ich werde ihn fragen, wenn wir dort sind.

Als ob er ihre Gedanken erahnt hätte, sagte er: »Wir sind gleich da. Gehst du sofort ins Bett oder darf ich dich zu einem Drink einladen?«

Erstaunt erwiderte sie: »Ich würde dich sehr gerne einladen. Du trinkst?«

»Sag das bitte niemals deinem Vater. Er würde mich erschlagen.«

Dabei lachte er herzlich.

»Er ist für mich wie ein Vater, seit meiner gestorben ist. Ich gehe nur zu ihm mit Fragen und wenn ich Ratschläge brauche. Er ist ein erfahrener Mann. Nicht wie diese Schwätzer und Lästermäuler hier, die meinen, die Welt zu kennen, dabei haben sie den Fuß niemals weiter als bis Tunis gesetzt. Ich respektiere deinen Vater. Nur mit ihm kann ich über Politik und Wirtschaft reden, mit keinem anderen meiner Verwandten. Ja, ich trinke gelegentlich.«

Den Wächter des Hotels Vincci schien er zu kennen, denn dieser winkte sie rein: »Asslämä Sami.«

Er parkte sein Auto unmittelbar vor dem Hoteleingang und stieg so schnell aus, dass Fatima nicht dazu kam, die Tür aufzumachen, schon stand Sami neben ihr und hielt ihr die Tür auf. Sie gingen direkt an die Bar, aber zwei junge Männer waren bereits dabei aufzuräumen. Es wurde den beiden auf einmal bewusst, dass es spät war, sehr spät. Fatima schaute auf ihre Uhr und sagte: »Oh je, es ist schon nach Mitternacht! Ich glaube, ich sollte wirklich ins Bett. Verzeihst du mir?«

»Kein Problem, bint Ammi – Tochter meines Onkels.« Sami lächelte, auf seinem Gesicht war eine leichte Enttäuschung zu erkennen, es hätte ihm viel bedeutet, mit Fatima noch ein paar Worte zu wechseln. Auf dem Weg aus der Bar schlug sie vor, in der Disco einen schnellen Drink zu nehmen.

»Oh nein, jetzt musst du mir verzeihen, um diese Zeit findest du dort nur betrunkene Tunesier, die sich an ebenso betrunkene Touristinnen klammern. Da will ich nicht hin, entschuldige. Und du solltest da auch nicht rein.« Er schaute ihr freundlich in die Augen. Sie empfand eine liebevolle, schätzende Zuneigung.

»Wir holen diesen Drink nach, versprochen? Wenn ich wiederkomme oder wenn du in die Schweiz kommst.«

»Ah ja, ich könnte ja ein Studentenvisum beantragen zwecks Studiums der Schweizer Wälder!« Er lachte herzlich und steckte sie damit an. »Komm du lieber wieder zu uns. Wir fühlen uns alle geehrt durch deine Präsenz. Ich wünsche dir einen guten Rückflug und uns wünsche ich ein baldiges Wiedersehen.«

Er gab ihr die Hand, die sie lange hielt, zu lange, denn er zog plötzlich seine Hand zurück, lächelte verlegen und ging. Sie schaute ihm lange nach. Er blickte nicht zurück. Sicheren Schrittes ging er auf sein Auto zu, setzte sich, zündete eine Zigarette an, schnallte sich an und fuhr davon.

»Ich hätte dich so gerne umarmt, Sami, mein Cousin«, sagte sie ganz leise und ging auf ihr Zimmer.

Als Fatima am Mittwochmorgen um halb zehn in die Flughalle trat, traute sie ihren Augen nicht.

»Wir wollten dich noch mal sehen!«, sagte Hanan, die ihre jüngere Schwester Neila dabeihatte. Sami stand mit einem Kaffeebecher etwas beiseite und lächelte. »Soll ich dir einen Kaffee bringen?« Sie blickte ihn erfreut an und sagte: »Ja.«

Sie sprachen noch über dieses und jenes. Die zwei Schwestern waren nicht hergekommen, um zu reden, sie wollten lediglich ihrer »europäischen« Schwester eine Freude machen, sie während der letzten Stunde ihres Aufenthalts in Tunesien nicht allein lassen und sie zum Abschied noch einmal umarmen.

»Wir haben gestern Abend schon beschlossen zu kommen. Vater und Mutter grüßen dich ganz herzlich und wünschen guten Flug. Sami hat mitten in der Nacht eine SMS geschrieben: ›Cousine bien arrivée à l'hotel.‹ Und da habe ich ihn angerufen und ihn gebeten, uns zum Flughafen zu fahren.«

Von Zeit zu Zeit beobachtete Fatima die Touristen, die nicht besonders erfreut zu sein schienen, dass sie nun zurück in ihren Alltag mussten. Sie war zufrieden. Sie hatte in den letzten beiden Tagen so viel Gutes erlebt, dass sie es erst einmal zu Hause, in ihrer gewohnten Umgebung, verarbeiten wollte. Sie hatte kein Bedürfnis, länger hierzubleiben, nicht dieses Mal. Es war gut so.

Und wieder kam ein Abschied. Fatima umarmte ihre Schwestern und versprach, mit ihnen in Kontakt zu bleiben. »Jetzt habt ihr ja meine richtige Nummer«, bemerkte sie lachend. Dann gab sie Hanan ein Bündel Dinars und einen kleinen Haufen Münzen. »Das ist nicht viel, es ist fürs Benzin und euer Mittagessen.« Neila fuchtelte mit den Händen und wollte es verweigern. »Wir haben schon vorgesorgt!«

»Ich weiß«, sagte Fatima, »aber ich darf dieses tunesische Geld nicht ausführen. Also nehmt es bitte und geht in ein gutes Restaurant, okay.«

Dann ging sie in Richtung Sami, der immer noch abseits stand und die Familienszene nicht stören zu wollen schien. Als sie ihn umarmen wollte, machte er einen halben Schritt zurück. Ihre Schwestern schauten zur Seite und Sami ließ sich von seiner entfernten Schweizer Cousine in die Arme nehmen.

Die Umarmung kam ihm endlos vor. »Bitte, lass mich los«, dachte er für sich, »deine Schwestern, was sollen deine Schwestern denken?« Aber die Schwestern solidarisierten sich mit Fatima, taten so, als sähen sie nichts, und unterhielten sich darüber, wo es auf Djerba einen feinen Fisch gäbe.

Fatima hielt ihren schönen Cousin, der ja kein echter war, fest umklammert, drückte ihm einen dicken Kuss auf die linke Wange und sagte: »Schukran, Sami.«

Dann ließ sie ihn zu seiner Erleichterung endlich los. Er hatte ein leichtes Rot in seinem braun gebrannten feinen Gesicht und ein unübersehbares zufriedenes Lächeln.

Ali Akkari

In einer Moschee in Zarzis saß ein etwa fünfzigjähriger Mann mit schütterem Haar im Schneidersitz, eine Gebetskette in der rechten Hand, den gebückten Rücken an die Wand gelehnt, und weinte. Auf die Fragen seiner Glaubensgenossen antwortete er nur immer auf dieselbe Art: »El hämdu lilläh, el hämdu lilläh – Gott sei gepriesen.«

In der Moschee war es heiß. Winzige Schweißperlchen glänzten auf seiner Stirn, bewegten sich langsam aufeinander zu, bildeten kleine Perlen, die sich gegenseitig verstärkten und die Stirn hinunter weiterbewegten, sich zu einem kleinen Tropfen entwickelten, dann entlang seiner buschigen Augenbrauen auf die Schläfe zuwanderten, sich auf seinen Wangen mit den Tränen vermischen und eine salzige, beißende Flüssigkeit bildeten, die er erst mit seinem Ärmel wegwischte, als sie an seinem Kinn abzutropfen drohte.

Meine Tochter ist gestern bei mir aufgetaucht. Gott, du Allmächtiger, vergib mir meine Sünden, die vielen Jahre meiner Abwesenheit und meiner Unbekümmertheit. Es bricht mir das Herz, heute daran zu denken, dass sie ihre ersten Zahnschmerzen ohne mich hatte, dass sie ihren ersten Schultag ohne meine Begleitung und mein Zureden und meine Ermutigung beging. Ich wäre so stolz gewesen, sie in die Schule zu begleiten, mit ihr den ersten Schritt auf dem Weg des Wissens zu machen.

Ich war jung und kannte nur Sünde. Und wie die meisten jungen Menschen dachte ich, dass ich die Sünden später wiedergutmachen würde. Ich war leichtsinnig und verspielt, hatte keine Verantwortung, weder im Kopf noch im Herzen. Nach meinen gescheiterten Schuljahren verschwand ich nach Deutschland, zu einem Cousin, der mich monatelang vor den Behörden versteckte, ich arbeitete gelegentlich schwarz und konnte mein Vergnügen finanzieren. Gelegentlich, ja, aber nur selten, dachte ich darüber nach, was ich aus meinem Leben machen wollte. Es ging alles so schnell und rasant zu in diesem Europa, ich konnte nicht denken, nicht mithalten, so blitzschnell gingen die Wochen und Monate an mir vorbei. Es kam mir damals vor, als hätten sie in diesem Europa eine andere Zeitrechnung: Was bei uns eine Woche dauerte, ging bei ihnen einen Tag lang. Wofür wir hier einen Tag benötigten, erledigten sie in einer Stunde.

Eines Tages habe ich einen jungen Libyer kennengelernt, der in der Schweiz wohnte und in Deutschland zu Besuch war. Wir kamen ins Gespräch, weil er aus Ben Ghazi war, das ich selber kannte. Ich hatte mal in Ben Ghazi auf einer großen Baustelle gearbeitet. Jedenfalls war er für mich wie ein Landsmann, wie ein Cousin. Er lud mich zu sich ein, zwischen Weihnachten und Neujahr, da ich sowieso nichts vorhatte.

Es war ein Freitag. Ich freute mich auf den Abend im Trischli in St. Gallen. Meine Erwartungen waren gering. Ich freute mich aufs Tanzen und vielleicht auf die Bekanntschaft mit einer Frau. Es hätte genügt, ein paar enge Slows mit einer Blondine zu bekommen. Dann wäre der Abend schon erfolgreich gewesen. Ich hätte nie gedacht, dass jener Freitagabend mein Leben so prägen und verändern würde.

Ich hatte wenig Geld und machte ihn darauf aufmerksam, worauf er nur lachend meinte: »Bist du mein Bruder oder nicht? Du zahlst keinen Rappen. Du bist die nächsten Tage mein Gast.« Er hob am Nachmittag noch einige Scheine am Bankschalter ab, es war ein ganzes Bündel großer Scheine, aber ich hatte keine Ahnung wie viel. Ich habe nie erfahren, was er beruflich machte, woher er so viel Geld besitzen konnte, obwohl er nicht wesentlich älter war als ich.

Seine Wohnung war geräumig, neu eingerichtet, nicht so sauber. Ein Männerhaushalt, wie ich ihn schon kannte. Aber diese Großzügigkeit, diesen Luxus, den kannte ich nicht von meinem Cousin in Deutschland. Ich legte meine Sachen ab, er zeigte mir, wo ich schlafen würde, auf einer großen Matratze in einem eigenen Raum, dann verschwanden wir. Wir gingen in ein sehr gutes Restaurant, schlugen uns die Bäuche voll und tranken dazu zwei Flaschen Wein. Er bezahlte. Dann gingen wir weiter, es war noch früh am Abend. Mehrere Bars haben wir besucht und immer bezahlte mein Freund. Mit den paar Mark, die ich dabeihatte, konnte ich sowieso nichts ausrichten. Ich gewöhnte mich so schnell und so gut daran, dass ich bei der letzen Bar vor dem Discobesuch der Dame hinter der Bar zurief: »So, Fräulein, wir gehen weiter. Mein Freund möchte bezahlen.« Daraufhin grölten wir beide.

In der Disco angekommen, sah man uns schräg, komisch, befremdet an. Ich weiß nicht, ob es wegen unseres ziemlich betrunkenen Zustands war oder weil man uns deutlich ansah, dass wir Araber waren. Es war 1977, keine besonders angenehme Zeit für Araber. Die Ölkrise war noch nicht vergessen. Man nahm uns als Konkurrenten wahr, wenn wir in eine Disco gingen. Die Männer befürchteten, dass ihre Frauen sie wegen uns verlassen würden. Die Abneigung der Männer wurde durch die Zuneigung der Frauen zu uns dunkelhaarigen und dunkeläugigen guten Tänzern verstärkt. Die Schweizer, ein paar Deutsche und Österreicher versuchten, lässig zu tanzen, aber sie hatten keine Chance gegen uns. Wir fielen schon damit auf, dass wir beim Tanzen klatschten, zu jedem Rhythmus eine Art Bauchtanz vorlegten und dabei immer laut lachten und schrieen.

Die Einzigen, die uns das Wasser reichen konnten, waren die Italiener. Aber da gab es ein stilles Abkommen. Wenn ein Italiener eine Frau an der Angel oder nur im Visier hatte, machten wir uns nicht an sie heran. Und wenn ein Araber eine Frau ausgesucht hatte, war unmissverständlich klar, dass alle anderen erst abwarteten, was daraus würde. Erst wenn sie ihm einen Korb gegeben hatte, durfte ein anderer sein Glück versuchen.

Und so standen wir, Abdelkarim und ich, auf der Tanzfläche. Er kürzte ständig seinen Namen ab und sagte, er heiße Karim. Und ich sagte ihm immer: »Abdelkarim, du bist doch nicht Gott, nur Gott ist ›Karim‹. Begeh doch keine Sünde, mein Freund.«

»Ach was, die verstehen das hier nicht, Abdelkarim ist zu lang.«

Wir fielen schnell auf. Das bemerkten wir an den eifersüchtigen Blicken der Männer und am Lächeln der Frauen. Es verging keine Stunde, da sah ich sie. Eine junge, bildschöne Frau mit blauen Augen. Mein libyscher Freund sah mir sofort an, dass mich ein Blitz traf. Ich soll auf der Tanzfläche wie eine Standfigur, wie ein versteinerter Mann, gestanden und in die Richtung dieser Frau geschaut haben, die mit einer Freundin redete und mich gelegentlich aus den Augenwinkeln ansah.

Es war die Zeit der Abenteuer, der Freiheit und des unbeschwerten Lebens. Niemand konnte uns diese Freiheiten nehmen. Ich bat sie um einen Tanz und sie nahm gerne an. Dann tanzte ich so lange mit ihr, bis ein langsames Stück kam und die Lichter gedämpft wurden. Das war der Moment, wo sie hätte Danke sagen und mich auf der Tanzfläche stehen lassen können. Aber die Frauen waren damals anständig, sie gaben jedem Mann mindestens eine Chance. Und so tanzten wir eng zusammen. Ich muss sie ziemlich an mich gedrückt haben, denn sie musste gelegentlich ein bisschen Abstand nehmen. Jedenfalls blieb es an jenem Abend nicht bei diesem einzigen Tanz. Mein Freund Abdelkarim wollte sich an ihre Freundin heranmachen, aber diese war nicht im Geringsten am Tanzen interessiert, jedenfalls nicht mit ihm. Dafür verwickelte er sie in lange Diskussionen über Libyen, Israel und die arabische Welt. Als Yvonnes Freundin nach Hause ging, waren wir zwei eng umschlungen auf der Tanzfläche. Sie verabschiedete sich mit ein paar Worten, die sie ihr ganz leise ins Ohr flüsterte, während ich Yvonne an der Hand hielt, damit sie nicht auch zum Weggehen überredet würde. Was hat diese Freundin ihr wohl in diesem Moment gesagt? Ich habe es nie erfahren. Abdelkarim nahm sich eine andere Frau. Und Yvonne und ich tanzten, redeten, tranken, lachten, erzählten einander unsere Geschichten. Und wir waren beide auf den Verlauf der Nacht gespannt. Würde sie zu ihrer Freundin gehen oder bei uns übernachten? Würde sie mich morgen vergessen haben oder würde sie mit mir schlafen und mich wiedersehen wollen?

Abdelkarim erwies sich als echter Freund. Als wir zu dritt zu ihm in die Wohnung gingen, überlegte ich die ganze Zeit, wie das wohl würde. Er würde in sein Zimmer gehen und daneben sollte ich mit Yvonne schlafen? Das hätte ich nicht fertiggebracht. Er sagte mir auf Arabisch, sodass es meine neue Bekanntschaft nicht verstand: »Hör zu, mein Freund, wenn wir in die Wohnung kommen, werde ich so tun, als hätte ich etwas Wichtiges vergessen, ich werde irgendetwas erfinden. Jedenfalls werde ich für mindestens zwei Stunden verschwinden. Du weißt, was du zu tun hast.«

Yvonne und ich brauchten die zwei Stunden nicht, wir haben uns sofort geliebt, als Abdelkarim die Wohnungstür hinter sich schloss. Es war leidenschaftlich, heftig und unvergesslich schön. Als mein Freund nach Hause kam, fand er uns schlafend, Arm in Arm. Wir hörten ihn nicht. Tage später erzählte er mir auf mein Drängen hin, was er die halbe Nacht getan hatte: Zunächst wollte er in die Disco zurück, es war aber schon nach drei Uhr und sie war geschlossen. Er wollte zum Bahnhof, ins Buffet, das öffnete aber erst um sechs Uhr. Also ging er in die Altstadt und spazierte zwei Stunden lang umher. Er sah zum ersten Mal das Kloster von St. Gallen mit seinen imposanten Bauten, ging durch enge Gassen, die er noch nie zuvor gesehen hatte, verbrachte über eine Stunde am Bahnhof und las mehrere Prospekte.

Am nächsten Morgen brachte ich Yvonne zum Bahnhof, trank mit ihr einen Kaffee und wir verabredeten, dass ich an Silvester zu ihr kommen würde, nach Frauenfeld. Sie wohnte noch bei den Eltern, streng katholischen Menschen, die mich bestimmt nicht gemocht hätten, vielleicht weil sie keine Moslems mochten, vielleicht wegen der antiarabischen Haltung in der Welt und der Ölkrise. Möglicherweise mussten auch sie aufs Auto verzichten und Rad fahren, als wir das Benzin so verteuerten. An jenem Abend des 31. Dezember 1977 blieb ich lediglich eine Viertelstunde bei ihren Eltern sitzen, nahm ein einziges Glas Wasser und verschwand mit ihr. Dieses Glas Wasser war das Einzige, was ich jemals bei meinen zukünftigen Schwiegereltern konsumierte.

Wir gingen am Silvesterabend in die Stadt, da war eine Party angesagt mit Essen und Trinken und Tanzen, in einem Industriegebiet. Es war bitterkalt und wunderschöner, frischer Schnee lag auf den Wegen und den Häusern. So etwas hatte ich noch nie gesehen. Nach einer langen Nacht mit viel Spaß gingen wir zu einer Freundin von Yvonne nach Hause und übernachteten dort. Wir liebten uns, wieder ganz heftig und innig. Und wahrscheinlich entstand in jener Nacht unsere Tochter. Am ersten Januar fuhr ich wieder nach Ulm zurück. Ich hatte dort ein Zimmer und arbeitete bei einem Tunesier, der einen Fastfood-Stand besaß. Er war einer der ersten Araber damals, der es wagte, in Deutschland Merguez und Couscous zu verkaufen. Seine wenigen Kunden waren denn auch meist Araber.

Die Tage vergingen, ich dachte oft an Yvonne, aber es sah so aus, als wäre das ein Abenteuer wie manches andere gewesen. Doch dann, im Februar, bekam ich einen Brief von ihr. Darin schrieb sie, sie sei schwanger.

Ich war wie versteinert. Mein Mitbewohner, der neben mir saß, als ich den Brief las, dachte schon, dass meiner Mutter etwas passiert wäre, denn ich hatte ihm zuvor erzählt, dass sie sich einer Operation unterziehen musste. Damals waren alle jungen Männer der Meinung, dass die Verhütung der Schwangerschaft alleinige Sache der Frau sei. Keiner meiner Altersgenossen hatte sich jemals Gedanken gemacht. Wir hatten blindlings den Frauen vertraut.

Meine Gefühle wechselten von unglaublicher Freude zu übermäßiger Wut. Ich konnte kein Kind ernähren, wie denn auch? Mit meinem mageren Gelegenheitsarbeiterlohn brachte ich mich knapp selber durch. Und sie war in der Schweiz! Heiraten? Ja, warum nicht heiraten und in die Schweiz gehen. Dort soll es die besseren Arbeitsplätze geben, die höheren Löhne. Ich sah eine Möglichkeit, ja, ich musste sie sofort anrufen. Aber halt, ich musste es meiner Mutter und meiner ganzen Familie sagen. Nur wie würden sie es aufnehmen? Sie würden mich verfluchen, sie würden auf mich einreden, ich solle ja nichts mit dieser

Frau anfangen, es sei doch ein uneheliches Kind. Ich beschloss, vorerst nichts nach Hause zu melden.

Ein paar Tage später saß ich mit Yvonne in Frauenfeld und wir besprachen unsere Zukunft. Wir waren uns schnell einig. Wir heirateten auf die Schnelle. Ich zog zu ihr, fand aber keine Arbeit. Der Rassismus kam mir täglich latenter vor. Ich hatte kaum meinen Namen ausgesprochen, schon wurde das Telefon aufgelegt oder die Tür zugeschlagen. Gott ist mein Zeuge, ich habe alles versucht. Wenn Yvonne zur Arbeit ging, lief ich ganze Straßenzüge ab auf der Suche nach Beschäftigung. Aber umsonst. Bis zu meiner Ausreise habe ich keinen einzigen Tag richtig arbeiten können. Gelegentlich stellte mich ein Araber in einem kleinen, unrentablen Restaurant an, wo ich gerade mal ein Taschengeld verdienen konnte. Es war eine harte Zeit.

Und dann konnte ich mein Geheimnis nicht mehr für mich behalten. Ich musste es meiner Mutter sagen. Mein geliebter Vater war schon ein Jahr zuvor von uns gegangen. Meine Mutter schrie nur: »Um Allahs Willen, mein Sohn. Wie konntest du diese Sünde begehen? Wie konntest du mit einer Frau schlafen, die nicht deine angetraute Frau war? Allah vergebe dir, mein Sohn!«

Es hatte keinen Zweck, mit meiner Mutter zu diskutieren, zu argumentieren, dass hier in Europa andere Verhältnisse und andere Sitten herrschten. Wie hätte ich meiner Mutter erklären sollen, dass ich getanzt und getrunken hatte, dann mit einer Frau, die ich erst an jenem Abend kennengelernt hatte, ins Bett gegangen war? Unmöglich. Sie hätte es nicht nur nicht akzeptiert, sondern gar nicht mal verstanden. Ich beschloss, eine Weile nicht mehr anzurufen oder zu schreiben. Aber der letzte Satz hallte noch in meinem Ohr: »Sohn! Wann kommst du endlich nach Hause und lässt diese Sünde hinter dir? Wann kannst du uns endlich helfen? Wir haben kein Einkommen, Sohn, seit dein Vater gestorben ist. Du bist unsere Hoffnung und unsere Zukunft! Denk daran.«

Als meine Tochter das Licht der Welt erblickte, war ihr Vater betrunken. Statt im Gebetshaus mit Glaubensgenossen um Gesundheit für meine Frau und unser Kind zu beten, betrank ich mich mit ein paar Kumpels. Ich ließ mir ein Bier ums andere spendieren. Ich Idiot. Oh Gott, du Barmherziger, du Gnädiger, nimm meine demütige Reue und mein Flehen um Vergebung an!

Während ihres ganzen ersten Lebensjahres trug ich mit keinem Rappen zum Haushalt bei, auch nicht mit Arbeit. Immer wieder kamen Absagen auf meine Bewerbungen. Es war wie verhext. Landsleute und andere Nordafrikaner, mit weniger Ausbildung und Erfahrung und ohne Familie, fanden Arbeit. Nur bei mir klappte es nicht. Und da dachte ich zum ersten Mal an den Segen meiner Mutter, den ich nicht hatte. Vielleicht lag es an ihrer Unzufriedenheit mit mir und vielleicht hatte mich auch mein Vater kurz vor seinem Tod verflucht.

Es kam mir alles sinnlos und verloren vor.

Und so verstärkte sich in mir das Gefühl, ich sollte die Schweiz und Europa verlassen. Ich machte aus meiner Sünde die Sünde Europas und Yvonnes. Ich machte alle anderen für meine Tat verantwortlich, nur nicht mich. Blinde Jugend! Meine Frau und meine Tochter würden überleben. Sie hatten Familie und ein funktionierendes Sozialsystem. Und was hatte meine Mutter? Mich hatte sie, das war alles. Würde ich eine Frau aus Zarzis heiraten, dann könnte sie sich um meine Mutter kümmern. Mit jeder Absage auf eine Bewerbung, mit jedem »Tut uns leid«, begriff ich mehr, dass ich in diesem Europa keine Zukunft hatte.

Aber wie hätte ich das damals meiner Frau sagen sollen? Wie hätte ich erklären sollen, dass meine Mutter wichtiger war als sie und unsere Tochter? Ich war kein Typ, der Klartext sprach. Ich hatte auch, ehrlich gesagt, Angst, dass sie mich davon abhalten würde, diesen Plan zu verwirklichen. Natürlich wusste ich, dass sie zuerst zu ihren Eltern gehen würde. Sie würden sie für die erste Zeit versorgen. Danach würde sie die Kleine in eine Tagesstätte bringen oder zu einer Freundin und eine Teilzeitarbeit finden. Sie würde überleben, das wusste ich. Aber meine

Mutter? Gott ist mein Zeuge, ich kam zurück wegen meiner armen Mutter, die ihren Mann verloren hatte, keinerlei Einnahmen hatte und niemanden um sich, der sich um sie kümmerte. Meine Schwestern waren alle schon verheiratet und zu ihren Männern gezogen, wo sie ihre Schwiegereltern versorgten.

Während ich in einer geheizten Wohnung lebte, bewohnte meine arme Mutter ein löcheriges, altes Lehmhäuschen. Ich hatte Angst vor Gott, wenn nicht für die anderen Sünden, dann für diese: meine einsame Mutter ihrem Schicksal zu überlassen …

Yvonne hat nie erfahren, warum ich mich so verhielt, dass es zu jenem Streit kam. Nicht dass ich den Abend herbeigewünscht oder provoziert hätte. Aber mein Verhalten musste wahrscheinlich dorthin führen, dass ich eines Abends nach Hause kam, das Herz voller Sorgen und Frust und den Kopf voller Rausch, und dass wir aneinandergerieten. Es war ein Versehen, Gott vergebe mir, ich schwöre, dass ich seit jenem Tag und auch davor nie einer Frau etwas angetan habe. Meine zweite Frau hat niemals meine Hand gegen sich erhoben gesehen.

Und es kam, wie es kommen musste und eigentlich, wie ich es vorhergesehen hatte: Sie ging zu ihren Eltern, verbrachte ein paar Tage dort. Ich weiß heute noch nicht, ob sie ihrer Mutter gesagt hat, wie sie zu dem blauen Auge kam und zu dieser Schramme an der Stirn. Ich wusste, dass ich die nächsten Tage allein sein würde. Ich trank ziemlich viel, Istaghfir Allah – Gott vergebe mir! Ich dachte tage- und nächtelang nach, nicht etwa darüber, ob ich gehen oder bleiben sollte, vielmehr womit ich gehen sollte. Ich hatte keinen Job und kein Geld. Ich hatte nach insgesamt fast vier Jahren Europa genau das, was ich bei meiner Ankunft hatte: meine Kleider, die ich am Leib trug, und ein paar persönliche Dinge. Was hatte man mir doch über Europa für Märchen erzählt und es mir für ein Wunder verkauft! Wie alles nur so auf der Straße läge, wie alles leicht wäre, wie viel Arbeit es in diesem gelobten Europa gäbe. Und nun stand ich da, mit einer endenden Ehe, einem Kleinkind, das nach meiner Mutter genannt worden war, aber weder meine Mutter noch mich je wiedersehen würde.

Und nach einigen Tagen war mein Plan geschmiedet; er war peinlich einfach. Ich nehme einen Koffer und gehe. Das war der Plan, viel mehr war nicht zu tun. Dann war es so weit. Ich hatte meinen Flug mit Tunis-Air gebucht, mit dem letzten Geld, das ich hatte. Meine Schwiegermutter wollte Yvonne und Fatma nicht mit mir allein lassen, als ich mich von meiner Tochter verabschieden wollte. Ich nahm es dieser alten katholischen fürsorglichen Mutter nicht übel. Sie hatte mehr Mut gezeigt als meine Mutter, denn sie hatte schließlich die Beziehung ihrer Tochter zu einem Moslem akzeptiert; meine Mutter hatte es nie verdaut, dass ich in Europa geheiratet hatte.

Was wäre wohl aus mir geworden, wenn ich in der Schweiz geblieben wäre? Ich will es nicht wissen. Ich hätte noch tiefer abstürzen können, ich hätte womöglich mir oder meiner kleinen Familie irgendetwas angetan. Gott wollte diesen Weg für mich. Ich bin glücklich, dass es so gekommen ist. Meine erste Tochter ist gesund und hat sich prächtig entwickelt. Sie ist schön. Ha, alle wollen sie heiraten. Aber ich werde keinen an sie heranlassen. Niemand aus Zarzis soll sie haben. Niemand. Sie soll in der Schweiz heiraten. Sie ist ja leider keine Muslimin. Das ist aber keineswegs ihr Fehler, sondern meiner. Somit werde ich keinen zweiten Fehler mit ihr machen und ihr auch nur andeuten, sie solle in Erwägung ziehen, einen Moslem zu heiraten. Niemals! Sie soll heiraten, wen sie will, aber sie sollte bald heiraten. Es ist nicht gut für eine Frau über fünfundzwanzig, noch ledig zu sein.

Mein Gott! Der Tag, an dem ich sie verließ, schmerzt heute noch, schon beim Gedanken daran. Neunundzwanzig lange Jahre ist es her und es kommt mir wie gestern vor. Sie lag in ihrem Wagen und lächelte, das arme, unschuldige Geschöpf, gleich einem Engel, rein und unbefleckt von der menschlichen Schlechtigkeit und abgrundtiefen Hoffnungslosigkeit, Enttäuschung und Bitterkeit, die ich empfand. Ich beugte mich zu ihr und küsste sie. Noch immer lächelte sie, aber ich hatte mich kaum abgewendet, da stieß sie einen Schrei aus, der mir heute noch tief im Nacken sitzt. Ich gab mir die größte Mühe, um nicht loszuheulen und sie aus dem Wagen zu reißen, an mich zu drücken und mit ihr wegzurennen, weit weg. El hämdu li'Llãh, Gott gab mir die Kraft, aus der Wohnung zu gehen, die Treppen hinunterzusteigen, in aller Ruhe die Haustür zu öffnen und, ohne einen Blick zurückzuwenden, auf die Bushaltestelle zuzusteuern. Tausend Mal hätte ich mich gerne umgedreht, in der Hoffnung, Yvonne stünde am Fenster und wollte mit Fatma auf dem Arm noch einen Blick von mir ergattern. Ich habe keine Ahnung, ob sie nach mir geschaut haben.

Meine Schwiegermutter, die listige alte Dame, hat es gesehen. Sie ist die einzige Frau auf der Welt, die mich im Erwachsenenalter eine Träne vergießen sah. Nicht einmal meine Mutter hat mich jemals weinen sehen, seit ich ein Mann bin.

Ich kam zurück nach Zarzis. Es war die größte Pleite meines Lebens. Es gab kaum Arbeit damals und ich hatte keine hundert Dinars Vermögen. Ich versteckte mich tage- und nächtelang vor den vielen Fragenden: »Was hast du mitgebracht?« »Warum bist du alleine zurückgekommen, wir dachten, du seiest verheiratet und hättest ein Kind?« »Hast du schon ein Projekt?«

Ich hatte gar nichts außer Erinnerungen an einen gescheiterten Europa-Aufenthalt. Und ich verstand damals die bohrenden, aufdringlichen Fragen nicht, aber es war klar, jeder dachte: »Dieser Idiot, hätte ich diese Chance gehabt, ich wäre ein reicher Mann, und seine arme Mutter, die es sogar ertragen musste, dass er nicht da war, als sein Vater starb, was hat sie nun? Kein Geld, keine Familie. Miskina – Die Arme!«

Ich glaube, sogar meine Mutter wünschte sich mit der Zeit, ich wäre nicht zurückgekehrt. Sie hatte es satt, diesen Frauen Rede und Antwort zu stehen: wann ich denn endlich Arbeit finden würde, wann ich denn endlich heiraten und ihr eine Frau ins Haus bringen würde, die ihr helfen könnte.

Ein Jahr nach meiner Heimkehr habe ich Selma geheiratet. Meine Mutter hatte sie mir vorgeschlagen. Sie ist mit uns nicht verwandt und einige Tanten waren leicht empört, als ich eine »Fremde« geheiratet habe, obwohl sie in unserem Quartier lebte. Die Hochzeit wurde einfach gefeiert. Auch das war mir äußerst peinlich. Während meine Cousins das ganze Quartier eingeladen hatten und eine richtig traditionelle Hochzeit feierten, habe ich für Selma eine der schlichtesten Feiern geboten, die man je in Zarzis sah. Die gute Frau hat es mir nie übel genommen. Bescheiden, sparsam und zukunftsgerichtet hat sie mit mir die nächsten Jahre hart gearbeitet, um die Schulden der Hochzeit zurückzuzahlen, das Häuschen meiner Mutter zu renovieren, ein kleines Stück Land zu kaufen. Dieses kleine Stück Land wurde unser Glück. Land ist das Einzige, worin ein Mann investieren sollte. Sogar Gold kann seinen Wert verlieren, nicht aber Land! Es war ein kleines, unscheinbares Fleckchen, verwuchert, voller Müll und Steine. Niemand wollte es. Es kam mir sofort vor wie eine versteckte Perle unter einer hässlichen Oberfläche. Wir haben das Land nie benutzt. Wir haben es fünf Jahre später an ein Unternehmen verkauft, das genau dieses Stück Land brauchte, um ein Hotel fertigzustellen. Sie bezahlten uns ein kleines Vermögen dafür. Selma und ich glaubten immer, dass dieser Kauf damals ein glücklicher Zug war, während uns alle belächelten. Sie sagten: »Die können sich halt nichts anderes leisten als diesen kargen Boden. Und was wollen sie darauf setzen? Oliven? Die Armen …«

Wir hatten genug Geld, um neben meiner Mutter, auf ihrem eigenen Boden, den ihr mein Vater hinterlassen hatte, ein schönes Haus zu bauen. Wir mussten nicht einmal das ganze Stück Erde in Anspruch nehmen. Heute blüht ein wunderschöner Garten auf dem Platz, den mein Vater von seinen Eltern geerbt hatte.

Ich bekam dann auch einen Job bei der STEG, dem Elektrizitätswerk, etwas Einfaches, keine besonderen Ansprüche, aber mit anständigem, regelmäßigem Einkommen, Prämien und einer guten Altersversorgung. Auch die Kinder haben wir geplant. Selma war von Anfang an auf meiner Seite, als ich sagte, wir sollten nichts überstürzen. Ich war ein gebranntes Kind in dieser Hinsicht. Sie war so tapfer und stellte ihren frühen Kinderwunsch zurück. Ich schätze sie sehr dafür. Das Gerede der Leute hat uns anfangs fertiggemacht. Aber mit der Zeit haben sie alle verstanden, dass eine Absicht und ein Plan hinter unserem Verhalten steckten. Unsere Mädchen konnten in allem Komfort aufwachsen. Es mangelte ihnen an nichts.

Als meine liebe Mutter starb, erbte ich ihr Häuschen und vor allem das Grundstückchen, das inzwischen wegen des Platzmangels in Zarzis ein zweites kleines Vermögen wert ist. Ich habe es bis heute niemandem verkauft, obwohl ich wöchentlich darauf angesprochen werde. Wir haben das uralte Lehmhäuschen mit einem Baggerstoß demolieren lassen und nun einen wunderschönen Garten daraus gemacht. Anfangs belächelten uns die Leute. Ich sagte immer, dass ein Mensch etwas Grünes um sich haben müsste. Wir verschachteln unsere Häuser so sehr ineinander, dass kaum mehr Luft für eine Blume bleibt. Vielleicht habe ich das von meinem Aufenthalt in der Schweiz mitgenommen: Ich muss mich immer mit Grünzeug umgeben …

Meine Mutter verstand sich so gut mit Selma, dass sie sie noch auf ihrem Sterbebett zu sich rief und mit ihr sprach. Ich habe nie erfahren, was die zwei Frauen einander noch sagten, bevor meine Mutter ihren letzten Atem aushauchte, ihre Hand in Selmas Hand.

Als Fatma etwa zehn Jahre alt war, da geschah etwas Merkwürdiges: Ich empfand einen unglaublich starken Drang, sie zu sehen, wollte aber ihr Leben und das ihrer Mutter in keiner Weise durcheinanderbringen.

Ich verstand es nicht. Ich hatte sie fast neun Jahre lang aus dem Gedächtnis zu verbannen versucht. Natürlich holten mich immer wieder Albträume ein, ich sah und hörte sie immer wieder zuerst lächeln, dann aufschreien, dann verstummen. Ich suchte Eigenschutz im Vergessen. Aber wie aus heiterem Himmel, eines Morgens, empfand ich diesen

Drang, als wenn mich einer in die Rippen gestoßen und gesagt hätte: »Ali, du hast eine Tochter irgendwo auf dieser Welt!«

Also schrieb ich an Yvonne und bat sie, mir möglichst viele Fotos zu senden. Ich beschwor sie, der Kleinen nichts zu sagen, und ich glaube, das hat Yvonne auch so gewollt. Sie war sehr nett. Sie schickte mir Duplikate von alten Fotos, seit der Kindheit Fatmas, und dann alle paar Monate wieder. Mehrmals im Jahr kam ein Brief, ohne Worte, lediglich mit Fotos meiner Tochter, und ich konnte zusehen, wie sie größer und schöner wurde, die letzten Fotos habe ich vor etwa einem Jahr erhalten. Ich hatte die größte Lust, Yvonne zu schreiben oder sie anzurufen, aber unsere Abmachung war klar: kein Kontakt! Ich rechne es Yvonne hoch an, dass sie trotz unserer hässlichen Geschichte, besonders meines hässlichen Abgangs, mir immer den Zugang zu meiner Tochter gewährt hat, wenn auch nur über Fotografien.

Irgendwann schrieb ich Yvonne doch einen Brief und erzählte ihr über meine beiden Töchter. Ich sah von Jahr zu Jahr, dass sich Yvonne veränderte. Sie legte – bewusst oder ungewollt – gelegentlich Fotos bei, auf denen sie auch zu sehen war. Sie veränderte sich zusehends. Ich hatte sie anfangs überredet, das Kopftuch zu tragen, das hat sie aber sehr bald nach meiner Abreise wieder abgelegt, verständlicherweise, denn für wen wollte sie es denn noch tun? Sie war nicht überzeugte Muslimin, sie wollte es für mich tun. Mein Versuch, sie zum Islam zu bewegen, war von Anfang an zum Scheitern verurteilt: Während sie keinen Tropfen Alkohol mehr zu sich nahm und beim Essen Schweinefleisch vermied, trank ich noch. Gott im Himmel, vergib mir meine Sünden! Und dann war manchmal ein Mann mit auf den Fotos. Er hatte oft meine Tochter auf dem Schoß oder an der Hand. Es brach mir das Herz zu ahnen, dass sie ihn Vater nannte. Aber ich konnte nicht anders. Ich wartete wie ein kleines Kind auf neue Fotos. Ich quälte und bestrafte mich selbst.

Aber jetzt ist die Erlösung gekommen. Wir sind glücklich, dass unsere Töchter gut geraten sind. Und mein Glück ist heute perfekt, denn auch meine erste Tochter ist gut geraten.

El hämdu lilläh yaaa Rabbi – gepriesen seiest du, oh Gott! Er fuhr mit beiden Händen über sein Gesicht, wie es Moslems nach einem Gebet tun, stand auf und ging erhobenen Hauptes, mit leicht feuchten Augen, aus der Moschee und warf einige Münzen in den Spendentopf, worauf ihm der Moscheediener nachrief: »Yarham Oualdik – Gott segne deine Eltern.«

Yvonne Hausamann

Ich hoffe, dass es meiner Tochter gut geht. Mehr kann ich für sie von hier aus nicht tun. Sie ist tapfer, mutig und zielstrebig. Auch wenn sie Schwierigkeiten bekommen sollte, mit Zöllnern, Polizisten, sonstigen Beamten, sie wird sie meistern. Hoffentlich findet sie ihre »Familie«.

Sie hat in den letzten Jahren immer wieder davon geredet, geträumt und sich innig gewünscht, ihrem Vater zu begegnen. Sie wollte ihn nicht aus Liebe sehen, sie wollte ihm einfach in die Augen sehen und ihm ihre Meinung sagen. »Ich will, dass er vor mir weint.« Das hat sie immer gesagt. Sie hatte keine Ahnung von Tunesien. Ich habe ihr bewusst nicht viel erzählt über das Land und die Leute, die ich ja auch nicht kannte. Ali war der einzige Araber, mit dem ich jemals etwas hatte. Und seit er weg ist, will ich mit keinem anderen Mann seiner Art zu tun haben.

Es fing an, als sie etwa fünf Jahre alt war, sie wollte natürlich über ihren Vater etwas wissen. Ich sagte ihr das Notwendigste, ein paar Fotos, ein paar Anekdoten, mehr nicht. Ich hatte keinerlei Absicht, ihn bei ihr schlechtzumachen, aber ich wollte unter keinen Umständen, dass sie sich zu sehr damit beschäftigte und ihn womöglich anrufen wollte. Es war äußerst merkwürdig damals und ich verstand nicht, wie sie dazu kam. Vielleicht hatten sie im Kindergarten von Vätern gesprochen. Sie hatte zuvor jahrelang keinen Ton über ihren Vater gesagt. Eines Abends sah sie mir tief in die Augen, ich konnte sie fast nicht anschauen, so eindringlich war ihr Blick und so lange fixierte sie mich: »Wo ist mein Vater genau?« Es war fast unheimlich.

Sie gab dann auch wieder Ruhe, bis sie im Alter von zehn Jahren ernsthaft nach Tunesien wollte. Ich weiß nicht, was ihr durch den Kopf ging, und ich habe keine Ahnung, warum sie so erpicht darauf war, ihn kennenzulernen.

Sie wünschte sich ein Buch über Tunesien, das ich ihr schenkte und mit ihr las. Danach wollte sie immer, wenn Araber in der Nähe waren, hinhören, wie sie sprachen. Sie sah in jedem Araber einen Vater, einen Verwandten. Ich konnte sie nur schwer davon abhalten, ihm zu schreiben oder ihn anzurufen. Ich musste ihr sagen, dass er kein Interesse an ihr hatte. Das glaubte ich zu wissen, weil er seit seiner Abreise keine einzige Nachricht von sich gegeben hatte. Sie gab dann diese Idee auf und konzentrierte sich wieder auf ihr Schulleben. Sie vergaß ihn wieder. Vielleicht war auch Pietro daran beteiligt, dass sie abgelenkt wurde. Er konnte ihr den Vater nicht ersetzen, aber er unternahm viel mit ihr, half ihr, wo er konnte. Sie schaute zu ihm auf. Sie hat zu ihm niemals Papi gesagt, immer Pietro, aber sie respektierte ihn. Er, ein echter Italiener, brachte ihr bei, wie man eine Spaghettisauce macht. Er sagte ihr immer: »Fatima, wenn du Freundinnen mit nach Hause bringst, ist das Mindeste, was du anbieten musst, eine feine, echt italienische Spaghettisauce. Und wenn du verheiratet bist, ist das nicht nur Notration, sondern ein richtiger Schmaus.« Und so begann sie, ihre Probleme und Sorgen in der Pubertät mit ihm zu bereden. Ich war überglücklich, dass sie in diesem heiklen Alter doch noch einen Vater bekam.

Und es geschah wieder etwas Merkwürdiges, als Fatima etwa zehn Jahre alt war. Ich bekam einen Brief von Ali. Ich weiß nicht, wie er meine Adresse und meinen neuen Namen herausgefunden hatte. Vielleicht hatte er noch Beziehungen in der Ostschweiz. Jedenfalls bat er mich innigst und eindringlich, ihm Fotos von seiner Tochter zu schicken. Ich musste versprechen, ihr nichts davon zu sagen, was mir entgegenkam, und ich musste so viele Fotos senden wie möglich und von klein an. Zunächst wollte ich mich nicht darauf einlassen. Ich befürchtete, dass er nur wissen wollte, wie sie aussah, um sie vielleicht doch irgendwann zu entführen. Aber in jener Nacht hatte ich einen grässlichen Albtraum: Ich sah, wie er weinte und um ein paar Fotos bettelte, und ich sah, wie meine kleine Tochter weinte und auf ihn zu rannte. Ich konnte sie nicht aufhalten. Sie schien mich nicht zu hören.

Ich erwachte schweißgebadet, ging ins Zimmer meiner Tochter und stellte beruhigt fest, dass alles in Ordnung war.

Ich tat ihm den Gefallen in der Annahme, dass er nun ein gläubiger, sauberer Mann war, aber auch in der Überzeugung, dass er meiner Kleinen nichts mehr antun könnte. Ich schickte ihm jahrelang Fotos, ohne es Fatima zu sagen, von Schulfesten, Weihnachten, Familientreffen, Schnappschüsse und so weiter. Ich ging so weit, dass ich sie im Schlaf fotografierte. Eines Tages hörte ich damit auf, einfach so. Ich weiß heute noch nicht, was mich dazu brachte, mir diese Mühe zu geben, und ich erwischte mich oft dabei, es mit besonderer Freude zu machen, ihm noch ein paar Zeilen zu schreiben, was sie mir so für Sorgen und Kummer bereitete, aber auch was für Freuden, und zu welcher Heiterkeit sie Anlass gab. Aber immer ließ ich den Brief weg, ich sandte die Fotos in einem leeren Briefumschlag. Ich hatte ihm das nämlich mit den ersten Fotos geschrieben: »Ich werde dir deine Tochter aus Respekt und wegen meiner Überzeugung nicht verweigern. Ich weiß, dass in deinem Glauben eine verweigerte Bitte im Zusammenhang mit einem Kind eine große Sünde darstellt. Aber ich werde dir niemals mehr schreiben. Deine Beschwörungen kann ich nachvollziehen, du würdest mir niemals verzeihen, wenn ich dir diesen Gefallen nicht täte, aber verlang nicht mehr von mir als ich kann.«

Das waren die ersten und letzten Sätze, die ich an Ali schrieb. Und obwohl es mich oft gereizt hätte, ihm mehr über Fatima zu schreiben, ließ ich es sein. Mit den Jahren wird nämlich jeder noch so große Groll und jede Wut kleiner und erträglicher. Heute empfinde ich in dieser Hinsicht gar nichts mehr. Er könnte vor mir stehen, ich würde nicht mit der Wimper zucken.

Vor etwa einem Jahr sandte ich ihm die letzten Fotos, damals war ich sicher, dass er seine Tochter bald in Person sehen würde. Sie war so sicher, dieser Dickkopf, ich hatte keine Chance, es ihr auszureden.

Fatima ist ein äußerst intelligenter Mensch. Sie hatte zu keinem Zeitpunkt Mühe in der Schule, wofür ich so dankbar war. Sie meisterte alle Herausforderungen und hatte einen perfekten Umgang, ein Musterkind eben. Sie fiel während ihrer ganzen Kindheit und Jugend niemandem zur Last, sie schlug sich stets selber durch. Und schon mit vierzehn wollte sie mit Kinderhüten, Zeitungaustragen und anderen Jobs Geld verdienen. Sie war aktiv, von morgens bis abends.

Irgendwann hörte sie von dieser Arabisch-Schule. Da sollten Kinder von Arabern, die in der Ostschweiz lebten, jeden Samstag ein paar Stunden in Arabisch und im Islam geschult werden. Als sie mir davon erzählte, schreckte ich auf. Obwohl ich wusste, dass sie intelligent und willensstark genug war, um sich nicht in irgendwelche Ideen verwickeln zu lassen, hatte ich Angst, man würde sie beeinflussen.

Aber ihr Kopf war stärker als meine Argumente und meine Befürchtungen bewahrheiteten sich nicht. Sie ging ein halbes Jahr hin, jeden Samstag, ganz konsequent. Es kam mir damals vor, als würde sie unaufhaltsam einem Ziel zusteuern, nichts und niemand konnte sie davon abhalten. Sie lernte ein bisschen Arabisch. Und eines Tages stellte sie uns einen jungen Mann vor, Sohn irakischer Einwanderer. Ich war doch etwas perplex, musste mit ihr reden. Ich wollte nicht, dass sie das durchmachen musste, was ich erlebt hatte. Aber glücklicherweise war es nicht mehr als eine kurze Bekanntschaft ohne Konsequenzen. Sie war soeben achtzehn geworden. Ich konnte ihr nicht mehr viel vorschreiben, aber das war nicht nötig. Sie stand mit beiden Füßen auf dem Boden und sicherte mir zu, dass sie lediglich an seiner Herkunft, seiner Sprache, seinem Glauben und seinen Gedanken interessiert war. Sie bereitete eindeutig etwas vor. Irgendetwas führte sie im Schilde und plante es. Jedenfalls bekam der junge Mann ein paarmal die feine Spaghettisauce aufgetischt und verschwand wieder aus dem Leben Fatimas.

An ihrem zwanzigsten Geburtstag tauchte sie wieder mit einem Araber auf, diesmal mit einem Sohn tunesischer Eltern. Mich traf der Schlag, als sie ihn mir vorstellte. Vielleicht habe ich es mir ja nur eingebildet, aber er glich Ali, ihrem Vater. Bevor ich irgendetwas sagen konnte, verschwand sie mit ihm zu den anderen Freunden, die sie eingeladen hatte. Unser Garten war voll von Arabern. Sie schien etwas damit zu bezwecken. Sie hatte ihre Lebensgeschichte allen erzählt. Was ich jahrelang verheimlicht hatte, erzählte nun meine zwanzigjährige Tochter in der ganzen Ostschweiz. Später sollte ich erfahren, dass das alles Teil ihrer Strategie und ihres Plans war, ihren Vater wiederzufinden. Sie lernte durch Samir, den Sohn tunesischer Gastarbeiter, einiges über Tunesien kennen. Sie muss ihn stundenlang ausgefragt haben. Jedenfalls, etwa ein Jahr nach dieser Feier sagte sie mir: »Mami, ich will meinen Vater suchen und ihn finden und ihm meine Meinung sagen. Ich weiß inzwischen einiges über Zarzis, seine Leute und die Behörden. Ich werde ihn finden.«

Zunächst habe ich mit allen Mitteln versucht, sie davon abzuhalten. Ich redete auf sie ein, dass sie die Vergangenheit ruhen lassen sollte, aber sie musste immer einwenden: »Diese Vergangenheit ist meine, die gehört zu meinem Leben. Und wenn ich sie nicht aufarbeite, gehe ich daran zugrunde. Ich muss es tun, Mutter!«

Also erzählte ich ihr erstmals die ganze Geschichte ihres Vaters mit mir. Ich begann damit, dass wir uns an einem Dezemberabend in einer Disco trafen, ich ihn tanzen sah und mir der Atem stockte. Damals habe ich mich zum ersten Mal im Leben so richtig verliebt. Es war wie ein Traum. Ich fühlte für diesen Mann so etwas Starkes, wie ich es zuvor nie für einen Menschen gefühlt hatte. Und meine Freundin, bei der ich hätte übernachten sollen, war sofort eifersüchtig, als er mich zum Tanz aufforderte, denn ihr gefiel er auch. Sie wollte nicht mit seinem Freund, anscheinend einem Libyer, tanzen. Sie redeten lediglich über dies und jenes und so verlor auch er das Interesse an ihr. Jedenfalls redete sie ganz lange auf mich ein, als sie das Lokal verließ, sie war ziemlich wütend auf mich. Ich muss zugeben, dass ich ja eigentlich ein paar Tage bei ihr verbringen wollte, auch Silvester. Aber dieser Ali kam dazwischen. Nun ja, wir waren ja nicht dicke Freundinnen, und so fiel es mir nicht so schwer, ihr zu sagen: »Es tut mir leid, Barbara, ich bleibe noch. Ich kann ihn wirklich nicht loslassen.« Er half mir dabei, als wenn er es gerochen hätte, indem er ständig meine Hand hielt, während meine Freundin mir ins Ohr flüsterte, ich würde es noch bereuen.

Wir gingen gegen drei Uhr zu seinem Freund in die Wohnung. Es war eine große, luxuriöse Bleibe, aber eindeutig ein Männerhaushalt. Sein Freund verschwand dann. Ich habe nie erfahren, wohin er ging. Vielleicht ging er zurück in die Disco, vielleicht hatte er auch die Telefonnummer von Barbara. Da ich sie nie wiedergesehen noch von ihr gehört habe, weiß ich es nicht.

Die Nacht war kurz, aber traumhaft. Wir verabredeten, dass wir uns zu Silvester treffen wollten. Meine Eltern gingen sofort auf die Barrikaden. »Aber Yvonne. Wie stellst du dir das vor, mit einem wildfremden Mann, und noch dazu Araber, eine ganze Nacht unterwegs zu sein!« Es war das erste Mal in meinem Leben, dass ich meinen Eltern richtig widersprach. Ich riskierte alles: dass sie mich aus dem Hause jagen würden, dass sie mich enterben könnten, dass sie mich aus ihren Herzen ausschließen würden. Es war mir alles egal, denn dieser Mann ersetzte mir alles!

Am besagten Silvester konnte ich nicht Barbara bitten, bei ihr übernachten zu dürfen, und das noch mit Ali. Also gingen wir nach Weinfelden. Ich hatte zwei Tage zuvor verschiedene Versuche gestartet, um eine Schlafgelegenheit für uns beide zu finden. Die meisten feierten entweder zu Hause mit ihren Freunden oder gingen um Mitternacht kurz in die Stadt und kamen dann wieder nach Hause. Ich klapperte alle ab. Sandra war meine Rettung, eine Schulkameradin, mit der ich sehr gut auskam. Sie war mit ihren Eltern und ihrem Freund nach Flims gefahren und übergab mir zwei Tage vor Silvester ihren Wohnungsschlüssel. Nun war kein Stress mehr, keine Panik, wir konnten in aller Gemütlichkeit den ganzen Abend genießen und dann in Sandras Wohnung schlafen, am nächsten Tag in aller Ruhe frühstücken und dann gehen.

Wir hatten einen wunderschönen, unbeschwerten Abend. Und um Mitternacht schworen wir einander ewige Liebe. Ich hatte ja keine Ahnung, worauf ich mich einließ. Ich war verliebt bis über beide Ohren, sah in ihm den starken, liebevollen Mann, mit dem ich mein ganzes Leben verbringen wollte. In jener Nacht liebten wir uns wieder. Sandra war so lieb gewesen und hatte uns eine Flasche Sekt in den Kühlschrank gelegt. Wir tranken sie aus. Wir schwebten auf Wolken. Und auch am nächsten Morgen redeten wir davon, wie wir uns in Zukunft sehen wollten. Er arbeitete in Ulm. Wir schmiedeten Pläne. Aber vorerst musste er wieder an seine Arbeit und so brachte ich ihn am ersten Januar, einem bitterkalten, aber sonnigen Tag, zum Bahnhof. Beim Abschied kamen wir uns vor wie Ingrid Bergmann und Humphrey Bogart in Casablanca. Ich hatte Tränen in den Augen und er die starke, beruhigende Stimme.

Zwei Wochen später wartete ich vergebens auf meine Monatsregel. Es gab damals keinen sicheren Test wie heute. Also wartete ich weiter. Nach einigen Tagen war ich mir sicher, aber ich konnte es unter keinen Umständen meinen Eltern sagen. Meine Mutter, eine streng katholische Frau, hätte mich wohl erschlagen. Also sagte ich ihr lediglich, dass ich heiraten wolle, und zwar sofort. Sie sackte zusammen, rief die Schande meinem Vater zu: »Deine Tochter heiratet! Und wenn du wüsstest, wen!«

Ich weiß heute, was für eine Überwindung es meine Eltern gekostet haben muss, bis sie mir vorschlugen, mit diesem Mann erst mal zusammenzuleben und zu sehen, ob es ginge. Vielleicht vermuteten sie auch die ungeplante Schwangerschaft. Vielleicht hätten sie mir sogar eine Abtreibung vorgeschlagen. Sie hätten möglicherweise über ihren Schatten springen und mir die Reise und die Operation in Holland bezahlen können. Aber für mich kam das nie und nimmer infrage. Ich liebte diesen Mann und wollte mit ihm mein Leben lang zusammenbleiben. Und ein Kind von ihm war für mich ein Geschenk des Himmels, keine Strafe. Ich schrieb Ali einen Brief. Ich getraute mich nicht, ihn anzurufen. Ich war mir nicht sicher über seine Pläne. Ich wusste, dass er mich liebte, aber ich hatte keine Ahnung, ob ein Kind, eine Heirat, das Leben in der Schweiz, für ihn infrage kamen.

Wie glücklich war ich, als er anrief und mir sagte, dass er in die Schweiz kommen, mich heiraten und mit mir und unserem Kind leben würde.

Wir heirateten schlicht, aber schnell. Für die meisten Freunde und Bekannten war es wegen der Papiere, damit Ali in der Schweiz bleiben könnte. Nur ganz wenigen Freundinnen hatte ich anvertraut, dass ich schwanger war. Meinen Eltern konnte ich es beim besten Willen nicht sagen. Dass wir nicht kirchlich heirateten, konnte ich ihnen gegenüber damit begründen, dass Ali ja Moslem war. Ich weiß heute noch nicht, ob es meine Mutter nicht schon geahnt hatte, das mit der Schwangerschaft …

Ali machte jedenfalls den Eindruck, dass er sich um eine Arbeit bemühte. Gelegentlich bekam er Anrufe von Landsleuten, die ihm irgendetwas anboten, aber er wollte einen richtigen Job. Das war aber mit seinem Namen und seinem Aussehen damals nicht so einfach. Die Ölkrise war noch nicht vergessen. Rassismus und Fremdenhass waren stärker als solidarische Haltung gegenüber Minderheiten. Ich wusste immer mehr, dass ich auf mich allein gestellt war. Und innerlich rechnete ich damit, dass ich die Ernährerin dieser kleinen Familie sein würde. Aber das machte mir nichts aus. Ich liebte diesen Mann und freute mich auf unser Kind.

Bei der Geburt konnte Ali nicht dabei sein. Er feierte in der Stadt, während ich die Wehen hatte. Seine Freunde lenkten ihn ab. Das ist halt so bei ihnen. Die Männer haben mit der Geburt nicht viel am Hut. Ich weiß, dass meine Mutter mich auch allein geboren hat. Vater war in der Wirtschaft und wartete auf die gute Nachricht bei einem Bier. Männer waren in der Generation meiner Mutter auch in der Ostschweiz keine willkommenen Gäste in den Gebärsälen.

Und trotzdem nahm gerade meine Mutter Ali diese Abwesenheit

schwer übel. Sie wollte immer, dass er sich so verhielt, wie ein Schweizer oder gar Katholik das heute tun würde. Ich habe ihr oft zu erklären versucht, dass er aus einer Gegend der Welt kam, wo einiges anders lief als bei uns. Ihr Argument: »Er ist aber hier bei uns und sollte sich endlich so verhalten wie wir«, habe ich anfangs belächelt, mit der Zeit aber musste ich ihr schon recht geben. Ich verstehe heute noch nicht, warum Ali nicht den geringsten Versuch unternahm, um sich hier auch nur ein bisschen anzupassen. Ich glaube heute noch, dass er niemals vorhatte, lange in der Schweiz zu bleiben. Wer weiß, vielleicht hätten wir beide mal nach Tunesien gehen sollen, aber ich weiß nicht, ob das gut ausgegangen wäre. Na ja, jedenfalls hat meine Mutter den größeren Schock bekommen, als wir die Neugeborene Fatima nannten. Auch dass ich sie nicht taufen lassen würde, saß meiner Mutter lange wie ein Kropf im Hals. Meine arme Mutter, was muss sie durchgemacht haben!

Dann, eines Tages, passierte es, das Unerwartete, das Erreichen der Grenze nach so vielen Fast-Situationen: Ali schlug mich. Ich dachte sofort an meine Mutter, die mir von ihrer Schwester erzählt hatte. Ihr Mann trank oft und schlug sie anschließend, anscheinend grundlos, einfach so in seinem Suff. Und niemand sprach darüber, obwohl es offensichtlich und sichtbar war. Als Ali betrunken nach Hause kam und Geld wollte, um wieder in die Stadt zu gehen, weigerte ich mich, ihm unser Haushaltsgeld für seine Abende zu geben. Er packte mich am Kopf und stieß mich beiseite, um an die Haushaltskasse zu gelangen, die ich hinter meinem Rücken auf einem kleinen Möbel zu verteidigen versuchte. Ich schrie ihn an: »Was bist du für ein Mann, der seine einjährige Tochter und seine Frau alleine zu Hause lässt und mit seinen Freunden bis zum Umfallen trinkt? Dir wäre es scheißegal, wenn wir zwei verhungern würden, Hauptsache, du bist besoffen! Und du nennst dich Moslem?«

Das war wohl zuviel für ihn. Er ließ das Geld in der Kasse liegen, schaute mich mit einem Blick an, der schon weh genug tat, aber dann, bevor er aus der Wohnung verschwand, verpasste er mir mit dem rechten Handrücken einen Schlag mitten ins Gesicht. Ich fiel. Er schaute nicht einmal nach und ging wieder zu seinen Freunden.

Am nächsten Morgen – ich wusste, dass er nicht mehr nach Hause kommen würde – packte ich das Notwendigste und zog zu meinen Eltern.

Natürlich versuchte er, sich zu entschuldigen, vergebens. Ich dachte ständig an meine Tante: Wer einmal schlägt, schlägt immer wieder. Ich wollte nicht zweimal geschlagen werden. Dann ging alles schnell. Ich suchte einen Job und arbeitete Teilzeit in einem Café, brachte täglich die Kleine zu einer Freundin, bis sie mich darauf aufmerksam machte, dass ein dunkler Typ ständig im Quartier herumlungere. Ich wechselte mehrmals die Betreuerin für meine Tochter. Ich weiß nicht einmal mehr, ob Ali sich während dieser Zeit in unserer Wohnung aufhielt oder anderswo lebte. Es war mir egal. Ich entschied, mich von ihm zu trennen. Es war eine harte Zeit, ich wusste anfangs der Woche nicht, wo ich meine Tochter hinbringen würde, und war während der Arbeitszeit jederzeit darauf gefasst, einen Anruf zu bekommen, Ali habe die Kleine entführt. Aber nichts dergleichen geschah. Nach einigen Wochen Funkstille erklärte er mir am Telefon, dass er das Land verlassen wolle. Er bestand darauf, sich von seiner Tochter zu verabschieden, von mir war keine Rede mehr. Wir vereinbarten einen Termin in unserer Wohnung.

Ich habe seine Absichten nie erfahren, meine Mutter war aber felsenfest davon überzeugt, dass er sie entführen wollte. Darum bestand sie darauf mitzukommen. Sie hätte nicht viel ausrichten können, aber im schlimmsten Fall würde sie als Zeugin dastehen. Es ging aber alles einfach, schnell und problemlos. Wir haben uns lediglich die Hand gegeben. Es war für mich ein verrücktes Gefühl. Ich verabschiedete mich für immer von jenem Mann, der mich auf Wolke sieben gebracht hatte, mit einem simplen Händedruck. Kein Kuss, keine Umarmung, ein flüchtiger Blick in seine wunderschönen Augen, das war alles.

Während dieser Zeit hatte ich selten Gelegenheit auszugehen, und vor allem hatte ich Angst, dass mich Ali in der Stadt treffen würde und mir womöglich noch mal wehtun könnte. Also ging ich nach der Arbeit meine Tochter abholen und dann zu meiner Mutter. Ich hatte sowieso den Eindruck, nie wieder etwas mit einem Mann anfangen zu können. Meine Tochter war meine einzige Aufgabe und mein Lebenssinn. Sie war das Zentrum meines Lebens. Bis auf einen Tag. Ein einziges Mal blieb ich etwas länger bei meiner Freundin Sonja, die Kleine war wieder eingeschlafen, als mich Sonja einem Mann vorstellte: »Das ist Pietro, ein Arbeitskollege von Roger.«

Ich habe mich weder verliebt noch empfand ich irgendein anderes Gefühl für diesen Mann, auf den ersten Blick. Er war unspektakulär, einfach normal, nicht exotisch, vielleicht etwas südländisch. Ich erfuhr, dass er Italiener war und mit Sonjas Mann Roger in einer lokalen Raiffeisenbank arbeitete. Ich hoffte, dass er sich nicht allzu sehr für mich interessieren würde. Aber es kommt eben immer alles unerwartet. Als Roger nach Hause kam, tischte uns Pietro einen Teller Spaghetti auf, den ich nie vergessen werde. Nicht nur, weil die Spaghetti so sensationell waren, sondern wegen seines Vortrages dazu: »Wisst ihr, die Italiener essen die Teigwaren ›al dente‹ – was heißt das? Knackig, leicht bissfest, nicht zu sehr durch? Wer hat schon das gleiche Gefühl auf den Zähnen wie die Italiener? Wir lernen das von klein auf, wahrscheinlich gewöhnen wir uns an den Zustand der perfekten Teigwarenhärte mit unseren ersten Spaghettini, Tagliatelle oder Maccheroni. Und diesen Härtegrad speichern wir. Den werden wir unser Leben lang zu treffen versuchen. Die Härte des Wassers spielt eine Rolle, die Menge und die Qualität des Salzes, die Temperatur des Wassers, die Regelmäßigkeit des Feuers, nicht zu reden von den Teigwaren selber, der Menge Ei darin, es kommt sogar auf den Jahrgang des Weizens an.« Hier musste er selber lachen, als er merkte, dass wir fanden, nun übertreibe er.

Es war der schönste Abend seit Ewigkeiten für mich. Und während der ganzen Zeit schlief meine Kleine, als wenn sie wüsste, dass ich es nötig hatte und sie mir diesen Abend gönnen müsste.

Wir saßen zu viert an einem Tisch, so hätte ich das mit Ali auch gewollt. Wir aßen, tranken, lachten, erzählten, so hatte ich mir ein Leben vorgestellt.

Das war einige Tage, bevor Ali aus der Schweiz und aus meinem Leben verschwand. Dass ich ihn ziemlich schnell vergaß, lag vielleicht auch an Pietro. Meine Mutter erfuhr erst Monate später von ihm. Ich habe ihr nie erzählt, dass ich ihn getroffen hatte, bevor Ali ging. Sie hätte es mir bestimmt verboten. Sie hätte gesagt: »Bei allen Schwierigkeiten, Mädchen, du bist immer noch verheiratet. Und was ist, wenn er es erfahren würde. Er würde dich und ihn erschlagen. Du weißt nie bei diesen Leuten. Die Ehre, verstehst du?« Das hätte sie mir bestimmt gesagt. So traf ich Pietro allein, ich bat ihn, nicht in die Stadt zu kommen. Er arbeitete in Frauenfeld wie ich. Aber ich wollte nach Weinfelden mit ihm. Wir trafen uns zum Essen. Endlich wieder ein Mann, der mich einlud, der mir Feuer gab, der mich ständig fragte, ob ich dieses oder jenes mochte. Und natürlich meckerte er über die Teigwaren, aber wir hatten einen wunderschönen Abend und ich erzählte ihm meine ganze Geschichte. Ich erzählte und erzählte und hörte nicht mehr auf. Das Ergebnis war, dass ich am Ende unseres Abends fast gar nichts von ihm erfuhr. Er hörte zu. Er nickte, schüttelte den Kopf, lächelte mitfühlend, hob staunend die dunklen, buschigen Augenbrauen.

Mein Herz war leer, erleichtert und wieder frei!

Veronika Hausamann-Zeller

Ich wusste von Anfang an, dass dieser Mann kein guter Mann war. Als ihn meine Tochter zum Kaffee zu uns brachte, mein Mann lebte damals noch, waren wir beide skeptisch. Seine Absichten standen ihm ins Gesicht geschrieben, aber unsere verliebte Tochter wollte nichts sehen, nichts hören. Wir redeten stundenlang auf sie ein, ergebnislos. Sie bestand darauf, ihn zu heiraten. Sie hatte gerade ihre Berufsausbildung zur diplomierten Krankenschwester abgeschlossen, und da musste sie ihn kennenlernen. Das Schicksal traf uns aus heiterem Himmel. Wir kannten diese Art von Menschen nicht, hatten noch nie Kontakt zu Arabern und Moslems gehabt. Als gläubige Katholiken wollten wir unsere Tochter mit einem Schweizer und Christen verheiratet sehen. Aber sie wollte nur diesen Mann oder keinen.

Sie heirateten so schnell, dass es uns verdächtig vorkam: Entweder war sie zu diesem Zeitpunkt schon schwanger oder er musste dringend seinen Aufenthalt regeln. Dass er angeblich in Deutschland schon eine Aufenthaltsgenehmigung hatte, konnte er uns nie beweisen. Er weigerte sich immer, dieses Papier zu zeigen, und pochte auf »Vertrauen«, »Glauben schenken« und solche Dinge. Jedenfalls heirateten sie nicht kirchlich, das tat uns am meisten weh. Da hatten wir dieses Kind im christlichen Glauben aufgezogen, mehr als zwanzig Jahre lang, und dann kam einer, der es ihr verbot, in der Kirche zu heiraten, angeblich, weil das seinem Glauben nicht entsprach. Und was war mit ihrem Glauben? Und unserem Glauben? Es war eine nette, kleine Feier, zu der neben Freunden und Familienmitgliedern unsererseits lediglich ein Freund von ihm aus Deutschland kam, mit seiner arabischen Frau, und jener Freund, auch ein Araber, bei dem er ein paar Nächte verbracht hatte, als Yvonne ihn kennenlernte.

Sie hat sich so unglaublich schnell und intensiv in diesen Mann verliebt, dass wir nicht einmal fragen durften, wie er denn seinen

Lebensunterhalt verdiente. Schon das betrachtete sie als Infragestellung ihrer Beziehung. Sie war seinerzeit sehr gereizt, konnte keine konstruktive Kritik annehmen, nicht diskutieren, nicht abwägen. Sie war einfach blind vor Liebe und wir waren machtlos und mussten zusehen, wie sie lediglich vor dem Standesbeamten das Ja-Wort gab. Ein schwerwiegendes Ja.

Drei Wochen nach ihrer Heirat rief mich meine Tochter an und sagte, sie sei schwanger. Ich konnte nur ein »Jesses Gott!« herausbringen. Dass sie so schnell schwanger wurde, gewollt oder ungewollt, schien mir nicht richtig. Sie kannte diesen Mann doch kaum, er arbeitete nicht, war abends oft alleine oder mit Freunden unterwegs, und nun war sie schwanger. Auf meine Frage: »Wie wollt ihr das denn machen?«, antwortete sie lediglich: »Ali glaubt, dass Gott das so wollte, und Gott wird für uns sorgen. Er wird ihm eine Arbeit bescheren und uns einen gesunden Sohn.«

Am selben Tag habe ich sie in ihrer Wohnung besucht. Mir fiel sofort auf, dass sie ein Kopftuch trug, das sie noch nie zuvor anhatte.

»Was ist das für ein Tuch?«

»Ich bin Frau eines Moslems und werde nun immer mit Kopfbedeckung aus dem Haus gehen. Ich komme gerade vom Einkaufen und hatte es schlicht auf dem Kopf vergessen. Weißt du, ich bin daran, den Koran zu lesen, es stehen ganz gute Dinge drin. Ich überlege mir …«

Ich unterbrach sie abrupt. Vielleicht hätte ich das nicht tun sollen. Aber als ihre Mutter sah ich nun, dass sie alles übertrieb. »Yvonne!«, schrie ich sie an. »Weißt du eigentlich, was du uns da antust?«

Und ihre Antwort war leise, bestimmt und ganz und gar durchdacht: »Es ist mein Leben, Mutter, ich habe mich dafür entschieden, ohne Druck. Ali freut sich darüber, aber er hat mich nicht gezwungen. Allah ist mein Zeuge!«

In diesem Moment wusste ich, dass ich unsere Tochter eine Weile nicht mehr sehen oder von ihr hören würde. Ihr Vater konnte drei

Tage lang nicht essen und nicht sprechen. Er konnte nicht verstehen, dass diese artige, vernünftige, intelligente Tochter, die immer seinen Worten folgte, nun so etwas tun konnte. Sie musste das aus Protest gemacht haben. Aber gegen was? Oder gegen wen? Hatten wir versagt? Er fragte sich und mich Tage und Wochen danach: »Vroni, was haben wir falsch gemacht?« Unsere Tochter sprach von Allah, nicht mehr von Gott, sie erwähnte Mohammed, nie wieder Jesus.

Wir hatten gar nichts falsch gemacht. Es war dieser Mann, der sie verhext hatte. Sie hatten sich in einer Disco in St. Gallen getroffen, als sie eine Freundin besuchte. Dieser Mann war ebenfalls dort, mit einem Freund, bei dem er ein paar Tage verbrachte. Es war zwischen Weihnachten und Neujahr. Sie tanzten, sie redeten, sie tranken. Dann ging Yvonne nicht wie vereinbart mit ihrer Freundin nach Hause. Gott im Himmel, was hätte ihr alles passieren können? Sie ging stattdessen mit diesen zwei fremden Männern in eine fremde Wohnung. Niemand wusste, wo sie war. Ihrer Freundin sagte sie lediglich, sie melde sich am nächsten Tag bei ihr. Was in dieser Nacht geschah, war wohl klar. Es ekelt mich, wenn ich mir vorstelle, dass zwei Männer in der Wohnung waren …

Bei der Geburt der Kleinen war ich bei meiner Tochter im Spital. Ihr Mann war wieder einmal in der Stadt und betrank sich mit Freunden. Er hatte ihr gesagt, dass er nicht ins Spital komme, nicht weil es ein Mädchen war, sondern weil arabische Männer das nicht tun. Die Frauen bringen die Kinder in der Familie zur Welt, mit einer Hebamme und anderen Frauen. Männer hätten im Gebärsaal nichts zu suchen. Und es vergingen zwei Tage, bis er sie dann besuchen kam. Und anstatt sie Margrit, Jacqueline oder von mir aus Nora zu nennen, gaben sie ihr den Namen Fatima, auf sein Drängen hin, den Namen seiner Mutter. Während wir alle hier für sie sorgten und uns um sie kümmerten, durfte er ihr den Namen seiner Mutter verpassen, die nicht einmal eine Postkarte zur Geburt ihrer Enkelin geschickt hatte. Was für eine ungehobelte Gesellschaft!

Als ich ein paar Wochen später bei einem Besuch meine Tochter auf die Taufe ansprach, sagte sie nur lachend, als wenn ich es wissen müsste: »Aber Mami, wie stellst du dir das vor? Sie ist Tochter eines Moslems, eine Taufe kommt doch gar nicht infrage.«

Und wieder kam ein Moment, bei dem ich das Gefühl bekam, meine Tochter endgültig zu verlieren. Sie war in dieser abgekapselten Welt so anders geworden. Sie kritisierte nichts mehr, sie schluckte alles, was man ihr vorsetzte, sie war ihrem Mann hörig. Und dies, obwohl er immer noch keinen Finger krümmte, um die Familie zu versorgen. Zum Glück hatte Yvonne gelernt, sparsam mit dem Ersparten umzugehen, bis sie wieder arbeiten ginge. Das hatte sie vor, sobald sie die Kleine für einen Tag oder zwei abgeben konnte. Ich kam in dieser Zeit täglich nach der Arbeit zuerst bei ihr vorbei. Meistens war sie alleine mit der Kleinen und es störte sie nicht einmal, dass ihr Mann sich in der Stadt herumtrieb. Eigentlich war sie fast besser dran, wenn er nicht in der Wohnung war, am Fernsehen, am Essen, am Schlafen.

Dann kam es, wie es kommen musste. Die Kleine war knapp einjährig, da stand Yvonne vor unserer Haustür, mit der Kleinen und einer Reisetasche in der Hand. Ihr linkes Auge war blau unterlaufen und eine kleine Schramme auf der linken Stirnhälfte sprach Klartext. Und obwohl sie mehrmals beteuerte, dass sie in eine halboffene Tür gerannt sei, weil die Kleine so laut geschrieen hätte und sie gedacht hätte, sie sei aus dem Bettchen gefallen, haben wir ihr diese Geschichte nie abgenommen. Ihr Vater bestand darauf, dass sie ins Spital ginge; sie weigerte sich. Er wollte die Polizei holen; sie unterband es. Sie hat niemals zugegeben, dass ihr Mann sie geschlagen oder gegen die Tür gestoßen hatte, aber von jenem Tag an ging sie nicht mehr nach Hause. Sie sagte uns lediglich, dass sie beide ein ausführliches Gespräch über ihre Zukunft geführt hätten und dass sie beschlossen hätten, sich zu trennen. Er würde noch ein, zwei Monate in der Wohnung bleiben und dann nach Tunesien zurückgehen. Sie durfte selbstverständlich darauf zählen, dass wir sie aufnahmen, so lange, bis ihr Mann weg war.

Beide erholten sich gut bei uns. Yvonne arbeitete halbtags und brachte ihre Tochter einer Freundin, die auch junge Mutter war, bis ihr diese Freundin sagte, dass ihr arabischer Mann mehrmals ums Haus herumgeschlichen sei. Irgendwie hat dieser Kerl herausgefunden, wo sich seine Tochter tagsüber befand, und lauerte ihr auf. Vielleicht wollte er sie entführen. Jedenfalls hat Yvonne dann beschlossen, die Kleine in eine überwachte Tagesstätte zu geben, und wartete ungeduldig, dass er endlich, endlich aus ihrem Leben und aus der Schweiz verschwände.

Während dieser ganzen Zeit habe ich gehofft, dass meine Tochter sich mit keinem anderen Mann sehen lassen würde. Er würde es herausfinden und etwas Schreckliches tun. Ich konnte es ihr nicht verbieten. Ich konnte es ihr nicht einmal verübeln, als junge Frau und mit einer solchen Ehe, die am Schluss nur noch aus Problemen und Sorgen bestand. Ich wünschte mir nur, dass sie geduldig und standhaft bleiben würde, bis alles vorbei wäre. Ich glaube, sie hielt sich daran, denn sie hat niemals Andeutungen gemacht. Aber als Mutter entgeht einem ja nichts. Einmal, ein einziges Mal, als sie ihre Tochter von ihrer Freundin abholte, da dachte ich in ihrem Blick diese Hoffnung gesehen zu haben, die eine Frau ausstrahlt, wenn ihr Herz wieder pocht. Aber ich glaube, sie hatte einfach einen guten Tag und begann, Ali aus ihrem Leben zu verbannen.

Wir hatten soeben den ersten Geburtstag der kleinen Fatima gefeiert, sie war uns inzwischen sehr lieb geworden, da rief er sie an, um zu sagen, dass er am nächsten Tag gehen würde. Es war ein Freitagnachmittag. Sein Flug sei am Samstagmorgen um elf Uhr. Er wollte seine Tochter nochmals sehen. Ich wollte ihn unter keinen Umständen bei mir im Haus haben. Also vereinbarten wir, dass wir uns alle in ihrer Wohnung treffen würden. Meine Tochter, meine Enkelin und ich betraten vorsichtig die Wohnung. Da sahen wir ihn, ein kleines Häufchen Elend mit roten, geschwollenen, verheulten Augen, auf dem Sofa sitzen, die Arme wie zum Gebet gehalten. Als wir im Wohnzimmer waren, stand er auf, riss sich zusammen, atmete tief ein und bückte sich lediglich über den Kinderwagen, in dem sein Töchterchen lag. Dann drehte er sich um, nahm seine Reisetasche und ging in Richtung Tür. Die Kleine stieß aus heiterem Himmel einen Schrei aus, wie wenn man ihr ein Messer in die Rippen gestoßen hätte. Er blickte nicht einmal zurück, aber ich, nur ich, habe es gesehen: Er hat still geweint. Die Tränen flossen ihm regelrecht aus den Augen. Vielleicht wollte er nicht vor Yvonne zugeben, dass es ihm wehtat, er wischte nicht einmal das nasse Gesicht ab. Er ging. Und wir sahen ihn nie wieder. Und obwohl ich erstaunt war, wie einfach die Sache ausging, hat Yvonne lange aus dem Fenster nach ihm geschaut, wie er aus dem Block ging, in Richtung Bushaltestelle, dort wartete, dann einstieg und ohne zurückzublicken verschwand. Sie überhörte die Schreie ihrer Tochter, sie war anderswo. Und als sich Yvonne zu Fatima zurückwandte, schwieg diese plötzlich. Aus dem Schrei war aufmerksame, zufriedene Stille geworden.

Ich habe nie geglaubt, dass er das Land verlassen würde. Ich habe immer gedacht, dass er sich wieder bei Freunden verstecken würde, bis er eine Arbeit hätte oder bis er die Kleine entführen könnte. Darum bestand ich darauf, dass meine Tochter ihre Adresse änderte und diese nicht veröffentlicht würde. Diesen Wunsch mussten wir bei den Behörden begründen. Das Scheidungsurteil wurde etwa ein Jahr später in seiner Abwesenheit gefällt. Und auch darauf reagierte er nicht, denn anscheinend ließen ihm die lokalen Behörden dieses Urteil zukommen. Er hat es nicht angefochten. Es vergingen fast zehn Jahre, bis ein Lebenszeichen von ihm kam. Er war in seiner Heimat wieder verheiratet. Was er in diesen zehn langen Jahren gemacht hatte und wo er sich aufgehalten hatte, konnten wir nicht herausfinden. Wer weiß, vielleicht war er wieder in Deutschland gelandet und hatte dort wieder eine Frau und womöglich Kinder. Bei diesen Leuten weiß man ja nie. Es war uns jedenfalls allen klar, dass Yvonne mit ihrer Tochter weiterhin alleine leben würde.

Als Yvonne diesen Italiener kennenlernte und er zu ihr zog, waren wir froh. Immerhin war er auch katholisch und ein guter Koch dazu.

Und ein Mann tat unserer Tochter gut: Sie konnte endlich die Last ihres Alltags mit jemandem teilen. Er mochte die Kleine und sie ihn auch.

Meine Tochter ist wieder glücklich, doch Fatima macht mir mehr Sorgen. Sie scheint sich sehr für die arabische Welt zu interessieren. Vor Kurzem hat sie sogar den Wunsch geäußert, ihren Vater wiederzusehen. Ich konnte sie zum Glück davon abhalten. Ich habe sie davon überzeugt, dass es ihr nicht guttäte und dass er vielleicht auch nicht erfreut wäre, sie zu sehen. Er hat bestimmt mit seiner Vergangenheit abgeschlossen und wieso soll man schlafende Hunde wecken. Er wird ein neues Leben haben und das sollte meine Enkelin auch wollen. Ich habe auch auf ihre Mutter eingeredet, sie solle es ihr ausreden. Wenn es nach mir ginge, müsste sie ihren Namen ändern, ich meine ihren Vornamen, denn den Familiennamen hat ihre Mutter ja wieder für sie erkämpft. Sie müsste dieses »Fatima« aufgeben und sich einen hiesigen Vornamen nehmen. Was hat sie denn noch von dieser Welt, außer den dunklen Augen? Ihre Seele ist nicht arabisch, das kann sie nicht sein. Eine Seele erbt man nicht, man erlebt sie.

Ich hoffe, ihre Mutter wird Einfuss auf sie haben und sie so weit bringen, dass sie diese arabische Welt ein für alle Male vergisst und hinter sich bringt. Sie ist diese Woche in die Ferien geflogen, glücklicherweise nicht in ein arabisches Land, sondern nach Griechenland. Hoffentlich verliebt sie sich nicht in einen Griechen …

Selma Akkari-Bent Mosbah

Ich lebe seit bald dreißig Jahren mit einem Geheimnis. Ich habe meiner Schwiegermutter, Alis Mutter, bei allem, was mir heilig ist, geschworen, es niemandem zu erzählen. Gott vergebe mir, wenn ich es heute vor mich hin denke, vielleicht ist das schon ein Bruch meines Schwures. Noch auf ihrem Sterbebett schickte sie ihren Sohn kurz hinaus, um mich an diesen Schwur zu erinnern, den ich ihr gab, als ich zarte zwanzig Jahre alt war.

Damals war Ali in Europa, sie hatte mich zu ihr auf einen Tee eingeladen und mir folgendes erzählt:

»Ich fürchtete mich vor Gott, mein Kind, ich hatte Angst, der Allmächtige würde mir diese Schande, die mein Sohn begangen hat, vorwerfen. Also ging ich zu El Khadra …«

»Du gingst zu dieser Hexe?«, unterbrach ich sie.

»Das ist keine Hexe«, protestierte sie, »das ist eine weise Frau, eine Heilerin, eine von guten Geistern bewohnte Seele. Sie schrieb für mich. Sie verbrannte Kräuter, redete so, dass ich sie nicht verstand, und beschwor alle Tschins.«

»Aber Tante, im Namen Allahs, das ist in unserem Glauben verboten! Wusstest du das nicht? Du hast gesündigt, Tante, Allah vergebe dir.«

»Ja, ich habe gesündigt, und ich will mein Gewissen bereinigen, wer weiß, wie lange ich lebe. Heute bin ich noch gesund und morgen könnte es zu Ende sein.«

»Also erzähl weiter.«

Wir waren alleine, tranken einen grünen Tee vor ihrer kleinen Hütte und sie erzählte:

»Mein Sohn Ali ist vor einigen Jahren nach Europa gegangen. Wir setzten alle Hoffnungen in ihn, wir wollten, dass er arbeitet, uns Geld schickt, sich ein Haus baut und hierher kommt, um zu heiraten. Das

Schicksal hat ihn hart getroffen, er hat eine Gauria getroffen, die ihm den Kopf verdreht hat. Sie hat dann behauptet, ein Kind von ihm zu haben. Als ich es erfuhr, war das Kind – ein Mädchen noch dazu – schon auf der Welt. Sie hat ihn so sehr verhext, dass er es sogar seiner eigenen Mutter verschwiegen hat, seiner Mutter, verstehst du, die ihn getragen, geboren und gestillt hat, die Nächte für ihn gewacht hat. Ich war wie erschlagen. So ging ich zu El Khadra, sie sollte sie ihm aus dem Herzen und aus dem Kopf herausreißen. Er sollte sie aufgeben und zu mir zurückkommen.

Er ist ein guter Mann, Selma, das kannst du mir glauben. Er wird dich niemals schlagen, wie meine Generation geschlagen wurde. Weißt du, als ich so jung war wie du, war ich schon mit Mohammed verheiratet, Gott vergebe ihm, er hat mich oft geschlagen, für nichts, aus einer Laune heraus. Und meine Mutter und meine Schwiegermutter sagten mir nur: ›Essabr, yä bnäiti! – Geduld, meine Tochter …‹

Du musst dich nicht schlagen lassen, sollte ihm jemals die Hand ausrutschen, dann komm zu mir, ich werde mit ihm reden. Nicht einmal unser Prophet, Gottes Segen sei mit ihm, hat seine Frauen geschlagen.

Jedenfalls hat es El Khadra geschafft. Ich zahlte ihr etwas. Und mein Sohn rief mich einige Tage später an und ließ mich die schöne Kunde wissen: Er kommt nach Haus! Bald. Er macht einige Sachen fertig. Und dann kommt er. Ich sage dir das alles, weil ich dich ausgesucht habe. Du bist ein anständiges Mädchen, nicht von der leichten Sorte, du bist gläubig und mein Wunsch für meinen Sohn. Du wirst es nicht bereuen, Selma.«

Meine zukünftige Schwiegermutter erzählte mir das alles bei einem Pfefferminztee, eines frühen Sommerabends, und ich war hoch erfreut. Ich habe mir nichts dabei gedacht, vielleicht lag es daran, wie diese Frau ihre Gefühle ausdrückte, ich empfand Mitleid für sie und hasste diese Europäerin, die Ali so verzaubert haben sollte. Ich gönnte ihr das Unglück, dass er sie verlassen würde.

Nachdem ich und Ali geheiratet hatten und er mir gelegentlich von seiner Schweizer Familie erzählte, bekam ich nach und nach ein schlechtes Gewissen. Ich sah in der Mutter seiner Tochter keine Feindin mehr. Ich sah nur noch, wie ein kleines Kind irgendwo auf dieser Welt lag oder saß oder stand, ohne Vater. Ich war schwanger mit meiner ersten Tochter und hatte oft Albträume, dass mein Kind ohne seinen Vater leben müsste. So beschloss ich, auch zu El Khadra zu gehen. Ich habe es meiner Schwiegermutter nicht einmal auf ihrem Sterbebett gesagt. Ich bot El Khadra Geld an dafür, dass sie noch mal etwas schreibt und aufsagt. Allah vergebe mir, auch ich habe gesündigt, aber ich wollte etwas gutmachen, im Vergleich zu Alis Mutter. Ich bat El Khadra, dafür zu sorgen, dass die Kleine zu ihrem Vater zurückfindet, ohne unser Glück zu zerstören.

Als sie anfing, Kräuter zu verbrennen und fast in Trance Beschwörungen aufzusagen, bekam ich Angst vor ihr und wartete vor ihrer Lehmhütte, bis sie rief: »Yä Selma, khalas! – Es ist so weit!«

Die nächsten Tage bemerkte ich nichts an meinem Mann. Es kam auch kein Anruf aus der Schweiz. Fatma muss gegen zehn Jahre alt gewesen sein. Ich musste schmunzeln, als Fatma uns erzählte, dass sie von ihrer Mutter erfuhr, sie – Fatma – hätte etwa im Alter von zehn Jahren wissen wollen, wer und wo ihr Vater war. Hatte diese alte Hexe El Khadra doch magische Kräfte? Denn einige Wochen nach meinem Besuch bei ihr – sie hatte mir vorausgesagt, dass die Wirkung nach sieben mal sieben Tagen eintreffen würde – bemerkte ich, wie mein Mann, anfangs etwas gehemmt und wortkarg, später dann voller Euphorie, von seiner Schweizer Tochter sprach. Er erzählte mir seine Version offen. Ich erfuhr erstmals, dass es Liebe war und kein Verhexen, wie es meine Schwiegermutter darstellte. Er hatte die Geschichte mit seiner damaligen Frau vergessen und verdaut, aber seine kleine Tochter kam ihm immer mehr in seinen Träumen und seinen Gedanken vor. Bald bereute ich, dass ich zu dieser Schamanin gegangen war, aber ich stellte fest, dass mein Mann aufblühte, dass er Pläne hatte, sie vielleicht eines Tage zu besuchen oder sie hierher einzuladen.

Er schrieb ihrer Mutter und bat sie um Fotos und erhielt fast monatlich Schnappschüsse von seiner Tochter, seit frühester Kindheit. Ich getraute mich nicht, ihn zu fragen, warum er diesen innigen Wunsch empfand. Aber er erzählte es mir selber.

»Weißt du, Selma«, sagte er, »ein Mann kann viele Fehler machen, die ihm Gott vergibt. Nur einen vergibt Gott nicht: dass sich ein Mann nicht besinnt und seine Fehler einsieht und bereut und zumindest versucht, alles wieder gutzumachen!«

Als Alis Mutter vor fünf Jahren starb, da wollte ich ihm das Geheimnis verraten, aber ich dachte immer daran, dass meine Schwiegermutter nachts in meinen Traum eintreten und mich bestrafen könnte. Ich behielt es für mich, Ali jedenfalls hat niemals etwas erfahren. Er glaubt immer noch, dass seine Mutter damals krank war, als sie ihn anflehte, zurückzukommen. Sie hatte ihm von ihrem Plan, mich mit ihm zu verheiraten, nichts gesagt. Wir trafen uns bei ihr. Und wieder war es die Dauer eines Pfefferminztees und die Heirat wurde beschlossen.

Meine Schwiegermutter behielt bis heute recht: Er hat niemals die Hand gegen mich oder gegen unsere Töchter erhoben. Trotz seiner aufbrausenden, lauten Art wurde er nie handgreiflich. Und ich kann mir als Erklärung für seine Handgreiflichkeit gegen seine erste Frau nichts anderes vorstellen als diesen Fluch der alten El Khadra. Er hat mir geschworen, dass er nicht mehr wusste, was er tat. Zuerst glaubte er, der Alkohol sei schuld an seinem Verhalten, aber dann dachte er, dass er öfter schon mehr getrunken und gröbere Sorgen mit sich herumgetragen hatte und seine Frau nicht geschlagen hatte. Er begreift heute noch nicht, wie ihm geschehen war, der arme Mann …

Glücklicherweise ist El Khadra fast gleichzeitig mit meiner Schwiegermutter gestorben. Es trennten sie nur wenige Wochen. Ich hoffe, dass sie nicht in der Lage ist, von ihrem Grab aus noch etwas anzurichten. Ich bin auch sicher, dass sie von sich aus nichts täte, sie wäre eine harmlose Frau. Und wer soll denn heute zu ihr sprechen und sie bezahlen? Wir haben nun endlich unseren Frieden. Fatma wird wiederkommen. Sie wird ihre Schwestern unterstützen. Sie wird ihrem Vater helfen, seine Schuld ihr gegenüber zu begleichen. Sie wird vielleicht eines Tages zu uns ziehen und hier heiraten. Gott gebe ihr diese Einsicht.

2

Yves Ben Taieb

Von klein auf habe ich mit meinen Eltern nur Schweizerdeutsch gesprochen. Als ich geboren wurde, wohnten wir außerhalb der Stadt, in Zürich-Wollishofen, und ich wuchs mit lauter Schweizer Nachbarn auf, da wir eben in einem Quartier wohnten, wo damals Ausländer rar waren.

Gelegentlich versuchte mein Vater, mit mir ein paar Worte Arabisch zu reden, manchmal fand ich es interessant und plapperte es nach, ich kann mich aber an fast nichts mehr erinnern. Meistens sagte ich anscheinend nur: »Komm, Papa, sprich normal.« Und als mein Vater den Job wechselte und in den Verkauf einstieg, viel reiste und oft eine ganze Woche im Ausland war, vergaß ich auch die zuvor gelernten paar Worte Tunesisch. Ich bedaure das, denn heute wäre ich gerne imstande, ein paar Worte mit meiner Großmutter zu wechseln, die nur Tunesisch spricht und das auch noch nur in Form eines südtunesischen Dialektes. Vielleicht ist das der Grund, warum wir – mein Bruder und ich – nie gerne nach Tunesien gingen, weil wir nichts verstanden, weil wir die Gesten, das Gelächter und die Flüstereien nicht zu deuten wussten.

Und so war ich bis heute, da ich das fünfundzwanzigste Lebensjahr erreicht habe, erst zweimal in Tunesien. Einmal waren mein Vater und wir zwei Brüder bei der Familie meines Vaters, eine ganze Woche lang, danach eine Woche in einem Hotel. Meinen ersten Besuch haben alle verdrängt. Anscheinend wurde ich damals krank. Aber daran kann ich mich natürlich nicht mehr erinnern, denn ich war erst ein Jahr alt. Ich habe überhaupt sehr wenige Erinnerungen an Tunesien.

Vor einigen Jahren fand im Denken und Verhalten meines Vaters ein Wandel statt. Plötzlich wollte er jährlich nach Hause. Ich hatte inzwischen eine Freundin. Meine Ausbildung nahm mich in Anspruch, meine Freunde und meine Freizeit waren mir wichtiger als die Ferien mit meinem Vater in seinem Heimatland, wo ich sowieso nicht viel verstand. Und so ging mein kleiner Bruder gelegentlich mit meinem Vater mit, meine Mutter reiste aber nie wieder nach Tunesien, nachdem sie eine solch schreckliche Erfahrung bei ihrem ersten Besuch vor vierundzwanzig Jahren gemacht hatte.

Als ich einmal einen jungen Tunesier kennenlernte, dessen Mutter auch Schweizerin ist und der aber perfekt Deutsch und Arabisch sprach, hat mir das imponiert. Ich fragte mich, warum unser Vater das mit uns nicht getan hatte. Ich fragte ihn. Was er antwortete, kam mir vorerst wie eine Ausrede vor:

»Hör zu, mein lieber Sohn, ich habe es versucht, Gott ist mein Zeuge, aber du wolltest nicht. Darum habe ich es – vielleicht zu früh – aufgegeben. Das ist alles, was ich an Erklärung habe. Aber was macht denn dein Kollege beruflich, ich meine, was hat er für eine Ausbildung?«

Da ich es nicht wusste, beließen wir die Diskussion dabei. Natürlich erfuhr ich später, was Jamil beruflich vorhatte. Er ging wie ich in eine Informatikschule, war sehr begabt und intelligent. Die Argumente meines Vaters konnte ich nur vermuten. Wahrscheinlich wollte er mir sagen, dass Jamil darum Arabisch konnte, weil er oft in der Heimat seines Vaters war, zu Hause arabisch sprach, weil sein Vater nicht genug Deutsch konnte, und dass er darum wohl keine besondere Ausbildung wie ich absolvieren würde. Aber mein Vater täuschte sich. Dieser Jamil hatte die gleichen guten Berufsaussichten wie ich, er sprach genau so gut Deutsch wie ich und konnte trotzdem Arabisch. Ich muss zugeben, ich habe ihn beneidet. Er konnte von einer Sprache in die andere übergehen, somit auch von einer Welt in die andere tauchen. Seine Gesten und seine Mimik veränderten sich umgehend, wenn er mit Arabern sprach. Und wenn er dann Schweizerdeutsch redete, hätte man niemals seinen arabischen Ursprung vermutet. Er verstand die Musik, die für meine Ohren unangenehm, weil ungreifbar war. Er konnte in

Arabisch Laute aussprechen, die ich nur mit Mühe und Not nachahmen konnte. Trotzdem war er in unserer Clique sehr beliebt, weil er auch sehr gut erzogen, anständig, fair und zuvorkommend war.

Wenn also mein Vater einen Versuch unternahm, mir zu erklären, warum er nicht darauf bestanden hatte, uns Arabisch zu lehren, dann versagten seine Argumente schließlich an solchen Beispielen wie Jamil. Er war stets der Meinung, dass niemand hier geboren werden, beide Sprachen von Grund auf lernen und tief in sich tragen könnte. Auf meine Frage, wieso er denn das könne, kam immer dieselbe Antwort:

»Ich war ein Jugendlicher, als ich hierher kam. Meine Muttersprache war fest in mir verankert und doch war ich nicht so alt, dass ich eine zweite Sprache nicht hätte lernen können. Ich bin sprachbegabt und daher konnte ich meine Muttersprache behalten und neben Französisch auch Deutsch lernen. Wenn du Arabisch hättest lernen sollen, dann hätte ich täglich mit dir zu Hause bleiben müssen. Es heißt nicht umsonst Muttersprache. Du beherrschst die Sprache deiner Mutter. Aber wenn du Interesse hast, kannst du immer noch Arabisch lernen.«

Er meinte damit, dass ich einen Abendkurs neben meiner Schule und meiner Nebenbeschäftigung belegen könnte.

Wir wuchsen, wie gesagt, rein schweizerisch auf. Ich glaube, mein Vater wollte das so. Jedenfalls erinnere ich mich ganz genau an jenen Moment, ich muss um die acht Jahre gewesen sein, als mir bewusst wurde, woher mein Vater kam. Er zeigte uns Fotos aus seinem Elternhaus, die er in seinen Ferien geschossen hatte. Ich sah zum ersten Mal bewusst meine Großmutter, meine Onkel, Tanten und die vielen Cousins und Cousinen. Sie sahen fremd aus für mich, arm, dunkel. Ich konnte einfach nicht glauben, dass sie mit mir verwandt waren wie die Kinder meiner Tante mütterlicherseits. Die sahen mir ähnlicher.

Mit der Zeit empfand ich eine Art Solidarität, ein Mitgefühl für meine Familie in Tunesien.

Und obwohl mein Vater immer betonte, dass er aus einer edlen, noblen, guten Familie stammte, musste er immer hinzufügen, dass sie keine reichen Djerbianer waren, die ein Hotel besaßen oder eine Fischfabrik ihr Eigen nennen konnten oder sonst wie zu Reichtum gekommen waren. Sie besaßen ein bisschen Land, einige Olivenbäume, nichts Besonderes.

Als mein Cousin Anouar, Sohn eines der vier Brüder meines Vaters, mir bei meinem letzten Besuch die Hand zum Abschied gab, da ging mir ein Licht auf. Anouar ist seit Kindheit behindert. Nicht extrem, aber in Tunesien genügte das, um weder Ausbildung noch Job zu bekommen. Ich beschloss – damals war ich sechzehn Jahre alt – ihm eines Tages zu helfen. Ich wusste damals nicht wie, aber ich empfand ein brüderliches Gefühl für ihn. Er schaute mich an, ich sah in seinem Blick diese Art Neid, den er aber verdrängen wollte. Er konnte nicht anders: Ich hatte tolle Kleider, eine Sonnenbrille, reine Haut und schöne Zähne, die ich dank einer Spange so richtig ausgleichen konnte. Er hingegen hinkte, seine linke Hand konnte er nicht zusammenballen, seine ganze linke Gesichtshälfte war leicht gelähmt. Ich hätte ihm den Neid nicht übel genommen. Aber er war herzlich, so was von herzlich, dass ich ihn beim Abschied zu seiner Überraschung umarmte und ihm mit einem hochgestellten Daumen sagen wollte: »Es wird alles wieder gut.«

Heute weiß ich, wie ich ihm helfen kann. Ich bin nicht mehr sechzehn. Aber er ist immer noch dort, wo ich ihn das letzte Mal antraf: gleich behindert, ohne Ausbildung und ohne Job. Und ich konnte mich inzwischen entwickeln. Er kann nichts für seine Behinderung und auch nichts dafür, dass er überall auf geschlossene Türen stößt, ob er sich bewirbt, sich für eine Ausbildung interessiert oder auch nur eine kleine Arbeit verrichten will. Mein Vater hat mir immer von der Solidarität im Islam erzählt. Als ich ihm meinen Cousin Anouar als Beispiel brachte, verstummte mein Vater kurz und sagte dann: »Der Islam schreibt Hilfe am Nächsten vor, aber ob sich die Moslems daran halten, ist eine andere Geschichte.«

Mein Vater war erfreut, dass ich mich für das Schicksal dieses benachteiligten Menschen interessierte. Umso glücklicher war er, als ich ihm vor einigen Wochen ankündigte, dass ich etwas tun wollte für meinen Cousin. Er war stolz auf mich. Es ist schön für einen Sohn, wenn der Vater stolz auf ihn ist. Ich hatte immer Grund, auf meinen Vater stolz zu sein, aber jetzt gab ich ihm einen Grund, auf mich stolz zu sein. Und das tat gut. Ich habe nicht verstanden, warum ihm dieser kleine und nicht besonders aufwendige Akt der Solidarität so viel bedeutete. Aber er schätzte es sehr, dass ich eine Art Zugehörigkeit fühlte zur Familie in Südtunesien. Ich hingegen hatte jeden Grund, zu diesem Mann aufzuschauen. Er kämpfte sein Leben lang. In der Schweiz gegen Rassismus, Diskriminierung, und zu Hause gegen Unverständnis, Vorwürfe. Ich bin froh, dass er sich stets gegen alle durchgesetzt hat und uns ein Vorbild war. Er hat uns auf seine Art erzogen. Er hörte auf niemanden, obwohl alle auf ihn einredeten. Vielleicht habe ich diese Unterstützung meines Cousins auch für meinen Vater unternommen.

Ich habe zweitausend Franken gespart und ein paar Freunde sanft gezwungen, mir je hundert Franken zu geben. Nun bin ich im Besitz von stolzen dreitausendfünfhundert Franken, das ist fast das Jahreseinkommen meines Onkels Samir, Vater meines Cousins Anouar. Ich werde sie nach Tunesien mitnehmen und mit ihm ein kleines Stückchen Land kaufen, nur so ein Fleckchen, nichts Besonderes. Darauf soll er etwa hundert Hühner stellen und sich somit ein kleines, regelmäßiges Einkommen sichern.

Ich freue mich heute schon auf sein erfreutes Gesicht, seinen Stolz und seine Euphorie. Endlich jemand, der ihm Hoffnung gibt! Mein Vater sagte mir stets, dass es im Islam Pflicht ist, zu spenden. Aber man sollte im Familienkreis anfangen und seinen Wirkungskreis langsam erweitern. Bevor ich also irgendeiner Organisation etwas spenden würde, sollte ich meiner Cousins, Tanten und Verwandten gedenken. Er aber, mein Vater, war immer großzügiger, als er es sich leisten konnte. Er gab mehr als er musste. Wenn er in einem guten Restaurant säße und ein armer Mann ginge am Fernster vorbei, schon würde es ihm den Appetit verderben, sensibler Mensch! Ich habe da eine gesunde Portion Egoismus …

Ein Mann in den frühen Fünfzigern, grau meliert, braun gebrannt und modern angezogen, saß mit gekreuzten Beinen und einer französischsprachigen Zeitung in der Hand im Café »Le Rendezvous« im Flughafen von Djerba, vor sich eine Tasse Kaffee und eine Flasche Mineralwasser »Safia«. Der Kellner fragte ihn beim Vorbeigehen: »Aslema Si Moncef, ist Ihr Urlaub schon wieder vorbei?« »Nein, aber mein Sohn kommt endlich auch wieder einmal in die Heimat. Er hat aber Verspätung in Zürich.« Der Kellner fragte noch schnell beim Weggehen: »Tunis-Air?« »Tunis-Air.«

Seine Mutter saß still neben ihm, eine traditionelle arabische Frau mit geduldigem und doch erwartungsvollem Ausdruck, ein Taschentuch in der Hand.

»Landet er bald?«

»Ja, Mutter, in einer Viertelstunde.«

»Inschallah.«

Moncef legte die Zeitung kurz beiseite, nahm seine Lesebrille von der Nase und legte sie vorsichtig auf den Tisch, dann rieb er sich mit beiden Händen das Gesicht und kreuzte die Arme über der Brust. Er schaute aus den großen Fenstern, fast abwesend, auf die Landebahnen. Sein Blick schien viel weiter als die paar Hundert Meter zu schweifen. Er sah nachdenklich aus, biss leicht seine Lippen, wartete, dachte nach …

Wie fing das doch alles an … Ich ging im Alter von siebzehn Jahren nach Lausanne in eine Privatschule, danach an die Uni, studierte Chemie. Ich habe nicht promoviert, ich war auf einmal nur noch nach einem Job süchtig – einem lukrativen Job, versteht sich. Mein armer Vater hatte die Hälfte seines Besitzes verkauft, um mir dieses Studium zu ermöglichen. Wir wuchsen einfach auf, nicht gerade ärmlich, aber wir hatten neben einem kleinen typisch djerbianischen Haus und einigen Olivenbäumen nichts. Na ja, nichts außer einem großen, brach liegenden, unfruchtbaren Stück Land, das mein Vater geerbt hatte. Wer hätte gedacht, dass uns dieses Land eines Tages fast zu reichen Leuten machen würde? Über Nacht war nämlich dieser Boden Gold wert, als eine ausländische Hotelkette – ich glaube, es steckten Kuwaitis und Libyer dahinter – dieses Land für eine große Hotelanlage kaufen wollte.

Ich ging also nach Lausanne. Ich war einer der ersten Studenten, die nicht nach Frankreich, sondern in die Schweiz gingen. Das Studium war für mich keine große Sache, ich amüsierte mich sehr in der Freizeit, ich war kein Streber und kein in sich zurück gezogener »Etranger«, der lediglich den Schulweg und den Bahnhof kannte. Ich fand auch schnell eine kleine Nebentätigkeit, sodass ich meinen Vater entlasten und für mich selber eine gewisse Freiheit gestalten konnte. Denn mein Vater, Gott segne ihn, achtete peinlich genau auf meine Ausgaben. Er fragte zwar bei jedem Telefonat und in jedem Brief, ob ich noch genügend Geld hätte. Aber ich wusste, seine Fragen waren nicht darauf bedacht, mir im Notfall etwas mehr zu schicken, sondern darauf, mir eine Lektion über Sparsamkeit und Enthaltsamkeit zu geben. Ich sagte also immer: »Ja!«

Nach dem vierjährigen Studium bot sich in Zürich eine Tätigkeit in einer Sekundarschule an. Ich schlug zu. Sie nahmen mich trotz relativ schlechter Deutsch-Kenntnisse, aber mit dem abgegebenen Versprechen, Abhilfe zu schaffen. Sie nahmen mich auch, obwohl ich keinen Abschluss hatte. Es war die Zeit, wo Lehrer und Pfarrer Mangelware waren.

Im Alter von etwa fünfundzwanzig Jahren hatte ich eine kleine Wohnung an der Nüschelerstraße, ich weiß es noch ganz genau, im dritten Stock. Während dieser Zeit plante meine liebe Mutter schon meine Hochzeit, denn in diesem Alter sei es höchste Zeit, hörte ich sie immer wieder sagen. Sie hielt Ausschau, dann machte sie mir Vorschläge und bei meinen Heimreisen stellte sie mir die Kandidatinnen vor. Sie war sehr enttäuscht, als ich auch ihren fünften Vorschlag ablehnte.

»Was ist los, mein Sohn, wir werden langsam unglaubwürdig.«

»Los ist, Mutter, dass ich eine Schweizerin kennengelernt habe und sie heiraten will.«

Sie konnte nur einen leisen Schrei mit der Hand dämpfen. Daraufhin sprach sie kein Wort mehr mit mir, bis ich wieder abreiste. Mein Vater sagte lediglich: »Khallih! – Lass ihn doch!« Dieses »Khallih« klang nach einem Zusatz wie: »Er wird es schon bereuen, er macht einen großen Fehler, die Jugend blendet ihn.«

Ich habe die letzten sechsundzwanzig Jahre keinen einzigen Tag bereut, dass ich diese Frau zu meiner nahm. Mein Vater hat sich getäuscht ...

Es folgte eine harte Zeit. Wir heirateten nur in der Schweiz. Niemand aus Tunesien kam zur Hochzeit, es war allen zu teuer. Unser erster Sohn, Yves, kam zur Welt. Dann kam dieser unselige Entscheid. Ich ließ mich überreden, meine Frau und Yves alleine in ein Flugzeug steigen und nach Djerba fliegen zu lassen. Ich war zu beschäftigt. Es drängte auf einmal. Meine Eltern wollten den Kleinen sofort sehen, sie hatten Angst zu sterben, ohne ihren Enkel aus der Schweiz gesehen zu haben. Es wird mir heute noch schlecht, wenn ich daran denke. Ich habe damals einen großen Fehler gemacht, der unser ganzes Leben prägen sollte ...

Danach hieß es für mich, Verantwortung für eine kleine Familie zu übernehmen. Zwei Jahre später wurde Jean geboren. Wir feierten wieder ohne meine tunesische Familie. Die Beziehung schien ganz abzubrechen, denn nachdem sie erfuhren, dass wir beide Jungen getauft hatten, schlossen sie mich endgültig aus ihren Herzen aus. Dass ich meine Söhne auch durch einen islamischen Arzt hatte beschneiden lassen, interessierte sie nicht mehr. Jahre des Zwistes und der knappen Kontakte vergingen.

Es waren harte Zeiten, welche meine Frau und mich zusammenschweißten. Doch durch unsere Verbindung und die Geburt unserer Kinder haben wir viel verloren: Sie hatte kaum mehr Kontakt zu ihrer Familie. Sie reduzierten die Begegnungen auf Weihnachten, und auch das nur, weil es sein musste. Meine Frau hing an ihrer Familie und litt entsprechend. Von meiner Seite wurden mir Vorwürfe gemacht, dass ich Land und Gesellschaft im Stich gelassen hatte, mein ursprüngliches Land und meine ursprüngliche Gesellschaft. Niemand konnte verstehen, dass ich in dieser neuen Welt bleiben wollte. Alle dachten, ich würde zurückkehren, nachdem ich genügend Geld verdient hatte. Europa war damals schon das große Land, wo man reich werden sollte, aber wo man nicht leben durfte. Arbeiten ja, aber leben, das war nicht statthaft.

Glücklicherweise waren meine Frau und ich stets eine Stütze füreinander, wir trösteten einander, halfen, verstanden und akzeptierten einander. Schlaflose Nächte und Tränen, das war jahrelang unser Schicksal.

Doch mit der Zeit ließ sich die Familie meiner Frau davon überzeugen, dass ich nicht hinter ihrem Vermögen her war. Ich verdiente gut und meine Frau arbeitete mit. Wir konnten uns einen hohen Lebensstandard leisten. Auch meine Familie fand sich mit der Zeit damit ab, dass ich nicht jährlich nach Hause kam, dass meine Kinder nicht mitkamen, dass meine Frau auch keine besonders tiefe Verbindung zu ihr hatte, wie denn auch! Also beruhigten sich auf beiden Seiten die Gemüter und es entstand ein stillschweigender Friede. Und allmählich wurde aus dieser friedlichen Haltung allerseits eine bessere Beziehung. Es entstand bei beiden Großfamilien Interesse daran, wie die Jungen sich machten. Sie waren alle stolz auf unsere beiden Kinder. Erst dann, also vor etwa zehn Jahren, normalisierten sich die Verhältnisse einigermaßen. Es wurde aber nie eine innige Beziehung daraus, meine Frau hat immer noch keinen Draht zu meiner Familie gefunden und ich auch keinen zu ihrer. Den Vorwurf höre ich jährlich: »Warum hast du sie damals alleine zu uns geschickt. Es hat ihr die Lust auf ein Wiedersehen verdorben.«

Vielleicht ist uns gerade wegen dieser Schwierigkeiten und mangelnden Akzeptanz alles gelungen. Ich wollte meiner Familie zeigen, dass ich es zu etwas bringen kann in diesem harten Europa. Und meine Frau wollte ihrer Familie beweisen, dass es kein Fehler war, mich zu heiraten. Mir wurden ja Angebote gemacht, Cousinen zu heiraten. Ihr hatte der Vater auch einige Vorschläge unterbreitet, aus ihrer näheren Umgebung; da waren Banker, Versicherungsangestellte im Kader, Ingenieure und sogar ein Arzt war dabei. Sie lehnte alle ab, wie ich meiner Mutter lauter Absagen gegeben hatte.

Wir taten alles nach unserer Einschätzung, unseren Gefühlen, unseren Vorstellungen und ließen uns nicht dreinreden. Natürlich haben wir Fehler gemacht, wie alle anderen auch. Natürlich waren wir uns nicht immer einig, wie alle Paare der Welt auch. Aber wir kämpften für unsere eigene dritte Kultur. Unsere Kultur.

Meiner Mutter hat es in der Schweiz nicht gefallen. Sie bewunderte die Sauberkeit, die Höflichkeit, den Überfluss, und vor allem die Landschaft. Aber sie sagte mir stets:

»Mein lieber Sohn, hier sieht es wie im Paradies aus. Gott hat diesen Menschen erlaubt, ihr Paradies auf Erden zu haben, aber wo werden sie nach dem Tod sein? Wir haben kein Paradies in unserer Gegend, wir leiden Hunger, haben keine solchen Freiheiten, aber wir sind gottesfürchtig und gläubig, darum hat Gott das Paradies für uns jenseits aufbewahrt.«

Meine Versuche, meiner Mutter zu erklären, dass auch Europäer, sogar die Schweizer, Alltagsprobleme haben und dass nicht alles Gold ist, was glänzt, scheiterten kläglich an ihrer Bemerkung: »Sieh doch, Sohn, sie tun alles, was Gott verboten hat: Sie trinken, sie sind unkeusch, sie konsumieren alles, sogar Schweine essen sie, alles, was Gott verboten hat, das tun sie.«

Meine Mutter war aber immer so korrekt, dass sie solche Gedanken nur mir gegenüber äußerte. Und mich schloss sie teilweise ein, zumindest was das Trinken betrifft.

»Die Maschine ist gelandet, Mutter.«
»El hämdu lilläh – Gott sei gepriesen!«

Endlich, endlich. Jetzt kommt er endlich, mein Sohn. Endlich konnte ich diesen Bengel überreden, seine Großmutter zu besuchen. Er ist nun fünfundzwanzig Jahre alt, sie sah ihn letztmals, als er sechzehn war. Sie wird staunen, was aus jenem Jungen geworden ist. Ein prächtiger Kerl. Ein junger Mann eben. Ich werde die nächsten zwei Tage leiden müssen. Ich werde Vorwürfe hören von morgens bis abends: »Warum spricht er denn nicht arabisch?« »Und warum kennt er denn nicht seine Cousins und Cousinen beim Namen?« »Warum hast du ihm nichts über den Islam erzählt?«, und so weiter und so fort. Niemand wird sagen: »Er ist gut geraten, er hat eine tolle Ausbildung und einen guten Beruf, er hat genug Geld, um seine Träume zu verwirklichen, er ist gesund und fleißig, er ist ehrlich und zuvorkommend«. Nein, alle werden nur herumhacken und meckern und kritisieren. Aber das kommt nicht bis zu ihm. Das werde ich wohl für mich behalten. Alle halten ja mich für verantwortlich, nicht ihn. Mit Recht. Na ja, jetzt freue ich mich, dass er überhaupt kommt.

Ich bin seit einer Woche hier und habe das Feld vorbereitet.

Ich bin stolz auf diesen Bengel. Er gab mir viele Gelegenheiten, auf ihn stolz zu sein. Als er ganz tapfer die Mandeln herausoperieren lassen musste und nach dem Spitalaufenthalt sagte: »Es ist bestimmt schlimmer, wenn man eine Herzoperation über sich ergehen lassen muss.« Da war er sechs Jahre alt. Als er mit seinem BMX-Fahrrad einen grässlichen Unfall hatte und sich schnell wieder erholte, um wieder auf die Piste zu gehen. Dann als er die erste Freundin nach Hause brachte, sie uns vorstellte und sie am Ende eines tollen Abends nach Hause begleitete, in eisiger Kälte und Schneegestöber, obwohl ich ihnen ein Taxi angeboten hatte. Oh ja, und dann, als er seinen Abschluss machte, ich hatte Tränen in den Augen vor Stolz.

Aber am stolzesten war ich, als mir eine Geschichte zu Ohren kam, die er mir nie selber erzählt hatte. Dass ich sie nicht von ihm hörte, war mein zweitgrößter Stolz. Sie sollen an einem Abend – wie alt war er da, etwa achtzehn – aus der Stadt kommend in einem Tram gesessen haben. Er hatte an diesem Abend Beat kennengelernt, der im selben Tram nach Hause fuhr. Im Tram saß auch ein junger Schwarzer in Begleitung einer Schweizerin. Auf halber Strecke nach Hause sollen zwei junge betrunkene Schweizer eingestiegen sein, die sich auf der anderen Seite neben den Schwarzen setzten. Einer von ihnen ging auf einmal auf den Afrikaner los und sagte: »Hey Nigger, lass unsere Frauen in Ruhe, geh wieder in den Busch und treib's mit deinen Weibern.« Irgend so etwas in der Art.

Der Schwarze sah sich bedroht von diesen zwei aggressiv blickenden, ziemlich betrunkenen Typen, die zu allem bereit zu sein schienen. Mein Sohn soll aufgestanden sein und dem um einen Kopf größeren und zwanzig Kilo schwereren Schweizer gesagt haben: »Lass den Mann in Ruhe. Wenn du keine Freundin hast, dann ist das kein Grund, ihn zu beleidigen. Wenn du Ärger suchst, dann hol ihn dir bei mir!«

Der Schweizer Schlägertyp sah seinen Freund an und lachte. Er hätte Yves spitalreif schlagen können, weiß der Teufel, wieso er sich nach langen Minuten des gegenseitigen scharfen Anblickens wieder hinsetzte. Vielleicht weil hinter Yves auch Beat stand und einen ebenso giftigen Blick draufhatte. Vielleicht weil dem Möchtegern-Bandenboss auf einmal bewusst wurde, was für Scherereien eine Schlägerei in einem Tram zwischen Zürich und Wollishofen bringen könnte. Wie auch immer, die Fahrt verlief ohne Zwischenfall. Wer weiß, was diese kahl rasierten Jungen dem Schwarzen angetan hätten, wenn Yves nicht aufgestanden wäre. Dieser dankte ihm mit einem Blick und Yves soll zurückgelächelt und gesagt haben: »Ich bin auch Afrikaner.«

Ob sie an jenem Abend nicht doch handgreiflich wurden, die Jungs, weiß ich nicht genau. Ich kann mir kaum vorstellen, dass ein stark betrunkener Typ sich von zwei so harmlos aussehenden Jungs wie Yves und Beat einschüchtern ließ. Vielleicht wollte mir Beat ja auch nicht alles erzählen …

Er ist da. Da ist mein Sohn.

Eine stille, herzliche Umarmung zwischen zwei Männern. Der Vater legte seinen Arm um die Schultern des Sohnes und lief mit ihm zum Ausgang. »Und? Belästigt worden?«

»Klar! Er fragte, warum ich keinen tunesischen Pass hätte und warum ich kein Tunesisch rede und warum ich so heiße, wie ich heiße … Wie du vorausgesagt hast. Und ich habe ihm die Antworten gegeben, die du mir empfohlen hast: Ich sei Schweizer, ich spräche eben Deutsch und Englisch und meine beiden Namen verdanke ich meinem Vater und meiner Schweizer Mutter. Ich glaube, er hasst mich dafür, aber ich weiß, dass er keine gesetzliche Handhabe hat, um mich aufzuhalten. Schikane halt. Und dann wundern sie sich, warum die Secondos nicht heimkommen.«

»Hast du gut gemacht, mein Sohn. Lass dich nicht fertigmachen. Immer ein Lächeln. Immer selbstsicher auftreten. Das ist nicht der Staat, das ist nur einer, der dich um dein Leben in Europa beneidet. Übrigens, deine Großmutter bestand darauf, mitzukommen. Sie wartet im Café.«

»Yä oulidi, yä hännän! – Mein Sohn, du liebster!« Tränen, Umarmungen, Küsse und endlose Fragen. Seiner Großmutter fiel die Kopfbedeckung auf die Schultern. Verlegen und lächelnd zog Yves sie wieder auf diesen rothaarigen Kopf, der unter der Henna weiße Haare vermuten ließ.

Meine Großmutter, dachte er, hat sich nicht groß verändert seit meinem letzten Besuch vor fast zehn Jahren. Das also ist mein Ursprung, meine Herkunft, meine direkte Verbindung zu diesem Land und dieser Kultur. Währenddessen redete die Großmutter ununterbrochen.

»Sie sagt, dass sie dich so sehr vermisst hat, dass sie so sehr stolz ist auf dich, wie du gewachsen bist, wie gut du aussiehst, ein Traum von einem jungen Mann, wie du mir gleichst, ihrem eigenen Sohn …«

Als sie aus dem Flughafen, der klimatisierten Halle, herauskamen, spürte Yves diese Luft nach vielen Jahren wieder, die ihn an schöne Ereignisse erinnerte. Das letzte Mal, als er auf Djerba war, da war er noch in der Pubertät. Er erinnerte sich ganz gut daran, wie er im Hotel Dar Djerba schwamm, spielte, aß und sich fast verliebte, in eine Halbtunesierin aus Hamburg.

Sie gingen auf den Parkplatz, Moncef steuerte auf einen Renault Clio zu.

»Mietauto, oder, Dad? Die mit den blauen Schildern sind Mietautos, oder?«

»Ja, du kennst dich ja aus in diesem Land!«

Die beiden Männer lachten, während Moncefs Mutter fragend dastand. Er musste ihr übersetzen, worauf sie auch lächelte. Yves fragte seinen Vater:

»Hat meine Großmutter gerne Schokolade?«

»Was für eine Frage!«

Daraufhin fummelte er kurz in seiner Handtasche und bevor sie ins Auto einstiegen, gab er ihr eine Tafel, die er zuvor aufriss. Sie bedankte sich mit einer großen Umarmung.

Auf der Fahrt in Richtung Djerba-Zentrum fiel Yves die neue Straße auf. »Fast eine Autobahn.«

»Ja«, sagte Moncef, »und die Fahrer halten sie für eine ganze. Sie überholen links und rechts, sie rasen, Sicherheitslinien sind nur da, um die Richtung anzuzeigen, und die Tafeln mit diesen Zahlen, die siebzig zeigen, sind zur Information. Die meisten Fahrer denken, dass das die Mindestgeschwindigkeit sei.«

Moncefs Mutter fragte ihren Sohn leise von hinten: »Hat er das Geld für seinen Cousin?«

»Deine Großmutter möchte wissen, ob du das Geld für deinen Cousin hast.«

»Ja, habe ich. Hast du ihr schon alles erzählt?«

»Ja, Mutter, hat er. Yves, hier kann nichts geheim bleiben, vor allem nicht vor unserer Mutter, ich musste ihr deinen Plan bekannt geben.«

»Gut«, sagte Yves' Großmutter. »Sag ihm, er soll nicht außerhalb des Hauses darüber reden, die Leute sind eifersüchtig und neidisch. Und er soll das Geld nicht seinem Onkel geben. Er soll es niemandem geben außer dem Landbesitzer, wenn das Geschäft geklappt hat. Inschallah klappt alles. Das wäre die Rettung für dieses arme Geschöpf.«

»Yves, deine Großmutter sagt, du sollst mit dem Geld vorsichtig umgehen und mit niemandem darüber reden.«

Während Moncef brockenweise seinem Sohn übersetzte, redete die Großmutter ununterbrochen und sah aus dem Fenster.

»Der Arme. Ich sah ihm sofort an, als sie ihn mir nach der Geburt zeigten, dass etwas mit ihm nicht stimmte. Sein linkes Ärmchen und sein linkes Händchen waren nicht normal. Ich habe viele Behinderungen gesehen, ich konnte das beurteilen, aber sie wollten nicht hören. Hätten sie von Anfang an etwas dagegen getan, dann wäre er womöglich heute nicht so schlecht dran. Wenn wir früher solche Probleme hatten, dann hörten wir auf die Älteren, die Erfahrung hatten. Die heutige Generation will nicht hören. Der Arzt habe ihnen gesagt, dass alles in Ordnung sei, und sie glaubten ihm. Ein Jahr später war die leichte Behinderung sichtbar, klar für jedermann, und alle fragten deinen Bruder, ob er denn nicht zu einem Spezialisten gehen wolle. Aber er dachte immer noch, dass es normal wäre, dass ein Kind beim Krabbeln einen leichten Rechtshang hat, ein Händchen sich anders verhält als das andere.

Und als er fünf Jahre alt war, sagte der Arzt nun definitiv, dass er mit einer Behinderung würde leben müssen. Es sei bei der Geburt etwas schiefgegangen.«

Yves fragte seinen Vater zwischendurch leise, ohne die Rede seiner Großmutter unterbrechen zu wollen: »Gibt es denn keine Versicherung oder Invalidenrente oder so was?«

Moncef lächelte nur und übersetzte weiter.

»Stell dir vor«, fuhr die Großmutter fort. »Welches Mädchen will so einen Mann? Und wie soll er seinen Lebensunterhalt verdienen? Sein armer Vater schuftet und bringt's zu nichts.«

Als sie merkte, dass die Stimmung beider Männer sich zu verdüstern drohte, hörte sie abrupt auf und fragte: »Was will mein Enkel heute Abend essen?«

»Worauf du Lust zu essen hast heute Abend, will deine Großmutter wissen.«

»Jilbänä natürlich«, kam es heraus, als wenn es zu erwarten gewesen wäre. »Jilbänä?«, fragte die Großmutter laut lachend. »Natürlich, ich wusste das. Sag ihm, dass es nicht mehr die Zeit der grünen Erbsen ist. Aber seine Großmutter hat vor zwei Monaten eigenhändig zwei Kilo entfädelt und schön säuberlich in vier Portionen abgepackt und einfrieren lassen. Sag ihm, er könne täglich grüne Erbsen mit Lammfleisch oder Huhn haben. Sag's ihm.« Und zu ihrem Sohn fügte sie hinzu: »Haram alik yä oulidi – du hast Sünde begangen, Sohn. Du hättest ihm unsere Sprache beibringen sollen.«

Jetzt fuhren sie in Richtung Houmt Souk. Die Läden erinnerten Yves an seinen letzten Aufenthalt, nur dieses Mal sah er alles anders. Er sah mehr als nur gerade die süßen Biskuits, die er so mochte; er sah die Menschen dahinter, die Probleme und Sorgen, die sie mit sich trugen, aber auch diese Lebensfreude, und vor allem sah er den Unterschied zu seiner Umgebung in Zürich.

Zu Hause angekommen, erwarteten Familie, Nachbarn, Freunde und Verwandte diesen jungen Mann. Er kam sich wichtig und sehenswert vor, aber es war ihm gleichzeitig unangenehm, weil er sehr wenig verstand. Sein Vater kümmerte sich um die Übersetzung während der ewig dauernden Begrüßungsszene.

Es kamen junge Männer, alte Männer, junge Frauen, verschleierte Frauen, Kinder und Greise zur Begrüßung: »Deine Tante sowieso, dein Cousin sowieso, Sohn deines Onkels sowieso, das ist die Frau meines

Cousins, das ist der Großvater eines Cousins, der mit dieser Frau, einer Cousine, verheiratet ist.«

Zwei oder drei der Begrüßenden sprachen ein paar Worte Deutsch. Einer von ihnen sollte in Deutschland gelebt haben. Er überraschte Yves nach der traditionellen Begrüßung mit vier Küssen mit den Worten: »Eine Kuh macht muh, viele Kühe machen Mühe.« Yves lachte laut, denn er kannte den Spruch nicht und musste ihn nun hier auf Djerba zum ersten Mal hören.

Yves sah sich nervös und gespannt um. Dann fragte er seinen Vater: »Wo ist mein Cousin?« In diesem Moment kam er, außer Atem, leicht hinkend und zum Bedauern von Yves schien die Lähmung auf der linken Seite des Körpers schlimmer geworden zu sein, als er sich daran zu erinnern glaubte. Ein fester Händedruck und ein »Ässlämä« auf beiden Seiten, das war alles, was sie einander sagten.

Yves wollte das Thema sofort besprechen. »Sagst du ihm bitte, dass wir morgen das Land ansehen wollen, das er ausgemacht hat? Nur er und ich.«

Anouar war die Freude anzusehen, doch dann wandte sein Vater ein: »Nein, das könnt ihr nicht allein machen, der haut euch übers Ohr. Und wie willst du mit ihm verhandeln? Er wird dich wie ein Kind behandeln und nach deinem Vater fragen. Wir gehen zusammen. Und ich rede mit dem Mann. Und wie wollt ihr dorthin kommen, alleine?«

Doch Anouar ließ sich nicht überreden: »Ich habe schon mit Abdallah gesprochen, er fährt uns. Er arbeitet in der Landwirtschaft und kann uns helfen. Wir können es alleine machen. Ich habe auch schon herausgefunden, dass sie ihm zweitausendfünfhundert angeboten haben.«

»Mein Sohn«, sagte wieder sein Vater, »wenn der sieht, dass jemand aus Europa dabei ist, dann verlangt er sofort viertausend. Es ist ein karges Stück Land, du hast dich einfach festgekrallt an diesen Boden.«

»Nein, Vater, Abdallah kennt es, und er sagt, für eine kleine Hühnerfarm sei das Stückchen Boden perfekt.«

»Ach, wie willst du denn mit deinem Arm Hühner aufziehen, das ist eine harte Arbeit, du hast einfach keine Ahnung.«

Da griff Moncef ein: »Hör zu, Bruder, lass sie doch einfach gehen, er wird ja nicht sofort unterschreiben. Mein Sohn ist clever genug, um keine Verpflichtungen einzugehen, es geht ja erst mal ums Schauen«, dabei schaute er seinen Neffen an und zwinkerte fast unauffällig. Er wollte ihm sagen: »Geh hin, Junge, und wenn dir das Land gefällt, schlag zu, vergiss die ewigen Einwände deines Vaters, dein Cousin hat das Geld dabei. Es wird klappen. Und du wirst trotz deiner Behinderung dieses Federvieh aufziehen können und deinen Lebensunterhalt sichern. Du wirst diese Abhängigkeit von deinem Vater und allen anderen endlich ablegen können und dann wird deine Behinderung niemandem mehr auffallen …«

»Los, Mädchen«, sagte die Großmutter zu ihren Enkelinnen und Schwiegertöchtern. »Euer Cousin wünscht sich Jilbänä. Die Erbsen sind im Gefrierfach. Fleisch müsst ihr noch holen. Los, los, los.«

Dann schnappte sie sich ihren Schweizer Enkel und ging mit ihm in ihr Zimmer. Yves schaute sich um. Ein einfach eingerichtetes, aber peinlich sauberes Zimmer. Ihm fielen vor allem die vielen Medikamente auf dem Nachttisch auf. Fragend wandte er sich zu seinem Vater, der ihn keine Sekunde alleine ließ. »Tja, das sind Medikamente einer Frau, die glaubt, krank zu sein. Sie hat meiner Meinung nach gar nichts. Sieh mal, ein Medikament hebt das andere auf. Hier was für hohen Blutdruck und da was dagegen.«

Auf die Frage seiner Mutter lachte Moncef: »Ich erkläre gerade meinem Sohn, dass du eigentlich Medikamente nimmst, die gegenseitig ihre Wirkungen aufheben.«

»Ich bin eine kranke Frau, mein Sohn. Die Ärzte schreiben mir das alles vor.«

Während ihres Gesprächs stürzte gelegentlich eines der Mädchen ins Zimmer: »Großmutter, wo sind die Zwiebeln?« »Unter dem Herd, rechts, in einer großen Plastiktasche.«

»Sieh, mein Sohn, das ist dein Großvater.« Yves' Großmutter zeigte auf ein Bild, das über ihrem Bett hing. Ein stattlich aussehender Mann mit einem enormen Schnurrbart war darauf zu sehen. Das Bild musste aufgenommen worden sein, als sein Großvater auf die fünfzig zuging. Er hatte einen roten Kabbus auf dem Kopf, sein Haar war voll und schwarz. Er war perfekt rasiert und trug eine blau-weiß gestreifte Krawatte um den Hals, deren Knoten besser gebunden war, als er es von seinem eigenen Vater kannte. Sein Vater sagte ihm immer: »Wenn ein Mann eine Krawatte umbindet, dann muss der Knoten perfekt aussehen.« Sie hatten oft zusammen geübt, als Yves seine ersten Vorstellungsgespräche hatte.

Mein Großvater, dachte er. Ein Mann, von dem ich nichts, aber auch gar nichts weiß. Wenn er noch lebte und ich begegnete ihm auf der Straße, ich wüsste nicht, wer er ist. Hm ... Wie wäre es, wenn ich meinem Schweizer Opa wiederbegegnen würde. Ich würde ihn erkennen, aber würde er herausfinden, wer ich bin? Ihn habe ich auch seit Jahren nicht mehr gesehen.

Das Abendessen wurde serviert. Die Männer saßen zusammen vor kleinen Schalen und bedienten sich aus einer großen Schüssel. Die Erbsen schmeckten vorzüglich, etwas scharf für Yves, aber fantastisch gut. Sein Onkel versuchte immer wieder, ihm Fleisch in den Teller zu legen, aber er protestierte jedes Mal und gab es seinem Cousin, der neben ihm saß.

»Dein Sohn ist kein guter Esser«, sagte der Onkel zu seinem Bruder.

»Doch, doch, aber in der Schweiz ist ein guter Esser nicht unbedingt einer, der Unmengen von Fleisch verdrückt.«

»Ah ja?«

Die erste Nacht im Zimmer neben dem seiner Großmutter verbrachte Yves in einem tiefen Schlaf. Die Reise, die Eindrücke und das lange Kartenspiel mit den Männern hatten ihn müde gemacht.

Und so gingen sie am nächsten Morgen zu Fuß, um Abdallah abzuholen. Nach einer kurzen Vorstellung, von der Yves nicht viel verstand, fuhren sie los, Richtung Midoune. Irgendwo, wo die Häuser aufhörten, wo es nur noch ein paar vereinzelte Olivenbäume und Palmen gab, bogen sie in eine Seitenstraße, eine Piste ein, und da fuhr Abdallah weiter, schien zu suchen und mit Anouar zu diskutieren: »Ich glaube, es geht hier rechts rein.« Zögernd fuhr er in einen holperigen Weg. Der alte Peugeot knarrte und schaukelte, es war aber weit und breit kein Haus, kein Hof, keine Siedlung zu sehen. Plötzlich, wie aus dem Nichts, war eine kleine Lehmhütte da, davor stand ein Mann. Sie fuhren in seine Richtung und hielten ein paar Meter vor seinen Füßen.

»Ich dachte schon, ihr würdet mich nicht finden.«

Yves nahm seinen Fotoapparat und fing an zu knipsen. Während die drei Männer diskutierten, kopfschüttelnd, laut redend, argumentierend, fuchtelnd, stand er teilnahmslos da und schaute sich die Gegend an. Ein Wind blies vom Meer her in die wenigen Olivenbäume und schüttelte leicht die Palmenblätter einiger alter, fast verdörrter Bäume. Er schnappte nur einzelne Wörter oder Silben auf: »Lä lä, OuAllah, thläthä, thläthä, banka, schäk, ghudua, flus, bähi …«

Yves suchte die Gegend ab, nach irgendetwas, nach einem Nachbarn, einem anderen Bauern, einem winzigen Häuschen. Aber da war nichts. Und da, dachte er, würde mein Cousin leben, jedenfalls würde er in dieser kleinen Hütte sein notwendigstes Hab und Gut deponieren, einen Stall, einen einfachen Bau für die Viecher, hinstellen, und tagaus, tagein arbeiten. Ich weiß nicht einmal, wie man Hühner hält. Was muss man da alles tun? Wasser geben, füttern, die Eier einsammeln, möglichst schnell ins Kühle bringen. Die kleinen »Bibeli« – die Küken – beobachten, vielleicht muss man ihnen auch Medikamente geben. Und wie ist es mit Füchsen, Hunden, Katzen? Er wird es schon wissen, er hat sich damit befasst, mein Vater hat ihn schon vor Monaten darauf hingewiesen, dass er sich informieren sollte. Und wenn er auch leicht behindert ist, körperlich, so ist er doch geistig voll dabei. Mein Cousin! Wird hier in dieser Lehmhütte hausen mit seinen Tieren, minimal leben, während ich in Zürich ein Loft habe, ein Homecinema und Designermöbel. Scheißwelt!

Mit einem Händedruck verabschiedeten sich die Männer und stiegen ins Auto. »Mabrouk«, hörte Yves Abdallah sagen. Er wendete sich dabei gleichzeitig an Yves und Anouar. »Schnoua, c'est o. k.?«, fragte Yves. Anouar wollte noch nicht antworten, bis der Verkäufer außer Sichtweite war. Danach rief er laut und voller Freude: »Oui, trois mille dinars! Demain, Municipalité et Banque.«

»Yessssss«, schrie Yves voller Freude und gab seinem Cousin die Hand und danach dem Fahrer, der ihm seine rechte Hand nach hinten streckte, während er versuchte, aus diesem schmalen Weg wieder auf die Piste und danach auf die Hauptstraße zu finden.

Zu Hause angekommen, stürzte sich Anouar auf seine Großmutter, neben der sein Vater saß, und erzählte voller Zuversicht vom Deal. Sein Vater versuchte, ihn wieder auf den Boden der Realität zu bringen: »Ach was, Sohn, er wird morgen nicht kommen, er hat dich doch einfach loswerden wollen und darum eingewilligt. Ein Händedruck ist heute nichts mehr wert, mach dir nicht zu viele Hoffnungen.«

Abdallah sagte: »Onkel, es ist nicht so, wie du denkst, wir haben mit dem Mann ernst verhandelt. Er wollte anfangs dreieinhalbtausend, man hat sie ihm anscheinend schon geboten. Aber dein cleverer Sohn sagte ihm, dass die anderen Anbieter ja nicht zugeschlagen hätten. Er würde die dreitausend morgen schon übergeben. Da schob der alte Djerbianer seinen Hut zur Seite, kratzte sich kräftig am Kopf und vereinbarte mit uns, dass er morgen um zehn auf dem Grundbuchamt einen Vertrag unterschreiben würde.«

»Und was hat Yves beigetragen?«, fragte Moncef. Und Abdallah fügte begeistert hinzu: »Er hat seine Rolle perfekt gespielt. Wahrscheinlich hast du ihn geimpft. Er tat so, als wäre er unbeteiligt, knipste um sich herum und bewunderte oder bemitleidete die Umwelt. Der Alte hat nicht gerochen, dass er im Spiel ist, sonst hätte er bestimmt einen Tausender mehr verlangt, von einem Europäer!«

Am Freitagmorgen fragte Moncef seinen Sohn: »Wir wollen heute das Grab unseres Vaters besuchen. Wenn du willst, kannst du mitkommen.«

»Ja, klar.«

»Wir müssen uns aber vorher rituell waschen. Das zeigt dir dein Onkel.«

»Sicher. Aber Dad, macht es nichts, dass du trinkst? Ich meine, du bist doch kein richtiger Moslem mehr, oder?«, dabei lachte der Sohn verschmitzt.

»Also, mein Söhnchen, man kann nicht mal Moslem sein und mal nicht. Ich bin mehr Moslem als mancher, der täglich betet. Ich trinke ja heute nicht. Und willst du genau wissen, wie das mit dem Alkohol und dem Islam kam?«

»Ja, erzähl es mir doch noch mal, so etwa zum siebenunddreißigsten Mal.«

Die Männer lachten und Moncef hielt seinen Sohn um die Schultern.

»Die Araber, Juden, Christen und Götzenanbeter, die damals, als Mohammed kam, in der Region lebten, tranken Wein und nahmen andere berauschende Mittel zu sich. Als der Islam kam, war der Alkohol nicht verboten. Viele Menschen, die sich zum Islam bekannten, tranken weiter. Die Gebete im Islam sind aber eine schwierige Sache: sie bedurften der Konzentration und Wachheit. Als die ersten Moslems betrunken zum Gebet kamen und nur noch unverständliche Sätze vor sich hin lallten, da gab Gott ein Gebot über Mohammed an die Menschen: ›Tretet das Gebet nicht betrunken an.‹ Also tranken die Moslems nur noch außerhalb der Gebetszeiten, aber du weißt ja, ein Moslem ist angehalten, fünfmal am Tag zu beten, wann willst du also trinken oder dich ausnüchtern? Die Zeit zwischen den Gebeten genügt nicht, um wieder nüchtern zu werden. Darum kam später ein Gebot, das sagte: ›Was in der großen Menge berauscht macht, ist in der geringsten Menge verboten.‹ Dabei geht es nicht nur um Alkohol.

Drogen jeder Art sind verboten. Kiffen beispielsweise, wie es die Marokkaner vor allem machen, wäre verboten. Im weitesten Sinne könnte man die Zigarette auch dazuzählen. Aber eben, etwas Spielraum und ein kleines Schlupfloch findet jeder Moslem.«

»Auch du, Dad.«

»Auch ich, Sohn.«

Als Yves neben seinem Onkel stand und bei einem Wasserhahn im Hof die Waschung vornahm, musste er sich konzentrieren, denn der Onkel gab peinlich darauf Acht, dass die Sache kein lustiges Spektakel wurde.

»Trois fois«, rief er seinem Neffen zu und machte ihm jede Bewegung zuerst vor, bevor er ihm beim Nachmachen zuschaute. Die Hände, die Arme bis zum Ellbogen, die Nase, das Gesicht mit beiden Händen vom Ohransatz an, die Ohren selber, die Füße und die Beine, zum Schluss dreimal über die Haare mit nassen Händen. Yves machte alles nach, ohne groß zu überlegen. Erst nachdem sie fertig waren, fragte er sich, warum das ganze Theater nötig war. Er kam sich wie ein Lehrling vor, der zuerst einem Meister nacheifern musste, von ihm lernen musste, bis er eine kleine Aufgabe ausführen durfte. Es ging doch um den Besuch eines Grabes, musste man sich denn dafür unbedingt waschen? Er hatte ja am Morgen schon geduscht. Sein Vater erklärte ihm die Sache unterwegs zum Friedhof.

»Es ist nicht nur eine Sache der Hygiene, seien wir ehrlich, der Friedhof ist auch nicht so sauber, das wirst du sehen. Es geht um die Einstellung und die Stimmung, um die Absicht und die Konzentration. Der Grabbesuch soll nicht zwischen zwei Tassen Kaffee erledigt werden, es soll ein Ritual werden.«

Als sie am Grab des Großvaters standen, den Yves noch nie im Leben bewusst gesehen hatte, war er wie abwesend. Diese Stimmung, so feierlich sie war, konnte nicht in seine Seele und sein Herz dringen. Er empfand – beim besten Willen, etwas zu empfinden – gar nichts. Er hörte seinem Onkel beim Gebet zu, verstand kein einziges Wort außer gelegentlich »Allah« oder »Mohammed«. Sein Vater war meistens auch still oder bewegte leise die Lippen.

»Ich bin froh, dass du mitgekommen bist. Ich weiß genau, was du empfindest, mein Sohn, diese Welt ist dir noch sehr fremd. Du wirst mit der Zeit einiges verstehen, aber niemals alles. Das ist einfach nicht möglich. Deine Wurzeln, ein Teil davon zumindest, sind hier, aber deine Zweige haben sich anders entwickelt als die deiner hiesigen Verwandten. Das ist gut so. Mach dir ja keine Vorwürfe, Sohn. Okay?«

»Klar, Dad, mach du dir aber auch keine. Es ist alles richtig herausgekommen, glaub mir, du hast alles richtig gemacht.«

Am selben Abend gab Moncef zu Ehren seines verstorbenen Vaters ein Essen und einen sogenannten »Khatm«. Den ganzen Nachmittag hatten die Frauen Gemüse gerüstet, Fleisch geschnitten und gewaschen, Couscous gekocht und aufgetischt. Etwa zwanzig Männer kamen dann nach dem Freitagsgebet zu Moncef und seiner Mutter. Alle gingen zunächst bei Yves' Großmutter vorbei und grüßten sie kurz, manche ganz flüchtig mit einer Handbewegung und mit den Worten »Alik Salamtu.« Moncef erklärte seinem Sohn: »Sie freuen sich alle für deine Großmutter, dass du sie besuchen kommst. Sie gratulieren ihr zu deiner Ankunft!«

Dann verschwanden die Männer in den großen Saal, der mit Teppichen und Kissen belegt war, setzten sich noch plaudernd und nahmen einen Schluck Wasser. Yves hatte keine Ahnung, was nun kommen würde. Er setzte sich neben seinen Vater, der ihn beruhigte: »Also, in wenigen Minuten fangen die Männer an, den Koran zu rezitieren. Wir nennen so einen Anlass Khatm, was so viel bedeutet wie ›komplett, ganz oder Abschluss‹. Damit ist das komplette Lesen aller Suren des Korans gemeint. Bei zwanzig Männern, die je etwa zwei bis drei Suren lesen, wird das ungefähr eine Stunde dauern. Du darfst jederzeit hinaus. Kein Problem. Es wird dir etwas komisch vorkommen, aber es ist nicht anders als die katholischen Gesänge und Gebete.«

Der Imam – ein überraschend junger Mann, fand Yves, der sich eine ganz andere Person im Raum als den Imam vorgestellt hatte – nahm die Bücher und verteilte sie. Er schien seine Leute zu kennen, einige von ihnen waren gewandte Leser und kannten den Koran meistens auswendig, andere, eher die Älteren, schienen nicht so geübt zu sein, sie bekamen die einfacheren Suren zu lesen. Dann eröffnete er die Gebetsstunde mit einem besonderen Aufruf und auf einmal fingen alle gleichzeitig an zu lesen. Die einen lasen leise vor sich hin, konzentrierten sich auf das offene, mit beiden Händen gehaltene Buch, andere schauten die Decke oder den Boden an und lasen auswendig, warfen gelegentlich einen Blick auf eine Seite, um zu blättern. Wiederum andere sangen die Verse regelrecht und schienen mit jedem Vers in Richtung einer Trance zu gehen, wendeten den Kopf, hielten die Hände zum Himmel und hatten einen weinerlichen Ton in der Stimme.

Yves beobachtete alles in respektvoller Bewegungslosigkeit, während sein Vater einige einfache Verse leise vor sich hin las. Er sah seinen Vater zum ersten Mal in einer solch großen islamischen Gemeinschaft. Ihm fielen einige Schachteln Würfelzucker auf, die offen auf den Tischen lagen. Er wollte später seinen Vater fragen, wofür der Zucker da war.

Eine geschlagene Stunde war vergangen, als die ersten Leser ihre Koranbücher schlossen und in die Runde gaben, die sie zum Imam, dem Hüter der Bücher, weiterreichte. Diejenigen, die fertig gelesen hatten, saßen da, still, aber nicht nachdenklich. Gelegentlich traf Yves' Blick eines dieser Augenpaare. Sie lächelten und wollten ihm sagen: »Willkommen in unserer Runde!«

Als die Letzten ihre Bücher zurückgegeben und der Imam auch fertig gelesen hatte – er hatte die schwierigsten und längsten Suren, wie Al-Baqarah mit 287 Versen, übernommen – kamen zwei junge Cousins von Yves mit Fruchtsäften, Cola und Fanta ins Zimmer und stellten sie auf die runden Tische vor die teils ausgestreckten Füße der Männer. Keiner von ihnen trug einen Bart, fiel Yves auf, keiner von ihnen war in Weiß gekleidet. Allesamt hatten sie Jeans oder sonstige Hosen an, zumeist Hemden, zwei in seinem Alter trugen T-Shirts und Turnschuhe. Zwei oder drei ältere Männer hatten eine Kopfbedeckung, die er in der Stadt oft gesehen hatte. Und einer trug einen modernen Anzug mit Krawatte.

Die letzten Minuten las ein einziger Mann, ein älterer Onkel von Yves' Vater, der eine dicke Brille trug. Alle hörten zu, wie er in aller Ruhe und Gelassenheit vorlas, bis er den letzten Vers aussprach und mit »Amin« abschloss.

Danach setzte der Imam zu einem Bittgebet für den Verstorbenen und alle Anwesenden, alle Moslems und die gläubige Menschheit an.

In den Augen einiger Männer stellte Yves Tränen fest, so auch in den Augen seines Vaters.

»Die Sache mit dem Zucker«, erklärte Moncef seinem Sohn, »beruht darauf, dass die Frauen den Zucker als geheiligt ansehen, nachdem in seiner Umgebung der ganze Koran vorgelesen wurde. Sie verteilen ihn unter den Nachbarinnen und sagen: ›Das ist Zucker aus einem Khatm‹.«

Kaum hatten die Männer fertig gebetet, schon stand Moncef auf und kam nach ein paar Minuten mit seinen Brüdern und ihren Söhnen mit den Couscous-Schalen, dem Salat und den Früchten zurück. Die Männer schienen hungrig zu sein und stürzten sich aufs Essen, aber sie redeten und lachten gleichzeitig. Dann schienen sie auch noch regional-politische Fragen zu besprechen, die Müllabfuhr, die in letzter Zeit nachließ, das Wasser und seine Qualität und die Arbeitslosigkeit in der Region.

Stets übersetzte Moncef für seinen Sohn.

Die Frauen aßen unterdessen im Nebenraum. Yves' Großmutter kam langsam, auf ihrem Stock gestützt, zu den Männern herein und fragte, ob sie genug zu essen hätten und ob ihnen der Couscous geschmeckt hätte. Sie antworteten unisono, dass alles in Ordnung sei. Die meisten dieser Männer kannte Yves' Großmutter seit ihrer Kindheit und bei manchem stellte sie mit Freude den Wandel und die Rückbesinnung zum Glauben fest. Einige unter den jüngeren Männern hatten schon schlechtere Zeiten erlebt. Sie waren heute alle regelmäßige Moscheegänger und führten ein gutes Leben. Najib beispielsweise war mal im Gefängnis gewesen wegen einer Veruntreuungsgeschichte. Fathi hatte schon mit der Polizei zu tun gehabt, er war um die zwanzig und hatte sich mit einer Räuberbande erwischen lassen, als sie in verlassene Häuser stiegen und alles abräumten. Salah hatte früher viel getrunken und Drogen konsumiert, aber heute war er Familienvater und nahm seine volle Verantwortung wahr.

Sie kannte sie fast alle. Da waren zwei neue Gesichter, wahrscheinlich aus Midoun, die sie zum ersten Mal sah.

»Yarham Oualdikum – Gott segne eure Eltern« – sagte sie den Männern, denn sie hatten für ihren verstorbenen Mann gelesen, und verabschiedete sich. Der Tee wurde aufgetragen, dazu einige Süßigkeiten, Zigaretten wurden gereicht. Danach fingen die Ersten an, sich zu verabschieden. Sie wuschen ihre Hände in bereitgestellten blauen Plastikgefäßen mit Seife, die auf den Tischen lag. Einige Handtücher machten die Runde. Danach standen sie einer nach dem anderen auf und gingen, nicht ohne sich bei ihrer »Tante« zu bedanken und ihr »gute Nacht« zu wünschen, aus dem Haus.

Ruhe kehrte wieder ein und die Mädchen räumten schnell alles ab.

Yves' Besuch bei seiner Großmutter war zu Ende. Er sollte noch am selben Abend ins Hotel Plaza gehen. Sein Vater hatte dies bereits mit seiner Mutter vereinbart, denn sie wollte anfangs, dass ihr Enkel die ganze Woche bei ihr verbringe. Doch dann einigten sie sich auf drei Tage, danach sollte Yves sich auch etwas Sonne, Meer und Erholung gönnen, denn – wie Moncef seiner Mutter erklären musste – Yves war ein beschäftigter junger Mann und hatte die Erholung nötig. Yves hatte auf Empfehlung seines Vaters einen Wochenflug von Mittwoch bis Mittwoch gebucht.

Germaine Ben Taieb Stettler

Aus dem Haus erklang klassische Musik, Beethovens Neunte. Eine elegante Frau in den Fünfzigern saß auf der Terrasse, sah auf die Voralpen und den Zürichsee und nippte an einem Glas Weißwein. Die Sonne ging gerade über dem Zürichberg unter und zeigte, warum diese Wohnlage besonders begehrt war.

Sie dachte vor sich hin …

Mein Sohn Yves weilt diese Woche bei seiner Großmutter und der Familie seines Vaters auf Djerba. Es war ein längst fälliger, quasi ein Pflichtbesuch. Immer wieder wurden wir gefragt und bei jedem Anruf aufgefordert, endlich den »Kleinen« zu seiner Großmutter zu schicken. Er hat leider keinen großen Bezug zu seiner tunesischen Familie. Es liegt aber nicht an ihm, es waren die Umstände. Ich wusste nicht, woher mein Mann kam, als ich ihm zum ersten Mal begegnete. Er sah nicht arabisch aus. Mein Mann hatte gerade sein Studium absolviert, ich arbeitete bereits in einer Zürcher Niederlassung einer japanischen Bank und ging eines Abends mit Arbeitskolleginnen aus. Ein schöner junger Mann stand an der Bar, er hatte einen Schal um den Hals gewickelt, ich weiß es heute noch so genau. Obwohl der Abend frühlingshaft mild war, schien er zu frieren. Unsere Blicke trafen sich kurz und ich muss geschmunzelt haben, wegen seines frierenden Wesens, denn er erwiderte mein Lächeln und wandte sich wieder seinem heißen Tee zu. Wir nahmen an einem Tisch Platz, von dem aus ich ihn immer wieder beobachtete. Es war eine Zeit, wo ein Mann sich getrauen konnte, zu ein paar wildfremden Frauen zu sagen: »Darf ich mich zu euch setzen?«, ohne dass er eine demütigende Abfuhr erfahren musste. Wir unterhielten uns eine Weile, er schien sich in der Stadt nicht so gut auszukennen und suchte daher Kontakt. Meine Arbeitskolleginnen und ich waren erstaunt über die Lebensgeschichte dieses Mannes: Er kam als Student nach Lausanne, wo er Chemie studierte, dann aber wollte er die Deutschschweiz kennenlernen. Er zog zu einem Freund nach Zürich und lebte schon eine Weile bei ihm. Er sprach sehr gut Deutsch und sein Schweizerdeutsch klang lustig. Wir unterhielten uns sehr gut mit ihm und als wir dann gehen wollten, sagte er: »Ich bin jeden Abend hier. Ich würde euch gerne wiedersehen.« Ich habe keine Ahnung, wie es meine Arbeitskolleginnen aufnahmen, aber ich wollte den Mann noch mal sehen, alleine oder mit den anderen. Also ging ich am nächsten Abend wieder hin und war über zwei Dinge erstaunt: Keine meiner Arbeitskolleginnen kam mit und Moncef war tatsächlich da. Wir diskutierten lange über seine Arbeitssuche, seine Familie in Djerba, sein Land Tunesien, von dem ich überhaupt keine Ahnung hatte. Ich erzählte ihm über meinen Beruf, meine Familie und meine Zukunftspläne. Mein Vater hatte mir vorgeschlagen, über eine Heirat nachzudenken: »Hör mal, Germaine, du bist nun fünfundzwanzig Jahre alt. Das ist das beste Alter für eine Heirat. Was meinst du?« Das erste Mal sagte er das mit einem süffisanten Lächeln, als wäre es ihm etwas peinlich, mich darauf aufmerksam zu machen. Als ich ebenso süffisant zurücklachte und sagte: »Vater, ich habe noch Karrierepläne, ein Mann stünde mir jetzt bloß im Weg«, gab er eine Weile Ruhe.

Moncef schien auch Heiratsangebote zu bekommen. Sein Vater hatte ihm eine Cousine ausgesucht, vielmehr soll es seine Mutter gemacht haben, aber sein Vater rief ihn an und überbrachte ihm die frohe Botschaft. »Weißt du, als mein Vater mir diesen unerwarteten Vorschlag gemacht hatte, blieb ich eine Weile ganz ruhig am Telefon. Er rief mehrmals: ›Hallo, hallo, bist du noch dran, mein Sohn?‹ Er muss wohl gedacht haben, dass es mir vor lauter Freude die Sprache verschlagen hat. Ich war wie belämmert. Aber ich wusste, das war kein Witz. Eine Cousine, die ich letztmals beim Spielen sah, als wir um die zehn Jahre alt waren, bevor wir umzogen.«

Moncef erzählte mir, dass es sehr schwer gewesen sei, seinen Eltern »Nein« zu sagen, denn sie mussten den negativen Bescheid seiner hoffnungsvollen Cousine überbringen. Seine Begründung, er wolle zuerst einmal arbeiten und Geld verdienen, konnten sie nicht akzeptieren, denn wie solle ein Mann in Ruhe arbeiten können, wenn er keine Frau habe, die ihm den Haushalt schmeiße und ihm auch nachts eine gute Gefährtin sei? Der Kontakt zu seiner Familie habe sich seit diesem Telefonat wesentlich verschlechtert.

Wie trafen uns nach diesem zweiten Abend mehrere Male, erzählten einander unsere kleinen Sorgen und Freuden. Eines Abends musste ich unvorhergesehen länger arbeiten. Ein dringendes Akkreditiv musste geprüft werden. Es ging um eine große Lieferung einer Maschine nach Tokio. Die Bedingungen in diesem Kreditbrief waren happig und so musste ich zusammen mit meinem Chef die einzelnen Dokumente Wort für Wort prüfen. Er sah mir meine Nervosität an, denn ich hatte mit Moncef vereinbart, dass wir uns zum Aperitif in der Rex-Bar treffen und dann zusammen ins Kino gehen wollten. Ich schaute ständig auf meine Uhr. Wir hatten ja damals keine Handys. Also entschuldigte ich mich kurz bei meinem Chef, ging in ein Sitzungszimmer und rief die Bar an, hinterließ eine Nachricht für »Moncef« – ich wusste noch nicht einmal seinen Nachnamen – und arbeitete noch eine halbe Stunde. Als ich um sieben in der Bar ankam, war er entweder schon weg oder er war erst gar nicht gekommen. Der Barmann kannte mich und auch ihn, aber er versicherte mir, dass er ihn an jenem Abend nicht gesehen hatte.

Das war der Abend, an dem ich feststellte, dass ich mich verliebt hatte. Ich war so traurig, dass ich draußen heulen musste. Ich blies das Kino ab, ging frustriert nach Hause und zog mich in mein Zimmer zurück. Meine Mutter war die erste, die herausfand, dass ich einen Mann getroffen haben musste. Sie versuchte mich zu trösten. Es werde sich alles aufklären lassen, er sei bestimmt wegen etwas Wichtigem weggeblieben. Ich nahm den Trost an. Mir wurde dann auch klar, dass ich ihm keine Telefonnummer gegeben hatte. Wir waren ja erst dabei, einander kennenzulernen. Aber an jenem Abend wusste ich: Dieser Mann wird eine wichtige Rolle in meinem Leben spielen. Auch mein Vater war erfreut, als meine Mutter ihm von meiner Begegnung erzählte. Er wollte natürlich sofort Details, aber meine Mutter konnte sie ihm nicht geben. Ich hatte ihr lediglich gesagt, dass er ein toller Mann sei. Damit konnte mein Vater – Chefarzt im Universitätsspital – nicht viel anfangen. Auf seine Fragen, was dieser Mann denn beruflich mache, aus welcher Familie er stamme, was für schulische Hintergründe er hätte, konnte meine Mutter nur stets antworten: »Keine Ahnung!«

Natürlich klärte sich die Sache mit dem verpassten Rendez-vous bei unserem nächsten Treffen auf. Moncef stand lange vor der Bar und wartete auf mich. Als er das Gefühl hatte, mir sei etwas dazwischengekommen, ging er nach Hause. Wir tauschten dann endlich unsere Adressen und Telefonnummern aus. Mein Vater bohrte immer mehr: »Wer ist dieser Mann? Willst du ihn uns nicht endlich mal vorstellen?« Ich wusste, dass Moncef in gar keiner Weise den Vorstellungen meines Vaters entsprach, so zog ich dieses unvermeidliche Treffen immer weiter hinaus, bis es wohl nicht mehr ging. Ich war mir bewusst, dass meine Eltern mit meiner Wahl nicht einverstanden sein würden. Damals ging es ja auch nicht darum, einen Mann für eine Weile durchs Leben zu begleiten. In Familien wie meiner ging es um ein Leben, nicht um Partnerschaft auf Zeit.

Und somit hofften meine Eltern, ich würde ihnen an jenem Freitagabend einen Chirurgensohn vorstellen oder einen Arztsohn, ein Zahnarztsohn wäre auch gegangen, wenn sein Vater nicht gerade kantonal approbiert war, denn mein Vater sah einen großen Unterschied zwischen einem eidgenössisch und einem kantonal anerkannten Zahnarzt. Vielleicht war er ja der Sohn eines Bankdirektors, vielleicht hatte der junge Mann seinen Doktor schon und war im Militär mindestens ein Offizier, hatte eine Karriere bei einer Versicherung vor sich …

Nichts dergleichen! Moncef war alles andere als der Traumkandidat für die Heirat der Tochter des Dr. Stettler. Ich kämpfte tagelang mit mir, ob ich ihnen vorher sagen sollte, wer mein Traummann war, oder ob ich sie einfach überraschen sollte. Ich dachte an diesen Film mit

Sydney Poitier, der seinen Eltern auch eine Frau vorstellen wollte. Sie versuchten mit allen Mitteln herauszufinden, wer sie war. Sie fragten ihn aus, sie erhielten aber lauter unklare Antworten. Sie wussten aber, dass sie eine Studentin war, die er kennen und lieben gelernt hatte und die er nun heiraten wollte. Als sie vor der Tür seines Elternhauses stand und er sie ihnen vorstellte, war beiden Gesichtern der Schock anzusehen, als wollten sie sagen: »Um Gottes Willen, das ist ja eine Weiße!«

Ich entschied mich für die Methode von Sydney Poitier. Eines Freitagabends – meine Mutter hatte fein kochen lassen – saßen alle gespannt im Salon, der Champagner war im Kühler mit viel Eis bedeckt, die Gläser glänzten, ein weißes Tuch über der Flasche verdeckte den Namen – mein Vater wollte einen Jahrgans-Champagner offerieren, zur Feier des Tages, einen Veuve Cliquot Ponsardin Réserve!

Es klingelte. Johanna, diese gute alte Seele, ging auf die Tür zu, gemächlich, voller Zuversicht. Sie wird wohl als Erste den Schock erlebt haben. Ein dunkler Mann mit dunklen Augen und dunklem Haar stand vor ihr, sie trat instinktiv einen Schritt zurück, als wollte sie sagen: »Sie haben sich in der Adresse geirrt, junger Mann!« Als ich zur Tür rannte und Moncef an der Hand nahm, wusste sie kein Wort zu sagen. Er hatte keinen Mantel, keinen Hut, nicht einmal seinen Schal hatte er dabei, den sie ihm abnehmen konnte. Einen Blumenstrauß hielt er und zitterte fast vor Aufregung und Spannung. Ich hatte ihn auf den Abend vorbereitet. Er hatte aber den Mut und wollte sich einfach stellen. Meine Eltern kamen zögernd aus dem Salon. Ich werde ihren Gesichtsausdruck niemals vergessen. Sie waren bleich, schauten einander fragend an. Es war ihnen regelrecht peinlich. Sie hätten mich am liebsten in den Salon gezerrt und mich aufgefordert, den fremden Mann sofort hinauszubegleiten. Den Champagner hätten sie aus Frust alleine getrunken …

Er sprach sie auf Schweizerdeutsch an: »Min namä isch Moncef. Gueten Obig!«

Meine Mutter streckte ihm die Hand entgegen, abwesend, leicht verwirrt. Dann begrüßte ihn auch mein Vater. Der Rest des Abends verlief ziemlich merkwürdig. Zwischen Staunen über mein Verhalten und meine Unverschämtheit und Überraschung über das Leben und die Geschichte von Moncef wussten meine Eltern nicht, wie sie sich verhalten sollten. Wir tranken den Champagner wortlos, bis Moncef meinem Vater doch noch positiv auffiel: »Ein Veuve Cliquot Ponsardin, Herr Stettler? Ich bin sehr geehrt.«

»Kennen Sie sich mit Champagner aus?«, fragte mein Vater, nur so, um die Lücke zu füllen, denn wir hörten jedes Pendeln der alten Uhr, so leise war es im Raum. »Na ja, ein bisschen, als ich in Lausanne studierte, arbeitete ich an den Wochenenden in einem guten Restaurant.«

Es schien, als hätten mein Vater und Moncef ein gemeinsames Thema gefunden, worüber sie reden konnten. Meine arme Mutter saß bloß da und hörte zu. »Wussten Sie, Herr Stettler, dass die Witwe Cliquot ihr Champagnergut von ihrem Mann erbte, als dieses nichts wert war. Sie war eine tüchtige und hart arbeitende Frau. Sie machte aus dem kleinen Familiengut eine weltberühmte Domaine. Sie war es, die das Schüttelverfahren erfand, wissen Sie, die Flaschen werden schräg platziert und in einem aufwendigen Verfahren immer wieder von Hand gedreht.« Moncef schaute mich an. »Wusstest du das, Schatz?« »Nein«, gab ich lächelnd zu. »Oh ja«, fuhr er fort, während meine Mutter nun auch gespannt auf seine Gesten schaute. »Die Witwe Cliquot war sogar dann erfolgreich unterwegs, als Napoléon ganz Europa in einen Krieg verwickelte. Ich las das über sie, als ich mehrmals von Gästen gefragt wurde, was denn diesen Champagner besonders teuer mache.«

Der Rest des Abends schien gerettet zu sein, denn mein Mann wusste mit meinem Vater immer wieder zu debattieren; zuerst ging es um den Weißwein, ich glaube, es war ein Dézaley aus Lausanne, den Moncef sehr zu schätzen wusste, dann referierte mein Vater über den Recioto della Valpolicella, über seine Herstellung und die Lagerung der Trauben auf Stroh oder irgend so was. Jedenfalls verging das Abendessen schmerzlos und auch zum Kaffee und Dessert gab es Gesprächsstoff. »C'est pas vrai!«, rief Moncef aus, als er die Flasche im kleinen Kühler sah. »Ich habe diesen Wein oft serviert, in diesem Restaurant de la Vigne, aber mein Chef hatte mir strengstens verboten, ihn auch nur andeutungsweise zu probieren. Er sei viel zu teuer für das Personal, meistens servierte er ihn.« Die Augen meines Vaters leuchteten auf einmal. Ich muss sagen, dass er gerne einen guten Tropfen trank, aber mit seiner Frau und seiner Tochter hatte er zwei Banausinnen in Sachen Önologie. Trotz seiner vielen Lektionen, die er uns erteilt hatte, wurden wir beide keine großen Kennerinnen. In Moncef schien er nun einen Weinfreund zu finden. »Schatz!«, wandte sich Moncef zu mir, »weißt du, was wir hier trinken? Einen Château d'Yquem! Was für ein Erlebnis! Ich werde diesen Abend niemals vergessen …«

Tja, wir haben alle diesen Abend niemals vergessen. Die Weinkunde war keine ausreichende Grundlage für eine Freundschaft. Mein Vater eröffnete mir noch am selben Abend, dass er mit einer tieferen Beziehung niemals einverstanden wäre, meine Mutter nickte dazu und schüttelte dann den Kopf: »Willst du uns alle unglücklich machen? Wie sollen wir das in der Familie erklären? Du, unsere Tochter, beabsichtigst, einen Araber zu heiraten?«

Meine Beziehung zu meinen Eltern und anderen erlauchten Familienmitgliedern wurde auf ein Minimum reduziert. Moncefs Familie erfuhr während seiner Ferien von unseren Heiratsplänen und es wurde auch jenseits des Mittelmeeres eine Katastrophe. Wir standen nun da, beide hatten wir einen guten Job, Moncef stieg gerade in einer Chemie-Firma ein. Niemand aus unseren Familien konnte sich mit unseren Absichten anfreunden und so heirateten wir ziemlich klammheimlich, unter Freunden und mit einem schönen kleinen Fest im intimen Rahmen, wie man so schön sagt …

Wir nahmen eine schöne Wohnung in Zürich-Wollishofen. Wir liebten uns unermesslich. Wir konnten es uns leisten, auf alles und alle zu verzichten, so stark war unsere Liebe von Anfang an. Und sie blieb es bis zum heutigen Tag. Ein Jahr später kam Yves auf die Welt. Ich unterbrach die Arbeit für einige Monate und wollte später wieder halbtags arbeiten. Als Yves ein Jahr alt war, bekam Moncef wieder einmal einen langen Brief von seiner Familie. Sie wollten den Kleinen unbedingt sehen, seine Großmutter wäre ziemlich krank und hätte ihn gerne noch kennengelernt, sie wollte noch Frieden schließen, nachdem wir lange nichts mehr voneinander gehört hatten.

Mein Mann war viel unterwegs und konnte zu dieser Zeit auf keinen Fall Ferien machen. Nach langem Zureden willigte ich ein, alleine für ein paar Tage hinunterzufliegen und der Familie den Stammhalter zu präsentieren. Es war ein großer Fehler, über den wir noch lange geredet haben und der womöglich dafür verantwortlich war, dass ich seither nie wieder nach Tunesien ging.

Als ich in jenem Hochsommer auf Djerba landete, wusste ich nicht, wieso ich mich zu einem solch abenteuerlichen Schritt hatte überreden lassen. Ich hatte keine Ahnung von diesem Land und dieser Kultur. Ich hatte meinen Mann lieben und schätzen gelernt, aber dass sein Land so war, wusste ich nicht. Ich fühlte mich unendlich einsam, hatte enorme Mühe mit der Hitze, mit dem Staub, der Armut und Hygiene. Mein Mann versprach mir, dass wir jeden Abend telefonieren würden. Das waren teure Ferien, schon die Telefongebühren hätten ein zweites Ticket finanziert. Yves wurde mir schon am Flughafen abgenommen, alle küssten und umarmten und streichelten ihn, bis er anfing zu schreien, ihm ging fast die Luft aus, der Arme. Über eine holprige Straße ging es dann zum Haus meiner Schwiegereltern. Ich konnte kein einziges Wort Arabisch und nur wenige konnten sich mit mir in Französisch einigermaßen verständigen. Alles ging schief. Das Essen machte mir große Probleme. Ich konnte kein Auge schließen, denn den ganzen Tag kamen Männer und Frauen vorbei und wollten uns sehen. Wenn ich mich mit Yves zurückziehen wollte, sagte man mir, dass es unhöflich sei, ich müsse den von weither angereisten Verwandten den Kleinen zeigen.

Yves wurde krank, er hatte fürchterlichen Durchfall und bekam Ausschläge. Ich telefonierte mit meinem Mann und weinte. Er sprach mit seinem Bruder und wir gingen noch am gleichen Abend zu einem Arzt. Yves bekam Tabletten und Spritzen. Später stellte ich fest, dass er ihm Valium gegeben hatte. Es ging ihm noch schlechter. Wir schliefen nun beide nicht mehr. Gegen Mitte der Woche habe ich meinen Schwager gebeten, für uns einen früheren Rückflug zu buchen. Ich kam nach vier Tagen Djerba erschöpft und enttäuscht nach Hause und hatte die erste große Krise mit meinem Mann.

Germaine holte sich nun einen Pullover aus dem Arbeitszimmer, legte ihn sich auf die Schultern und setzte sich wieder hin, kreuzte die Arme über der Brust und schweifte mit ihrem Blick weit hinaus über die feuerroten, teils schneebedeckten Berge.

Einige Wochen nach meiner Rückkehr aus Tunesien – Yves hatte sich wieder prächtig erholt – sprach ich mit meinem Mann über die Taufe unseres Sohnes. Wir hatten alles schon vor der Schwangerschaft besprochen. Sollte es ein Junge sein, dann würden wir ihn taufen und beschneiden, ihm so den Weg in beide Richtungen offenlassen.

Dass wir mit meinen Eltern keinen Kontakt mehr hatten und dass auch die Familie meines Mannes uns nicht gerade in unserem Verhalten und unseren Absichten bestätigte, erwies sich hier mal als ein Vorteil: Wir konnten selber entscheiden, selber tun und lassen, was wir wollten. Aber wir waren isoliert. Wir hatten Mühe, Paten für unsere Söhne zu finden, denn wer wollte ernsthaft Patin oder Pate eines nach islamischer Vorschrift beschnittenen Jungen sein? Unsere Kinder gingen zum Religionsunterricht in der Schule, einem christlichen, versteht sich, und gleichzeitig begleiteten sie manchmal ihren Vater in die Moschee, aber nur bei seltenen Gelegenheiten wie Aid oder Ramadan. Mein Mann ist zwar ein sehr gläubiger Mensch, aber nicht praktizierend. Wie denn auch? Mit diesem Job und den vielen nebenamtlichen, ehrenamtlichen Beschäftigungen? Anfangs erzählte er den Kindern viel über den Islam, später wurde es viel seltener, dass er sich die Zeit nahm.

Tja, das liegt nun alles viele Jahre zurück. Seit Kurzem durchleben wir eine Krise der besonderen Art und ich weiß nicht, wie wir uns hier herausmanövrieren werden. Er spricht viel über Tunesien, über Djerba, Heimat, Rückkehr, Sterben in der Heimat und so Dinge. Wir sind im besten Alter, mein Gott. Aber er findet, ein Mann über fünfzig sollte das Ende schon vorbereiten. Er weiß, dass ich nicht nach Tunesien kann. Er weiß, dass ich das Klima und die Leute nicht ertragen könnte. Aber er spricht trotzdem von »wir«. Ich weiß nicht. Werden wir jetzt, da unsere Kinder groß sind, uns vielleicht auseinanderleben? Wird er tatsächlich einmal zurückgehen?

Ich mache mir große Sorgen …

Aicha Bent Salem Ben Taieb

Ich saß vor einigen Tagen in diesem Zimmer und betete, dass mein Enkel gut ankommen möge. Und nun, mit Allahs Hilfe, ist er da. Ein prächtiger junger Mann! Wie schade nur, dass ich nicht mit ihm reden kann. Mein Sohn hat einen großen Fehler gemacht. Er hätte ihm Arabisch beibringen sollen. Wie soll ich ihn etwas fragen, ihm etwas sagen, ihm etwas erklären und ihm von seinem Großvater erzählen? Nun, jetzt muss halt sein Vater übersetzen. Diese schönen intelligenten Augen, ganz sein Großvater!

Ich werde nie vergessen, wie er damals, noch als Säugling, zu uns kam, mit seiner Mutter. Mein Sohn hatte damals einen großen Fehler gemacht, indem er seine arme Frau alleine mit diesem Kind zu uns kommen ließ. Sie sprach unsere Sprache nicht, sie kannte unsere Traditionen kaum. Sie wusste nichts über uns und wir hatten auch keine Ahnung. Diese paar Tage vor fast fünfundzwanzig Jahren haben alles verdorben. Seither haben wir sie nur gelegentlich am Telefon gesprochen und nie wieder hier gesehen. Er hätte mitkommen und ihr alles erklären sollen. Er hätte sie begleiten sollen. Wir hatten uns doch damals schon mit der Situation abgefunden. Der arme Kleine vertrug die Hitze nicht und wahrscheinlich tat auch unser Wasser seinen Teil dazu. Wir versuchten zwar, nur Mineralwasser zu bieten, aber auch das ist ja nicht dasselbe wie ihr Wasser in der Schweiz. Unsere Hygiene ist nicht mit ihrer zu vergleichen. Was für ein Unterschied! Als ich dort war und sah, wie sie lebten, da habe ich zum ersten Mal verstanden, wieso sie hier krank wurden. Sie leben sauberer als in unserer Klinik, der neuen Klinik Ennasim, und die ist nun ja wirklich die allerbeste auf Djerba.

Mein armer Mann, Gott habe ihn selig, brach zusammen, als er erfuhr, dass Moncef beabsichtigte, eine Schweizerin zu heiraten. Wir hatten ihm ein Jahr zuvor ein gutes Angebot gemacht. Wir hatten mit

Leila mehrmals gesprochen, sie war einverstanden, ihn zu heiraten, obwohl sie sich schon lange nicht mehr gesehen hatten. Sie war eine wunderbare Frau, fleißig, sauber, sah weder links noch rechts und trug ausnahmslos ihr Kopftuch, wenn sie aus dem Haus ging. Aber damals schon hat uns Moncef vor den Kopf gestoßen. Die Arme weinte tagelang, als wir ihr die Nachricht überbringen mussten. Wir konnten ihr nicht erklären, warum er sie nicht heiraten wollte. Wir beließen es bei einer Entschuldigung. Dass er später auch keine andere von hier zur Frau nahm, war ihr ein Trost. Dann aber, als er sagte, er wolle in der Schweiz bleiben und dort heiraten, da brach für seinen Vater und mich eine Welt zusammen. Was hatten wir für Hoffnungen in diesen Sohn gesteckt! Gott der Allmächtige weiß, dass wir Monate getrauert haben. Aber das ist vorbei. Als wir ihn mit Telefonaten und Briefen von seinem Vorhaben nicht abhalten konnten, akzeptierten wir die Sache. Und als der Kleine – sie nennen ihn Yves, für mich ist er Samir – als nun Samir mit seiner Mutter zu uns kam, konnte ihn sein Großvater nicht genug anstarren und mit ihm spielen und ihn an sich drücken. Mein armer Mann wusste, dass er ihn wohl nie wiedersehen würde.

Als Samir damals mit seiner Mutter ins Spital musste, wurde mir ganz elend. Ich wusste, dass unsere Ärzte nicht zu vergleichen waren mit jenen, die sie in der Schweiz gewöhnt waren. Ich hatte damals nur davon gehört. Unser Präsident Bourguiba ging immer in die Schweiz, wenn er zum Arzt musste. Nicht dass er den Medizinern seines eigenen Landes nicht traute, aber es soll auch ganz erholsam sein in der Schweiz, wenn man Patient ist. Jedenfalls sah ich meiner europäischen Schwiegertochter die Panik an, als sie zurückkam, obwohl der Arzt ihr viele Medikamente mitgegeben hatte. Ich verstand erst später, dass bei ihnen ein guter Arzt einer ist, der wenig Medikamente verschreibt. Ich habe mit ihr gefühlt, bei Gott! Ihr Kind war krank, sie war in einer fremden Umgebung, sie verstand fast nichts. Wie wäre es mir wohl in einer ähnlichen Lage ergangen …?

Ich werfe weder ihr noch Samir etwas vor. Es war alles die Verantwortung meines Sohnes. Er ließ sie alleine hierher kommen, sicher weil er Angst hatte vor den vielen Fragen von allen Seiten. Wir erfuhren nämlich kurz bevor sie kam, dass er beabsichtigte, seinen Sohn in der Schweiz beschneiden zu lassen. Das war so nicht ganz richtig. Auch wenn der Arzt – wie mein Sohn damals sagte – Moslem war, Türke, so viel ich mich noch erinnere, so war das nicht die richtige Weise. Er hätte ihn hier bei seinen islamischen Verwandten beschneiden lassen sollen. Vielleicht hatte mein Sohn diese dringenden Geschäftsreisen erfunden, um dem Gespräch aus dem Weg zu gehen.

Wir waren damals alle schockiert. Nachdem wir uns mit der Heirat einer Europäerin abgefunden hatten, wurden wir mit diesen ungeheuerlichen Sachen konfrontiert. Ich glaube, sie wollten damals auch mit dem Kleinen in die Kirche gehen und ihn in eine christliche Gemeinschaft aufnehmen lassen oder so etwas. Jedenfalls habe ich nächtelang geweint und gebetet, mein Sohn möge sich dem rechten Weg zuwenden, dem Weg Allahs, dem einzig richtigen. Aber auch diese Krise haben wir überwunden. Wir waren nun bereit, alles zu akzeptieren, was die beiden in der Schweiz taten. Mein Sohn erklärte mir stets, dass es sein Leben und das Leben seiner Frau und seiner Kinder wäre. Also wäre es auch ihre eigene Verantwortung. Was soll ich sagen? Irgendwann habe ich meinen Sohn aufgegeben, habe nur noch für ihn gebetet und um ihn und seinen Irrweg getrauert.

Ich weiß noch so genau, als ich ihn zum ersten Mal selber anrief. Das war nach dem Tod seines Vaters. Früher rief ihn immer sein Vater an, dann sagte ich ihm lediglich ein paar Worte des Grußes am Telefon, ich war es nicht so gewohnt zu telefonieren. Vor fast fünfundzwanzig Jahren war das Telefon bei uns so eine Sache. Es gab vier oder fünf private Anschlüsse in unserem Quartier. Meistens telefonierten die Leute aus Kabinen oder in einem Laden. Wir waren eine der glücklichen Familien, die ein solches Telefon hatten. Ich rief ihn also eines Abends an. Sein Bruder stellte mir die Nummer ein, ich setzte mich auf den Sessel und nahm den Hörer. Als ich ihn abnehmen hörte mit

»Ben Taieb«, fing ich an zu schluchzen. Ich redete wieder einmal auf ihn ein: »Sohn, bei Allah, wenn du dich schon von deinem Glauben entfernt hast, dann lass das nicht mit deinem eigenen Sohn geschehen, die Strafe Gottes ist dann doppelt so hart.« Er antwortete mir lediglich: »Mutter, ich habe beschlossen, mein Leben hier in der Schweiz zu leben, und da kann ich mir kaum vorstellen, dass mein eigener Sohn nicht hierbleibt. Wie soll er es denn hier zu etwas bringen, wenn er sich nicht in diese Gesellschaft integriert. Wir können ihn doch nicht halbherzig erziehen. Bitte, Mutter, es ist unsere Sache.«

Ich konnte mir nicht vorstellen, dass einer meiner anderen Söhne, ein Sohn einer Nachbarin oder sonst ein Mann aus dem Quartier seiner Mutter sagen könnte: »Es ist unsere Sache, misch dich nicht ein.« Aber mein eigener Sohn wollte seinen eigenen Weg gehen und entschied damit auch über den Weg seines Sohnes. Ich konnte heulen und ihn beschwören, wie ich wollte, er blieb hart. Wir haben danach lange nicht telefoniert. Was ich ihm hoch anrechnen muss ist, dass er trotz dieser vielen Differenzen kein einziges Mal mit seiner Unterstützung zögerte. Die Rente, die ich nach dem Tod meines Mannes erhielt, war schwach. Das Vermögen wurde mit den Jahren kleiner, bis es ganz aufgebraucht wurde. Meine anderen Söhne hatten genug auf den Schultern mit ihren Frauen und Kindern. Also blieb mir nur Moncef als Helfer – und Gott.

Viele Jahre später habe ich sie in der Schweiz besucht. Mein älterer Sohn begleitete mich. Moncef übernahm alle Kosten, wir hätten es sonst nicht machen können. Und seit meinem Besuch in der Schweiz verstehe ich das Verhalten meines Sohnes viel besser. Bei Gott dem Allmächtigen, wer hätte die Wahl zwischen Zürich und Djerba und würde sich dennoch für Djerba entscheiden? Niemand! Ich verstand endlich, wieso mein Sohn sein Leben in diesem herrlichen Land verbringen wollte und warum er auch für seine Kinder keine Zukunft in Tunesien sah. Was sollten sie hier? Sich mit den anderen Arbeitslosen in den Cafés herumtreiben? Diesen Dreck hier der Sauberkeit von dort vorziehen? Sich diesen Krankheiten hier aussetzen?

Seit meinem Besuch in der Schweiz habe ich verstanden. Ich habe mich nie wieder in die Angelegenheiten meines Sohnes gemischt. Aber seine Frau und seine Kinder waren aufgrund dieser ersten missglückten Reise vor fünfundzwanzig Jahren nie in unsere Familie integriert worden. Seine Frau kam nie wieder. Mein Sohn besuchte uns jährlich, aber allein. Irgendwann, vor etwa zehn Jahren, brachte er Samir mit. Er war etwa fünfzehn. Und Gott vergebe mir, ich habe damals die Hoffnung gehegt, er würde sich hier in eine Cousine verlieben. Was muss ich heute über mich lachen! Er, Samir, der Schöne, mit einer Cousine aus dieser Gegend, wie lächerlich. Na ja, hat es alles schon gegeben. Der Sohn von Abdelmajid, meinem Cousin, hat sich hier in eine Cousine verliebt und hat sie geheiratet. Sie sind heute beide in Frankreich und helfen ihren beiden Familien mit Geld und Geschenken. Warum nicht mein Enkel, so dachte ich damals.

Seit ich weiß, dass es zwei Arten von Exil gibt, habe ich mich damit abgefunden, dass mein Sohn nicht mehr nach Djerba leben und arbeiten kommt. Ich kannte Europa aus dem Mund vieler aus unserer Nachbarschaft, sie erzählten alle dieselben Geschichten, wie sie in diesen großen Wohnhäusern zusammengepfercht hausten und oft von Almosen und teils von Gelegenheitsarbeit lebten. Nicht mein Sohn! Er lebt wie ein König. Sein Haus hat so viele Zimmer, dass man sich darin verirren kann. Und die Freunde, die er hat! Allein in diesen paar Tagen, die ich bei ihm verbrachte, kamen unzählige Leute vorbei mit Geschenken und Kuchen, leider auch manchmal mit Getränken, die uns verboten sind. Aber ich habe mit eigenen Augen gesehen, dass es meinem Sohn gut geht. Ich trauere nicht mehr über sein Leben in der Schweiz, das ich für einsam und zurückgezogen, unterjocht und ausgenutzt hielt, ich bin nur noch gelegentlich traurig, dass ich ihn so selten sehe … Seine neuerlichen Pläne, Land anzuschauen, rütteln zwar vergessen geglaubte Hoffnungen auf, aber ich glaube, er will bloß investieren, so sagt man doch, wenn einer Geld in Land steckt, das er aber selber nicht braucht. Er will es wahrscheinlich später teuerer verkaufen.

Und nun ist mein Enkel da. Es ist, wie wenn ein Engel dieses Häuschen bewohnte, für ein paar Tage und Nächte nur, aber ich bin so glücklich, dass er sich zu dieser Reise entschieden hat. Er ist mein Stolz und meine Freude, obwohl ich mit ihm nicht reden kann.

Und wer weiß, vielleicht verliebt er sich ja dieses Mal …

Beat Rechsteiner

Yves ist mein bester Freund. Unsere erste Begegnung war alles andere als vielversprechend. Wir waren um die sechzehn Jahre alt. Mein Gott, ich habe noch Fotos aus dieser Zeit, wir sahen aus wie Clowns. Unsere Hosen waren so was von cool, unsere halben Ärsche schauten heraus. Und unsere Haare, die Schande, Mann. Ich schäme mich heute noch für diese verklebten, vergeelten, vercremten Locken. Und Yves war keine Ausnahme. Er hatte mittellanges Haar, in der Mitte seines Schädels klaffte ein Scheitel wie ein Flussbett, zwei lange Mähnen verdeckten ihm je eine Hälfte des Gesichts. Er fiel mir also vorerst nicht auf, als wir in der »Bronx« in Zürich-Wiedikon abtanzten. Erst als er meine Kollegin, die ich mitgenommen hatte, zu kennen schien und sie küsste – drei Mal auf die Wangen natürlich – da weckte er mein Interesse. Ich schwor mir: Den mache ich alle, wenn er sich an mein Mädchen ranmacht. Ein guter Tänzer, der Kerl, dachte ich und versuchte, meine potenzielle Freundin von ihm fernzuhalten.

Wir wechselten ein paar Worte, ich hielt ihn anhand des Namens für einen Welschen aus Genf oder so. Aber im Laufe des Gesprächs sagte er was von Tunesien, sein Vater sei Nordafrikaner, seine Mutter Zürcherin. Zu jener Zeit hatten wir ein großes Problem mit Ausländern, ehrlich, die machten sich ständig an unsere Freundinnen ran, besonders die Albaner und die Jugos. Aber seit die meisten von ihnen wussten, dass ich Kickboxing machte, und vor allem seit einer dieser Lümmel mich in Aktion erlebt hatte, ließen sie mich und meine Begleitung in Ruhe.

Yves ging dann auch weiter, er tanzte, sprach mit anderen Leuten, trank etwas an der Bar und tanzte wieder. Meine Kollegin erzählte mir, sein Vater reise viel und seine Mutter sei Tochter eines bekannten Arztes … Mir doch egal, dachte ich, wenn dieser Typ meine Kleine auch nur zu lange anschaut, mache ich ihn zur Schnecke. Aber er kam den ganzen Abend nicht zu uns zurück. Glück für den Kerl, dachte ich.

Als ich ins Tram einstieg, nachdem ich meine Fast-Freundin nach Hause gebracht hatte, sah ich Yves sitzen, er fuhr auch nach Wollishofen, aber natürlich wohnte er in einem noblen Quartier, ich bin nur Arbeitersohn. Ich setzte mich nicht zu ihm, wollte damit klarmachen, dass ich nichts mit ihm zu tun haben wollte.

Nach der zweiten oder dritten Station stiegen zwei Jungs ein, die ziemlich betrunken schienen. Sie redeten laut und lachten und schlugen auf die Scheiben und Sitze. Wir waren in diesem Wagen fast alleine. Nur noch ein junger Schwarzer saß da und verdrückte einen Hamburger, seine Begleiterin war Schweizerin, jedenfalls weiß, blond, nicht besonders schön, aber er war auch nicht gerade der Athlet. Die Jungs steuerten direkt auf den Schwarzen zu und machten ihn an; sie erinnerten mich an die Albaner, die meine Kollegen anfickten, einfach so, grundlos. Ich hasse das. »Na? Neger! Haben sie dich heute aus dem Zoo rausgelassen? Hast du Ausgang? Und dann haben sie dir noch so eine schöne Begleitung gegeben.« Die Kleine versuchte sie abzuwimmeln; sie schrie sie zuerst an, dann winselte sie, dann schwieg sie, denn inzwischen hörte ich einen Ton wie eine Ohrfeige. Ich saß mit dem Rücken zu ihnen und wusste nicht, ob der Schlag dem Schwarzen oder der Blondine gegolten hatte. Da ich keinen hysterischen Schrei hörte, nahm ich an, einer der Bullen hätte den Schwarzen geschlagen.

Plötzlich hörte ich Yves: »Lass den Typen in Ruhe, du Mistkerl, und geh lieber du in deine Zelle zurück!«

»Was?«, hörte ich sagen, dann standen die beiden vor Yves. Als ich genervt aufstand, sah ich ihn gar nicht, sie verdeckten ihn vom Fuß bis zum Kopf. Mann, dachte ich für mich hin, der Kerl ist ja lebensmüde, sich mit zwei solchen Typen anzulegen. Darauf haben die nur gewartet. Der Schwarze hätte die Ohrfeige einstecken können und sie wären vielleicht triumphierend weitergezogen und hätten alle in Ruhe gelassen. Aber nein, dieser kleine Möchtegern-Menschenhelfer hat sie bis aufs Blut provoziert.

Ich kam von hinten auf die drei zu und sagte nur: »Hey Jungs, Ruhe mal, wir wollen doch alle nach einem solchen Abend nach Hause, unverletzt und ohne Ärger mit Polizei und so, was meint ihr?«

Die zwei Idioten ließen doch tatsächlich von Yves ab und wendeten sich zu mir, bedrohlich und entschlossen. Die wollten auf jeden eindreschen, der auch nur etwas sagte. Aber da waren sie bei mir wohl an den Falschen geraten. Yves versuchte, den einen von ihnen zurückzuhalten, quasi aus Solidarität mit mir, denn er traute mir nicht zu, mit beiden fertig zu werden. Aber Yves, dieser kleine schmächtige Junge, ließ schnell los, als ihm einer der besoffenen Bullen einen leichten Schubs gab, und fiel in seinen Sitz. Ich nahm meine Kämpferposition ein, worauf beide zu lachen begannen. Ich warnte sie auch korrekt nach Vorschrift: »Jungs, ich bin Kickboxer, lasst es also sein.« Inzwischen verschwand der Schwarze mit seiner Freundin, sie stiegen aus und niemand stieg ein. Es war auch nach zwölf.

Yves stand auf und ging erneut, von hinten, auf einen der Kumpane los und versuchte, ihn von mir weg zu halten. Irgendwie traute er mir doch zu, mindestens mit einem der beiden schnellen Prozess zu machen. Wer weiß, vielleicht hatte ihm jemand von meiner Aktion gegen die zwei Albaner erzählt? Einer der Bullen wollte sich auf mich stürzen, aber er hatte nicht einmal die Zeit zu merken, wie ihm geschah, denn ich holte mit dem rechten Fuß aus und versetzte ihm auf sein linkes Ohr einen dermaßen harten Schlag, dass er zwischen zwei Sitzreihen fiel und sich eine Zeit lang nicht mehr bewegte. Der andere Idiot, statt seinen Freund aufzustellen und mit ihm abzuhauen, rannte regelrecht in mich hinein. Er konnte mich mit seinem Gewicht auf den Rücken werfen und versuchte, mit seinem elend langen Arm auszuholen, doch Yves, dieser feine, filigrane Typ mit einem Löwenherz, hielt diesen bedrohlich langen Arm mit der gefährlich geballten Faust zurück und gab mir so die Zeit und Gelegenheit, den Kerl, der fast auf mir lag, mit einem Griff an die Gurgel immobil zu machen. Er hielt nur noch den Mund weit offen und schnappte nach Luft. Ich richtete mich langsam auf und er machte jede meiner Bewegungen wie eine Puppe mit, seine Arme fielen plötzlich um seinen dicken Rumpf, pendelten wie zwei Hundeohren. Ich schaute ihm ins panikerfüllte Gesicht und sagte: »Du verfluchter kleiner Scheißer denkst wohl, das Scheißfett an deinem Leib erlaube dir, jeden zu ohrfeigen!« Er schüttelte leicht den Kopf, um zu sagen, dass sein Freund die Ohrfeige gegeben hatte. Dieser Freund richtete sich gerade torkelnd auf, aber Yves hatte keine Mühe, ihn mit einer ebenso lauten wie gut platzierten Ohrfeige wieder auf den Boden zu strecken. Dann aber stürzte sich Yves auf mich und riss mich von diesem Tier weg, denn er sah, wie die Augen dieses Mistkerls, der mich verdreschen wollte, langsam zugingen …

Seit jenem Abend schätze ich diesen Typen für den Mut, den er zeigte, denn er wusste, die zwei Bullen hätten ihn zur Schnecke gemacht, und der Schwarze, na ja, ob der ihm geholfen hätte?

Wir wurden unzertrennliche Freunde. Es ging so weit, dass man uns für schwul hielt, weil wir halt beide gut aussehen und wir uns nicht um die Mädchen kümmerten, die kamen uns nur so zugeflogen. Na ja, leicht übertrieben. Aber wir teilten eine Weile lang alles. Während meiner Ausbildung bekam ich eine Zeit lang Ärger zu Hause. Ich rede nicht gerne über diese Geschichte, aber ich, nun ja, ich war, wie soll ich das sagen, eine Weile knapp am Abgrund. Mein Sinn fürs Leben war plötzlich verschwunden. Ich hatte Depressionen und begann zu trinken, ich riskierte meine Ausbildung.

Und ursprünglich war ein Mädchen schuld. Ich hatte mich nicht wie alle anderen gleichaltrigen Kameraden mit dreizehn oder vierzehn verliebt. Nein, ich bin ein Spätzünder. Ich habe mich erstmals mit achtzehn so richtig verknallt. Ein Super-Weib, Mann, habe ich gelitten, schüchtern wie ich war. Ich konnte nicht mehr schlafen, nicht mehr essen, nicht mehr lernen. Nichts konnte ich mehr, außer an sie denken … Aber dann sah ich sie, Hand in Hand mit einem anderen

Jungen. Mein Herz blieb – davon bin ich heute noch überzeugt – einige Sekunden still. Es schlug nicht mehr. Mein Atem stockte nicht nur, ich hatte aufgehört zu atmen. Der Boden unter meinen Füßen glitt weg wie Schlamm und ich sank und sank und sank …

Es war Yves, der mich abendelang in seiner Wohnung einsperrte, für mich kochte, mich aufmunterte. Er unterhielt mich wochenlang und machte sich täglich Sorgen um mich. Er ging zur Arbeit, ich schlief aus. Er kam von der Arbeit, ich saß da vor der Kiste und gaffte vor mich hin. Wir waren wie ein Paar, wir stritten, wir schlugen uns, wir weinten miteinander. Er war es, der – nachdem meine Eltern mich nahezu aufgegeben hatten – mit mir zum Lehrmeister ging. Wie ein Vater kam er mir vor, obwohl er einige Monate jünger war als ich. Er sprach für mich, setzte sich ein, argumentierte mit aller Kunst. Ich erhielt eine zweite Chance. Oh, ich erinnere mich an seine Worte: »Beat, ich kann dir eins sagen. Solltest du diese zweite Chance vermasseln, dann prügle ich dich windelweich. Aber zuvor fülle ich dich ab, denn nüchtern habe ich keine Chance gegen dich.« Wir lachten köstlich und ich ergriff die zweite Chance wie ein Seil, das einem stürzenden Bergsteiger gereicht wird.

Diesem Typen, Yves, verdanke ich mein Leben!

Er kommt heute Abend von Djerba zurück. Dann geht die Post ab, Mann. Wir werden das Wiedersehen gebührend feiern.

3

Khaled Hamrouni

Mein Vater heißt Abdelmajid, meine Mutter Souad. Sie stammen beide aus Ben Guerdane. Das liegt im Süden Tunesiens, ganz nahe der libyschen Grenze. Ich kam in der Schweiz auf die Welt. Mein Vater arbeitete in einer Fabrik und wollte von seiner neuen Umgebung nicht viel wissen. So lange ich denken kann, haben wir nur tunesisch geredet, tunesisch gegessen, tunesisch gefeiert und tunesisch getrauert. Anfangs kam gelegentlich ein schweizerischer Besuch zu uns. Meistens waren es die Eltern von meinen Freunden, die ich im Quartier beim Spielen kennengelernt hatte. Später, als ich größer wurde und mein Vater mich nach Hause, also zu meiner Großmutter, schickte, habe ich alle Beziehungen zu meinen Schweizer Freunden verloren. Und als ich von Tunesien wieder in die Schweiz zurückkam, hatten meine Eltern kaum Kontakt zu christlichen Nachbarn. Ihr ganzer Bekanntenkreis bestand aus zwei tunesischen und einem marokkanischen Ehepaar. Mein Vater ging zu keiner Betriebsfeier, keinem Ausflug, er hasste gesellschaftliche Anlässe und empfand sie als Zeitverschwendung. Er sah lieber fern. Dank eines Parabolspiegels empfing er alle arabischen Sender und so lief der kleine Fernseher im Wohnzimmer von morgens bis tief in die Nacht.

Ich glaube, dass meine Mutter gerne zu Schweizerinnen Kontakt gehabt hätte, aber mein Vater wollte das nicht. Wenn sie sich mit anderen Frauen austauschen wollte, dann gab es dafür lediglich den Einkaufsweg oder den Spielplatz, auf dem sie mich für eine Weile zu meinen kleinen Freunden gehen ließ. Dann konnte sie sich mal mit einer Italienerin, mal mit einer Spanierin unterhalten. Eine reine Schweizerin hatte meine Mutter niemals zur Freundin. Sie sprach auch kaum Deutsch. Mein Vater war immer der Meinung, dass es sich kaum lohnen würde, wir wollten ja bald wieder nach Tunesien zurück.

Ich erinnere mich noch ganz genau an jenen Samstag. Wir verbrachten wie so oft die Sommerferien bei meiner Großmutter in Ben Guerdane. Alle waren eingeweiht, erfuhr ich später, aber mir hat man es am letzten Tag gesagt. Mein Vater nahm mich in ein Zimmer und sagte: »Hör zu, Khaled. Wir haben beschlossen, dich für eine Weile bei deiner Großmutter zu lassen. Hier kannst du besser Arabisch lernen und in die tunesische Schule gehen. Wir kommen ja sowieso in ein paar Jahren zurück, definitiv. Und wir werden dich ja bald wiedersehen, wenn wir das nächste Mal hierher kommen.«

Ich weiß nicht, was ich gemacht hätte, wenn ich erwachsen gewesen wäre oder zumindest jugendlich. Dieses Ohnmachtsgefühl spüre ich heute immer noch. Ich war zu klein, um ihn zu erschlagen, zu klein, um mit ihm zu diskutieren, zu klein, um etwas anderes zu machen, als laut zu schreien und zu weinen. Meine Mutter weinte auch lange und intensiv, als sie mich an ihre Brust drückte und sich dann von mir lösen wollte. Was muss ihr Herz gelitten haben, als ich mich wie eine Klette an ihre Schulter, ihre Kleider und ihr Haar klammerte, damit sie nicht ohne mich ginge. Tagelang habe ich geweint. Dem Weinen folgte Trauer, der Trauer Enttäuschung und ein Gefühl des Verlassenseins, das ich niemandem wünsche.

Wir haben einen tunesischen Spruch, der lautet: »Takbar u tansa – du wirst alt und vergisst.« Das stimmt nicht in jedem Fall. Man vergisst im Alter vielleicht, dass man mal hingefallen ist und lange gelitten hat, man vergisst, dass man eine Prüfung nicht bestanden hat und sie später nachholen konnte. Man vergisst sogar, dass die Großmutter eines Tages gestorben ist. Aber man vergisst niemals, dass die eigenen Eltern einen verließen und in ein Flugzeug stiegen. Man vergisst nicht die Nächte, die man gewacht und geweint hat, aus Sehnsucht und Trauer.

Meine Großmutter gab sich anfangs die größte Mühe, mich zu trösten. Mit der Zeit, als es ihr zu viel wurde, redete sie auf mich ein, ich sei ein Mann, ich solle nicht weinen. Und später schrie sie mich sogar an: »Was bist denn du für ein Kind? Deine Eltern kommen ja bald wieder!«

Ihr »bald« bedeutete für mich ein Jahr, ein ganzes, langes Jahr mit einem traurigen Herbst, einem nicht enden wollenden Winter, einem vielversprechenden Frühling und der Hälfte eines hoffnungsvollen Sommers. Von Jahr zu Jahr stiegen meine Ängste und Sehnsüchte. Aber ich wurde auch von Jahr zu Jahr älter und härter. Meine Großmutter hatte großartige Arbeit geleistet. Sie hatte es so weit gebracht, dass ich meine Eltern nicht einmal mehr gern hatte. Es war mir nach ein paar Jahren fast egal, ob sie kamen oder nicht. Ich freute mich lediglich auf die vielen Geschenke, die sie brachten. Ich wollte kein Theater mehr machen. Es half ja nichts. Zu meinem Vater bekam ich bald ein Verhältnis wie zu einem entfernten Onkel. Die Umarmungen meiner Mutter blieben mir aber lieb. Aber auch gegen sie musste ich mich wappnen. Ich durfte nicht mehr weinen. Ich verabschiedete mich nur noch ganz emotionslos, bewusst.

Natürlich weinte ich später, nachts, wenn sie weg waren und alle anderen schliefen. Aber ich wollte nicht mehr, dass meine Mutter das Gefühl hatte, ich würde leiden. Mit etwa neun Jahren war ich fast erwachsen geworden, zumindest in dieser Hinsicht, im Verhältnis zu meinen Eltern. Ich war der große Junge, der seiner Mutter beim Abschied nicht wehtun wollte, indem er schrie und weinte und heulte wie ein kleines Mädchen. Ich wollte der große, starke Sohn sein. Das blieb ich auch dann, als mir meine Großmutter sagte, dass mein Vater meine Reise in die Schweiz veranlasst hatte. Ich verzog keine Miene. Es war zu viel vorgefallen. Und wenn mich mein Vater jetzt haben wollte, oder vielmehr meine Mutter, dann würden wir diese fünf Jahre nicht mehr nachholen können. Würde ich mich denn noch wohlfühlen bei ihnen? Und was war aus meinen alten Freunden geworden? Konnte ich sie überhaupt noch verstehen? Mein Deutsch war auf ein Minimum zurückgegangen. Dafür sprach ich perfekt tunesisch. Mein Schulstoff entsprach in keiner Weise mehr jenem, den sie in der Schweiz durchnahmen.

Und so kam es, wie es kommen musste: Ich hatte Schwierigkeiten, große Probleme in der Schule, wiederholte, war stets der schwächste Schüler. Ich bekam später eine Anlehre als Magaziner in dem Betrieb, wo mein Vater arbeitete, und bin nun Lagermitarbeiter. Ich staple tagaus, tagein Waren von einem ankommenden Lastwagen in ein Regal. Keineswegs mein Traumjob, aber es war nichts anderes zu haben.

Die schwierigste Zeit aber war, als ich gerade sechzehn wurde. Ich hörte zum ersten Mal bewusst die Worte »Scheiß-Ausländer«, die eindeutig an mich gerichtet waren. Ich spürte Blicke, die mir sagen wollten: »Hau doch ab in deine Heimat, was machst du hier.« Meistens waren es junge Schweizer, die uns alle verdächtigten, ihren Mädchen nachzuschauen. Natürlich schauten wir ihnen nach. Wir hatten ja keine eigenen Mädchen.

Ich kam zu dieser Zeit in eine Clique von Albanern und Ex-Jugoslawen. Die meisten von ihnen mochte ich gern. Sie hatten dasselbe Schicksal wie ich: Ihre Eltern lebten schon lange hier, verstanden aber ihre Umgebung nicht. Sie konnten zu Hause mit ihren Eltern nicht über die Schule, die Probleme der Pubertät in dieser Ostschweiz reden, ihre Eltern – wie meine auch – redeten nur von ihrer eigenen Heimat und hatten keine Ahnung, wie es hier zuging. In dieser Clique lungerten wir herum, die meisten von ihnen tranken, rauchten und begingen kleine Diebstähle. Als Mutprobe musste ich auch mal … etwas stehlen. Gott sei Dank hat es weder die Verkäuferin am Kiosk noch mein Vater erfahren. Es wäre kaum auszudenken, was passiert wäre!

Eines Abends, da war so ein Dorffest, ging ich mit dieser Clique aus. Wir betraten gegen elf Uhr ein Lokal. Die meisten Anwesenden waren junge Schweizer, die wir um alles beneideten, was sie hatten: ihre Ausbildung, ihre Mädchen, ihr Geld, ihre Zufriedenheit. Ich weiß nicht mehr, ich glaube, es war Artan, der anfing. Ein Wort ergab das andere, es ging natürlich um ein Mädchen. Ehe ich mich versah, standen wir draußen und schlugen auf zwei Schweizer ein. Ich hatte nichts getrunken, ich war im Rausch dieses Kampfes und dieser Schreie der

Mädchen, wie in Trance. Glücklicherweise, ja, heute muss ich es so sagen, glücklicherweise schlug mich ein Kerl so hart in die Rippen, dass ich vor Schmerz umkippte und erst aufstand, als die Polizei kam. Drei junge Schweizer, einen von ihnen kannte ich gut, erlitten Kopfverletzungen und Prellungen, mussten mit der Ambulanz weggefahren werden, die Albaner und Ex-Jugoslawen hauten rechtzeitig ab. Mir musste dieser Kerl nochmals eine verpasst haben, denn mein Bauch schmerzte noch lange Zeit.

Die Polizeibeamten nahmen mich, nur mich, den Einzigen, den sie vorgefunden hatten, mit auf den Posten, denn auch die Schweizer waren wieder verschwunden. Ein Protokoll, Benachrichtigung der Eltern, ein Eintrag und ein Besuch beim Jugendamt waren die Konsequenzen, die ich heute noch spüre. Es mussten noch etliche Jahre vergehen, bis die Sache verjährt war und ausgelöscht wurde.

Heute schreite ich immer ein, wenn sich Schweizer und Ausländer in die Haare geraten. Aber nur noch »mündlich«. Ich versuche, auf beide Seiten einzureden. Na ja, mit mehr oder weniger Erfolg. Vor einem Jahr etwa gerieten sich wieder zwei kleine Gruppen in die Haare. Ein Kosovo-Albaner und ein junger St. Galler begannen einen verbalen, aber hässlichen Streit, wo jedes zweite Wort Hure war. Es ging um ein Mädchen, was denn sonst. Der Albaner schien es nicht zu ertragen, dass eine Landsfrau einen Schweizer zu lange anschaute und ihm zulächelte. Ich kannte keinen der Jungs. Das Mädchen schien es zu genießen, zum Anlass eines Jungenstreits zu werden. Als aber der Kosovo-Albaner die Kleine eine Schlampe nannte, da war ihr auch nicht mehr so wohl. Es stellte sich heraus, dass sie selber Kosovo-Albanerin war, denn die zwei fingen auf einmal an, einander in ihrer Muttersprache anzuschreien. Ich stand auf, um ihm zu sagen: »Hey Junge, lass gut sein. Ist doch ihre Sache, wenn sie sich mit einem Schweizer einlässt.« Er schien ihr aber – anhand seiner Gesten fasste ich das so auf – zu sagen: »Was fällt dir ein, du kleine Schlampe, dich mit einem Schweizer einzulassen, wo du so viele nette Landsleute um dich hast?«

Ich stand also auf, um mit friedlich ausgebreiteten Armen auf die Streithähne zuzugehen, da traf mich schon der erste Schlag – mitten ins Gesicht. Ich erinnerte mich sehr wohl an die letzten Scherereien, die ich wegen einer solchen Situation mit der Polizei und der Jugendanwaltschaft hatte. Aber ich konnte doch nicht einfach den Schwanz einziehen und wie ein geschlagener Hund davonlaufen? Hätte ich denn einfach absitzen sollen, damit mich die Leute beobachten können? Nein, für einen Araber kann es kein Zurück geben. Ich schlug ihm nochmals vor, er solle doch die Kleine in Ruhe lassen, es sei ja gar nichts gewesen. Der Junge war zwar groß, aber recht mager, trug ein enges, weißes T-Shirt und noch engere Jeans. Ich war schon dabei, eine Körperstelle auszusuchen, die besonders wehtat, um ihn mit einem ersten Schlag auf den Boden zu werfen. Aber er kam mir wieder zuvor und schubste mich so hart, dass ich auf den Boden fiel. Jetzt war es eine Sache zwischen mir und ihm und der ursprüngliche Grund seines Ärgers – die kleine Albanerin und der Schweizer – waren schon aus dem Lokal verschwunden.

Es war die letzte Gelegenheit, auch abzuhauen. Aber eben – er mochte ja Albaner sein, aber ich war Araber. Ich vergaß die Polizei und die Jugendanwaltschaft. Ich vergaß meine Eltern und auch Gott. Ich sah nur noch diesen hageren Kerl, der bedrohlich auf mich zukam. Da ich noch auf dem Boden lag, erwartete er noch keine Reaktion. Fehler Nummer eins! Denn ich versetzte ihm mit meinem Fuß einen derart harten Schlag zwischen die Beine, dass er wie ein verletzter Hund jaulte. Als er gebückt mit beiden Händen seine Genitalien hielt und die Augen vor Schmerz schloss, gab ich ihm – noch immer liegend – mit meinem Absatz einen Tritt ins Gesicht und muss ihm wahrscheinlich die Nase gebrochen haben, denn er blutete wie ein Schwein. Dann aber haute ich ab, weil inzwischen aus dem Lokal mindestens vier Albaner auf mich zu rannten. Ich lief so schnell ich konnte, im Wissen, dass sie mich windelweich schlagen würden. Sie waren mir auf den Fersen, von Straße zu Straße, von Gasse zu Gasse verfolgten sie mich. Sie glaubten, ich wäre auf dem Heimweg, aber – Fehler Nummer zwei – ich lief direkt zum Polizeiposten, der glücklicherweise um diese Nachtzeit noch besetzt war. Ein älterer Beamter saß an einem Schreibtisch mit einem Funkgerät in der Hand und tippte in einen Computer. Als er mich durch das Fenster schnaubend auf sich zukommen sah, erschrak der gute Mann. Ich hoffte, dass er jetzt bloß nicht alles abschließen und verriegeln würde, um Unterstützung anzufordern. Bis dahin wäre ich tot gewesen. Die Jungs waren nur noch einige Schritte hinter mir. Der Beamte ging vorsichtig auf die Tür zu und machte nach einem langen prüfenden Blick in mein Gesicht auf. Ich stürzte hinein und die Albaner standen draußen. Sie standen so lange und diskutierten und berieten, bis ihnen vor Kälte die Füße zu erfrieren drohten. Eine halbe Stunde später zogen sie ab. Ich wartete noch mindesten fünfzehn Minuten und ging dann vorsichtig und immer um mich herumblickend nach Hause.

Seit diesem Tag bin ich nicht mehr in dieses Quartier gegangen und zuckte mehr als drei Monate lang jedes Mal zusammen, wenn ich Kosovo-Albanisch hörte.

Ironie des Schicksals: Ein Jahr später – ich habe es vor zwei Wochen mit eigenen Augen gesehen – waren dieser Kerl, dem ich die Nase gebrochen hatte, und diese Kleine, die er Schlampe genannt hatte, ein Paar. Sie schlenderten an mir vorbei ohne ein Wort zu sagen, ich erkannte ihn sehr wohl an seinem immer noch zu engen T-Shirt und sie an den tänzelnden Hüften. Er aber verzog keine Miene. Ich schaute natürlich sofort zur Seite, als er mit ihr die Bahnhofstraße herunterspaziert kam. Das habe ich inzwischen gelernt. Bei Albanern und Arabern muss man sich wie in der Tierwelt verhalten: Wenn man die Augen senkt, gibt man damit zu erkennen, dass man der Schwächere ist. Also geht man einem Konflikt aus dem Weg. An diesem Tag hatte ich echt Angst, dass er oder sie mich erkennen könnten. Aber nichts dergleichen. Es muss wohl zu dunkel gewesen sein, als ich ihm vom Boden her meine Schläge versetzt habe. Sie war ja dann schon außerhalb des Lokals. Ich war beruhigt und beschämt zugleich. Es wird wohl eine Frage der Zeit sein, bis ich wieder einmal die Augen nicht senken kann, bis ich wieder einmal unbeteiligt in einen Streit gerate. Mit den Albanern, Ex-Jugoslawen, Mazedoniern und Türken habe ich die gleiche Problematik: Einige sind meine besten Freunde und einige meine Erzfeinde.

Einer meiner besten Freunde, Ivan, hat mir mal erklärt, warum die meisten Albaner aggressiv sind. Zunächst sagte er: »Es sind eben nicht die meisten, sondern die allerwenigsten. Aber es sind eben jene, die sich exponieren. Die anderen Albaner, die große Mehrheit, von denen merkst du gar nichts. Sie reden wenig, lachen wenig, fallen nicht auf. Sie machen hier ihre Arbeit, gehen zur Schule oder leben als Asylanten und belästigen keine Menschenseele. Aber diese kleine Minderheit macht so viel Ärger, dass es jedem so vorkommt, als ob an jedem Streit ein Albaner beteiligt wäre. Aber es sind dieselben, die an einem Abend fünfmal Streit entfachen können. Und weißt du, das sind arme Kerle, ihre Eltern sind eben so arme Seelen, die entwurzelt in der Schweiz auf irgendetwas warten, auf Rückkehr, Geld, Erfolg, der nie eintrifft. Sie sind so selbstsicher, dass es ungesund ist. Sie haben keinen einzigen Grund, stolz zu sein, gehen aber wie ein Pfau die Straße hinunter. Sie glauben, Ehre zu haben und sie zu verteidigen, dabei ist ihnen ganz einfach langweilig, darum fangen sie Streit an.

Aber eben, sie sind eine Minderheit, glaub mir! Und weißt du was? Ich verstehe diese armen Typen. Sie haben ihre Auswanderung nicht verkraftet. Zu Hause sind sie nicht so. Dort würde man sie sofort in ein Loch stecken. Hier haben sie gemerkt, dass sie höchstens eine Nacht auf dem Posten verbringen, dabei aber auch noch verpflegt werden. Sie wollen nur untereinander zeigen, wie cool und stark sie sind. Sie wissen, dass die meisten Schweizer sie in Ruhe machen lassen und sich ihnen selten einer in die Quere stellt.«

Ich fliege nun nach Djerba und von dort fahre ich nach Ben Guerdane. Ich habe mich vor Kurzem verlobt und will ein kleines Verlobungsfest organisieren. Es war für mich immer klar, dass ich eine Frau aus meinem Dorf heiraten würde. Ich ging zwar immer mit Freunden in Discos und Veranstaltungen, aber ich habe nie mit einer Schweizerin etwas anfangen wollen. Wieso denn auch? Wie sollte sie mit mir in Tunesien leben? Ich will nämlich in einem Jahr nach Hause. Und vor der Ehe will ich mit keiner Frau etwas anfangen. Das wäre absolut Haram, eine Sünde, in unserem Glauben. Nicht dass ich nie gereizt worden wäre. Oh nein, im Gegenteil. Ich musste oft davonlaufen, um nicht der Versuchung zu erliegen. Ich habe auch nie in meinem Leben einen Tropfen Alkohol getrunken, höchstens in einem Medikament, aber das ist unter gewissen Umständen erlaubt. Meine Eltern haben auch nie getrunken. Das mit dem Beten habe ich leider in letzter Zeit vernachlässigt. Mein Vater ist ein regelmäßiger Beter. Ich tue es leider nur gelegentlich. Aber den Ramadan ziehe ich durch. Jedes Jahr, seit ich acht Jahre alt war.

Ich muss gerade an meinen armen Vater denken. Er kann nicht voller Freude an meiner Verlobungsfeier teilnehmen. Die Geschichte mit seiner Tochter ist ein Drama. Ich hasse sie dafür. Er wird nach der Verlobungsfeier sofort zurückfliegen und sich vor Gericht verantworten müssen. Diese Hexe hat ihren eigenen Vater angeklagt. So eine Schande! Aber das war nicht sie, es war der Vater ihres »Freundes«. Freund? Von wegen! Er hat sie ausgenutzt, sie geschändet, und sie glaubt noch, dass er sie liebt. Wieso musste sie diesem Typen begegnen? Reiche Eltern, aber vom Leben und von der arabischen Kultur nicht die geringste Ahnung.

Nur weil sie in St. Gallen Wirtschaft studiert, muss sie doch nicht gerade mit ihrer Tradition und ihrem Glauben brechen. Wir haben viele Studentinnen auf der ganzen Welt. In Boston, in London, in Harvard. Aber sie sind Musliminnen geblieben. Meine Schwester aber hat uns allen Schande angetan. Und als mein Vater wegen dieser Schande die

Nerven verlor und sie nur mal schubste, fiel sie theatralisch zu Boden. Hat nur noch gefehlt, dass sie sich noch selber ein blaues Auge oder eine Wunde gezaubert hätte. Jetzt schleppt sie den Ernährer vor den Richter, armer Vater. Das hat er echt nicht verdient. Und ihre eigene Mutter leidet, aber sie, Saida, bleibt regungs- und gefühllos.

So eine Schande!

Souad, Khaleds Mutter, lag in ihrem Gästebett bei der Schwiegermutter und erinnerte sich …

»Wir sind doch Moslems und Araber, Souad. Besinne dich, um Gottes Willen.« Ich höre meinen Mann noch heute auf mich einreden, ich sehe mich heute noch weinend in der Küche sitzen und ihn anflehen, er solle seinen Plan fallen lassen. »Es ist doch unser Sohn, nicht der deiner Mutter oder meines Vaters. Er sollte bei uns bleiben oder wir sollten mit ihm nach Tunesien zurückgehen. Trenn uns nicht, um Allahs Gnade!«

Ich musste ihm versprechen, nichts zu sagen, mir nichts anmerken zu lassen, nicht einmal traurig zu sein, bevor es so weit wäre. Khaled war wie immer glücklich, dass wir packen konnten und in die Sommerferien nach Ben Guerdane gingen, zu seiner Großmutter. Ich kam mir wie eine Verräterin vor. Ich wusste etwas, was ihn betraf und ihn treffen würde, und ich durfte nichts sagen. Wir packten wie immer, wir redeten wie immer darüber, was wir machen würden, wen wir besuchen würden. Und er schrieb schon auf, welchem Freund in der Schweiz er etwas mitnehmen würde. Mein kleiner Engel wusste gar nichts von unserem teuflischen Plan. Wir wollten ihn einfach zurücklassen. Es tut mir heute noch im Herzen weh und ich schrecke auf, gelegentlich, wenn wir dieses Thema anschneiden. Würde ein Mann das heute von mir verlangen, ich würde ihn erschlagen und mich der Justiz stellen. Wenn ich gewusst hätte, was wir damit unserem Kind und uns selbst antun würden, ich hätte dieses Vorhaben sofort und mit aller Kraft verweigert. Aber mein Mann, Gott vergebe ihm, hat darauf bestanden. Fünf Jahre, fünf lange Jahre musste ich ohne meinen kleinen Engel leben. Es verging kein Tag, an dem ich ihn nicht auf dem Spielplatz vor der Migros spielen sah, in meinen Träumen. Es verging keine Nacht, da ich ihn nicht in meine Gebete eingeschlossen habe.

Und jeden Sommer erlebten wir die gleiche Tortur. Zuerst die große Freude des Wiedersehens. Jede Nacht, wenn Khaled zu mir ins Bett kam, fragte er leise, er bat, er bettelte: »Mami, ich will zu dir in die Schweiz zurück.« Ich weinte noch, wenn er schon lange schlief. Mein Mann hatte mich gewarnt. Wenn ich ihm Hoffnungen machen würde, täte das keinem von uns gut. Er solle die Schule in Tunesien absolvieren. Später könnten wir dann immer noch etwas tun. Aber wir würden sowieso bald nach Hause gehen. Ich hätte nicht hören sollen. Ich hätte rebellieren sollen.

Stattdessen akzeptierte ich alles, vielleicht auch aufgrund des Drucks meiner Schwiegermutter: »Mein Kind, ich weiß, dass es hart ist für eine Mutter, im Interesse ihres Kindes etwas zu entscheiden, das ihr wehtut. Aber glaub mir, Gott wird es dir vergelten. Er wächst hier unter seinesgleichen auf. Eines Tages, so Gott will, kommt ihr auch aus der Fremde zurück und werdet wieder vereint.«

Von Sommer zu Sommer ging die Freude meines Sohnes zurück, wenn wir kamen. Die Geschenke, die wir brachten, nahm er entgegen, fast wortlos, und von Sommer zu Sommer war seine Trauer kleiner geworden, wenn wir wieder gingen. Ich spürte, dass ich meinen eigenen Sohn verlieren würde, dass er eine neue Mutter gefunden hatte, seine Großmutter. Er hörte auf sie, er umarmte sie, er küsste sie. Und schlimmer: Er sorgte sich um sie. Ich war nur noch die gelegentliche Besucherin aus der Schweiz. Mein Mann war zufrieden. Er sagte mir: »Siehst du? Du hast dir umsonst Sorgen gemacht. Er hat sich gut eingelebt hier. Er fühlt sich wohl.«

Und ich erwiderte in jenem fünften Sommer, als wir wieder in der Schweiz ankamen: »Niemals! Er hat sich nicht eingegliedert. Er hat lediglich aufgegeben. Seine Schmerzen verbirgt er, wie ich auch. Seine

Freude hält er zurück, damit er mir nicht wehtut. Du hast keine Ahnung. Du bist eben ein Vater und keine Mutter. Ich will meinen Sohn zurück. Sonst gehe ich allein nach Hause.«

Ich weiß nicht, ob er es als Hysterie einer Frau auffasste oder die Warnung ernst nahm. Als wir zu Hause in Ruhe darüber reden konnten, versprach er mir, ihn im nächsten Sommer wieder mitzunehmen. Ich sagte: »Nein, ich will nicht mehr warten. In drei Wochen wird er zehn. Und ich will, dass er seinen zehnten Geburtstag bei seiner Mutter verbringt.«

»Wie stellst du dir das vor? Soll ich ihn jetzt noch schnell abholen gehen oder was?«

»Mach, was du willst, du bist sein Vater und mein Mann. Lass ihn durch Tunis-Air begleiten. Er ist alt genug, er könnte auch allein hierher kommen.« Daraufhin ging ich ins Bett und redete drei Tage lang kein Wort. Mit niemandem. Zwei Wochen nach unserer Diskussion stand mein geliebter Sohn im Flughafen Zürich-Kloten vor mir. Wir heulten uns die Seelen aus den Leibern. Dann gingen wir nach Hause. Sein Zimmer war genau so, wie er es fünf Jahre zuvor verlassen hatte.

Er konnte kein Wort Deutsch mehr. Einige Wochen später standen wir wie versteinert vor der Schulleitung, die uns die Probleme seiner Schulbildung erklärte. Zum ersten Mal sah mein Mann ein, was für einen Fehler er begangen hatte. Zum ersten Mal merkte er, dass er unserem Sohn mächtig die Zukunft verpfuscht hatte. Und das nur, weil seine Mutter darauf bestanden hatte, dass sie ihren Enkel erziehen durfte, bis wir dann kämen. Ja, aber unser Plan, bald wieder nach Hause zu gehen, fiel ins Wasser. Damit hatten wir nicht gerechnet. Dass wir Monat für Monat knapp durchkamen, kaum etwas sparen konnten, damit hatte mein Mann nicht gerechnet. Obwohl wir sparten, wie wir nur konnten, ging alles für Rechnungen und Versicherungen und andere notwendige Ausgaben drauf. Dann kamen die Steuern. Als wir die erste Steuerrechnung bekamen, sahen wir einander nur an. Damals war unser Sohn noch bei uns. Wir verstanden die Welt nicht mehr. Das alles mussten wir noch nachträglich zahlen? In diesem Moment entschied mein Mann, dass wir nur einige Jahre in der Schweiz bleiben würden. Mir war es damals egal, ich wollte nur eine Familie haben und glücklich sein. Ich betrachtete die Jahre in der Schweiz an der Seite meines Mannes als solidarisches Opfer. Er wollte unbedingt in der Schweiz arbeiten, also blieb ich bei ihm. Aber eigentlich wusste ich schon lange, nach etwa einem Jahr in der Schweiz, dass ich hier nicht alt werden wollte.

Doch dann kam es eben anders. Mein Mann wurde befördert, er hatte sich weitergebildet und konnte mehr verdienen, daraufhin entfachte sich wieder unser Wunsch, zu sparen und bald nach Tunesien zurückzugehen. Und wieder ein paar Jahre später wusste ich definitiv, dass daraus vorläufig nichts würde. Wir hatten – unbewusst und unbemerkt – hier Wurzeln geschlagen. Die ersten Bekannten waren alle Ausländer. Die erste Schweizerin, die ich auf dem Spielplatz kennenlernte, war Monika. Sie wohnte nur zwei Straßen weiter und hatte damals einen kleinen Sohn im Alter meines Jungen, Kevin, er ist heute ein schöner, junger Mann. Sie war die erste Schweizerin, die mich ansprach.

Ich glaube, ihr verdanke ich die Erkenntnis und den Entschluss, dass wir aus unserem Europaaufenthalt mehr machen sollten als ein paar Jahre Migrantendasein. Sie führte mich in die Schweizer Gesellschaft ein. Wie peinlich war es mir zuzugeben, dass ich erst nach acht Jahren Schweiz einmal Rösti gegessen hatte, während ein Schweizer Tourist oft nach drei Tagen Tunesienurlaub schon Couscous und Baqlawa probiert hat.

Mein Mann verfolgte mein Interesse am Schweizer Gesellschaftsleben zunächst mit Misstrauen und Argwohn, dann mit skeptischem Interesse, schließlich wollte er darüber reden: »Findest du nicht, dass du übertreibst? Turnverein?«

Ich antwortete ausführlich auf diese lange versteckte Ungerechtigkeit: »Du spielst Fußball mit deinen Freunden, viele darunter sind Schweizer, einige Türken, Albaner, Griechen und Araber. Und ich? Ich habe die ganzen Jahre nur für dich und unsere Kinder gelebt. Jetzt seid ihr selbstständig genug, dass ich zweimal in der Woche turnen gehen kann. Es tut gut. Und mach dir keine Sorgen, du weißt ja, es ist eine reine Frauensache. Und natürlich trinken wir anschließend etwas. Anfangs bin ich ja sofort nach Hause gegangen, das weißt du ja noch. Aber mit der Zeit war das Turnen nur ein Teil der Sache. Die interessanten Gespräche fanden im Café statt.«

»Was für Gespräche?«, fragte er.

»Geht dich nichts an, wir haben Schweigepflicht vereinbart. Ich lache, weil du so unmöglich arabisch bist, mein Liebster, du hast dich kein bisschen verändert in diesen zehn Jahren. Einerseits bewundere ich dich dafür, du bist konstant, regelmäßig, stabil wie eine Eiche. Aber ich bin die kleine Palme, die sich nicht jedem Windstoß widersetzen kann, ich lasse mich halt einfacher biegen, aber mach dir keine Sorgen, ich falle nicht um. Vorher bitte ich dich um Hilfe, versprochen.«

Ich rechne meinem Mann hoch an, dass er mich nicht gehindert hat, mich zu integrieren, denn mit meiner Integration hat dann auch seine stattgefunden. Ich machte ihn mit Leuten bekannt, die ich durch den Frauenturnverein kennenlernte. Und so kam er zu einer Weiterbildung und einer besseren Position.

Anfangs musste ich ihn regelrecht zwingen, in den Deutsch-Unterricht zu gehen. Was kann ein Mann doch stur sein! Nur weil seine Handschrift nicht so schön war, war es ihm peinlich, das heißt er war eitel. Und niemals hat er zugegeben, dass er froh war über die sanften Schübe, die ich ihm geben musste. Ich weiß aber, dass er heute sehr dankbar dafür ist. Er würde das nie sagen, höchstens an seinem oder meinem Sterbebett.

Ich bin glücklich. Ich warte hier in Ben Guerdane auf meinen Sohn. Alles ist für die Verlobungsfeier vorbereitet. Die Torte ist ausgesucht. War das ein Theater mit der Torte. Mein Mann und sein älterer Bruder wollten uns doch glatt den Spaß verderben und anstelle einer Torte arabische Süßigkeiten bieten. »Das ist doch lächerlich, so etwas, eine Torte bietet man in Europa, was ist denn aus unserem Land geworden? Unmöglich. Eine Torte mit zwei lächerlichen Figuren und einem Text? Was soll denn das?«

Glücklicherweise haben sich alle Frauen, jung und alt, auf meine Seite gestellt und gesagt, dass das inzwischen auch in Ben Guerdane üblich ist.

Ach, und die Musik. Wir Frauen wollen feiern. Wir wollen tanzen. Und die Männer werden ihren Tee und ihre Wasserpfeife genießen und vor sich hin diskutieren, wir werden uns aber amüsieren …

Ich kann kaum einschlafen. Mein Sohn verlobt sich morgen. Mein kleiner, schöner Sohn wird eine junge, schöne Frau kriegen, wie er es sich gewünscht hat. Ich wünsche ihm von Herzen, dass sie ihm niemals Anlass zu Scham und Schande geben wird. Gott bewahre ihn davor! Zu unserem perfekten Glück fehlt nur noch Saida. Aber die ist ja jetzt wohl in den Armen dieses Christen. Ich will nicht meine letzten Gedanken vor dem Einschlafen an sie vergeuden. Trotzdem wünschte ich mir nichts sehnlicher, als dass sie heute da wäre, bei ihrer Mutter, um die Verlobung ihres Bruders mitzufeiern. Was musste ich heute lügen. Diese vielen Fragen und die erstaunten Gesichter, sie haben es nicht glauben können, dass eine Prüfung wichtiger sei als die Verlobung des einzigen Bruders. Ich glaube, wir haben uns mit diesem Schwindel gut durchgeschlagen.

Am Tag danach war es so weit: Khaled wurde in Empfang genommen. Triumphal. Halb Ben Guerdane war anwesend. Musik, Trommel, Frauengesang und festlich gekleidete Frauen. Er musste sich regelrecht durchkämpfen durch die drückenden Hände, die küssenden Menschen und prachtvoll-farbige Menge, bis er endlich zu seiner Mutter gelangte. Khaled war zuvor am Nachmittag zum Friseur gegangen, ins Hammam mit Freunden, hatte sich rasieren und parfümieren lassen, einen schönen weißen Anzug angezogen, bis zu den Socken und Schuhen war alles weiß an seinem Körper, was seine dunkle Haut betonte.

Nun war es früher Abend und alle fragten sich, wo denn die Verlobte sei. »Sie ist noch am Schminken«, tuschelten die einen Frauen, die anderen meinten, sie sei immer noch bei der Friseurin, die mit ihrem langen Haar bestimmt Schwierigkeiten hätte.

Endlich, ein trillernder Gesang, zunächst von einer Frau ausgehend, dann übergreifend zu mehr als fünfzig Frauen, die es noch konnten. Der Stuhl neben Khaled war noch frei. Ein kleiner Tisch vor ihm war mit einem weißen Tuch gedeckt. Samah wurde von so vielen Freundinnen und Tanten und Verwandten umgeben, dass sie für Khaled kaum sichtbar war. Die Begleiterinnen strömten in den Raum und ließen nun Platz für die Verlobte. Es war ihr offensichtlich peinlich, zumindest schämte sie sich irgendwie, es war schließlich ihr erster und vermutlich letzter Auftritt als Verlobte. Zwei Frauen brachten ein mit glühender Kohle gefülltes Gefäß, worin Weihrauch verbrannt wurde. Es duftete nach einer festlichen, ernsten Stimmung. Sie erschien endlich an der Tür, Khaled stand auf und erwartete sie. Ein Händedruck, das war alles, was sie einander gaben. Khaled half ihr in den Sessel und setzte sich anschließend, sichtlich nervös.

Der Raum wurde von jungen stehenden Frauen gefüllt, einige ältere Damen saßen auf einem Sofa, zwei lagen sogar in kleinen Betten, es waren die Großmutter Khaleds und eine Großtante. Nur drei Männer befanden sich im Raum, als die zwei Verlobten bei überlauter Musik versuchten, ein paar Worte zu wechseln. Einer der Männer musste fotografieren, der zweite hielt eine Videokamera in der Hand und der dritte Mann war sein Vater, der da stand und nicht genau wusste, was jetzt kam, denn das Ganze wurde von seiner Frau kontrolliert. Jetzt kamen die ersten Geschenke des Verlobten an seine Zukünftige, eine Cousine brachte sie herein, denn eine Schwester, die diese Rolle hätte übernehmen können, hatte Khaled nicht, zumindest nicht mehr.

Sie war ihm mehrmals in den Sinn gekommen im Laufe des Tages. Wahrscheinlich hatte sie durch diese Geschichte mit ihrem Vater nicht nur die Familie verloren, sondern das ganze Land. Die Geschenke, ein schöner Ring und ein glänzender Armreif, wurden auf den Tisch gelegt und mit großem Beifall in Form von schrillen, lauten Gesängen quittiert. Die beiden Verlobten achteten peinlich genau darauf, dass sie trotz ihrer Freude nicht zu intim wurden. Insbesondere die älteren Frauen schauten ihnen genau zu. Schon Händchenhalten wäre gravierend in dieser noch traditionellen Gesellschaft.

Die Männer waren inzwischen in Gespräche über Politik, Irak, Wirtschaft und Ernteausfall wegen des trockenen Jahres vertieft. Sie wurden von zwei Cousins von Khaled mit Tee und Wasser versorgt, bekamen je einen kleinen Teller voll Biskuits und schienen diese Angelegenheit als Routine anzusehen, sie schienen sogar darauf zu warten, dass endlich die Torte angeschnitten würde, nicht nur wegen des Stücks, das sie bekommen würden, sondern – vor allem die älteren Männer – damit diese Feier endlich vorüber wäre, denn sie – die älteren Verwandten – hielten nicht viel von solchen Zeremonien.

Ihre Generation machte kein solches Theater, nur für eine Verlobung, die ja auch zurückgenommen werden könnte. Entweder man entscheidet sich füreinander und dann heiratet man, oder man lässt es bleiben, dieses Verlobungsfest ist eine reine Zeit- und Geldverschwendung, dachten die meisten unter ihnen. Und wann werden denn die beiden heiraten? Er geht wieder in die Schweiz und sie geht wieder ihrer Arbeit nach. Wann kommt er wieder und nimmt sie endlich zur Frau? Und was ist – bei dieser nicht mehr so loyalen Gesellschaft – was ist, wenn einer von ihnen einer anderen Person begegnet und diese einem von ihnen den Kopf verdreht. Alles schon geschehen. Tragisch! Die jungen Leute sollten zwischen Verlobung und Hochzeit keine vierundzwanzig Stunden vergehen lassen, das war ihre Meinung.

Aber ihre Meinung war nicht mehr so sehr gefragt. Sie hatten auf ihre älteren Verwandten gehört, ja, früher, darum war die Welt früher auch in Ordnung. Ach, diese jungen Leute, sie wollen alles nach ihrem Gutdünken, nach ihrem Kopf und ihren geringen Lebenserfahrungen machen. Gott helfe ihnen …

Jetzt wurde die Musik lauter. Eine ganz besondere Musik, Liebeslieder, die speziell für Verlobungen gespielt wird. »Jinäkum khattaba … Wir kamen, um um die Hand eurer Tochter zu halten …«

Die Torte wurde durch Khaleds Vater und einen sehr aufmerksamen, vorsichtigen Patissier hereingebracht. Der Patissier traute keinem anderen als sich selbst, er wollte um jeden Preis verhindern, dass seine wunderschöne, vierstöckige Torte umstürzte oder unsachgemäß behandelt würde. Er überwachte auch mit leicht schwitzender Stirn die Bewegungen der Verlobten, als sie ansetzten, mit einem Messer das erste Stück abzuschneiden. Er sah so gespannt aus, als könnte er jeden Moment zwischen sie springen und die Aufgabe übernehmen, fachmännisch, versteht sich. Aber das war nicht nötig. Die Verlobten standen auf, ließen sich filmen und fotografieren, Khaled ergriff das Messer und seine Verlobte seine Hand. Das war die erste, zumindest die erste sichtbare, Berührung der beiden zukünftigen Eheleute. Sie schnitten ruhig und langsam das erste Stück und – als wenn sie es geübt hätten – nahmen je eine Gabel voll und fütterten einander unter dem Lachen und Klatschen und wieder dem schrillen Gesang der Frauen. Die Männer im anderen Raum wussten, dass es nicht mehr lange dauern würde, bis sie auch in den Genuss dieser Torte kämen.

Als die Männer endlich ihre Torte bekamen und dazu frischen Kaffee, hörten sie wieder ein lautes Geklatsche und Getöse bei den Frauen. Die Ringe, dachten sie, jetzt werden die Ringe ausgetauscht. Vor einer Stunde war auch ihnen der Ring der zukünftigen Braut gezeigt worden, aus Gold und mit einem Stein versetzt, dessen Wert niemand schätzen konnte. Aber sie dachten jeder für sich, dass der wohl einen Monatslohn gekostet hätte, aber dieser junge Mann lebte ja in der Schweiz und konnte es sich leisten. Hingegen waren sie vom Ring des Zukünftigen nicht so begeistert, zumindest die streng Gläubigen, und das war die Mehrheit dieser eher älteren Männer.

Khaled hatte außer seinen engen Cousins keine großen Freundschaften schließen können, denn trotz seiner regelmäßigen Besuche in der Heimat blieb er doch der »Halbschweizer«. So kamen meist ältere Verwandte und ehemalige Kumpane seines Vaters. Sie waren meistens weit über fünfzig und eher praktizierende Moslems. Darum beanstandeten sie wortlos den goldenen Ring, denn ein Mann sollte im Islam keinen goldenen Schmuck tragen. Er hätte Silber wählen können oder, noch besser, gar keinen Ring. Na ja, ein halber Schweizer halt …

Eine halbe Stunde nach der Ringzeremonie kam Khaled, begleitet von dem Foto- und dem Videografen, zu den Männern, setzte sich und machte den Anschein, als wäre er auch fast froh, nun unter seinesgleichen zu sein und endlich sein Stück Torte essen zu können.

Die Männer erzählten weiter über alles andere, nur nicht über die Verlobung.

Gelegentlich wurde der Foto- oder der Videograf von einer jungen Frau in der Zimmertür mit einem dringlichen Handzeichen aufgefordert, etwas aufzunehmen, dann verschwand der eine oder andere für eine Weile, kam aber meistens fünf Minuten später zurück. Die Frauen tanzten, klatschten, hörten die laute Musik und schienen sich regelrecht zu amüsieren.

Und die Männer redeten immer noch über dieselben Themen. Wie würde wohl die Oliven- und die Dattelernte in Ben Guerdane ausfallen? Es sollte in Zarzis ergiebig geregnet haben. In Ben Guerdane aber war der Wassersegen ausgeblieben. Die lokalen Preise für Gemüse und Früchte könnten massiv steigen.

Um etwa zehn Uhr abends standen die Männer wie auf Kommando auf, einer von ihnen hatte tatsächlich das Kommando gegeben: »Häyyä yä jämäa – Auf geht's, Leute!«

Ein Kind wurde zu den Frauen geschickt. Innerhalb einer Minute wurde die Musik abgestellt. Es war absolute Stille im Haus. Sogar die

Kinder, die ganz Kleinen, die nicht verstanden, was jetzt kam, wurden einfach aufgefordert, still zu sein. Mahmoud, Khaleds ältester Onkel, begann mit der Fatiha, der ersten Sure des Korans, und alle Männer standen, hielten die Hände offen und vor sich gestreckt und sprachen gleichzeitig:

»El hämdu liLläh rabbi'l älämin, arrahmän irrahim, mäliki yäumä'ddin, iyyäkä näabudu ua iyyäkä nästäin, ihdinä'ssirata'l mustakim, sirata'llädhinä änämtä äläyhim, ghairä'l maghdhubi äläyhim ualä dhallin, ämin.«

»Lob sei dem Herrn aller Welten, dem Barmherzigen und Erbarmenden, dem Herrscher des Jüngsten Gerichts, dir dienen wir und dich rufen wir an, zeige uns den rechten Weg, den Weg jener, derer du dich erbarmst, nicht den Weg jener, die dich erzürnt haben und nicht jener, die irregeleitet sind. Amen.«

Daraufhin verabschiedeten sich die ersten Besucher mit einem »Mabrouk – Glückwunsch«, an den Verlobten gerichtet. Einige, eher jüngere, setzten sich wieder hin und waren nun erwartungsvoll, als wollten sie sagen: »So, jetzt sind die Alten weg, jetzt wird gefeiert.«

Die Frauen bekamen wieder eine Nachricht und die Musik wurde wieder aufgedreht.

Die alten Männer gingen bewusst alle zur gleichen Zeit, denn zwischen den Jungen und ihnen war immer noch eine unsichtbare Barriere. Die alten Zeiten halt … Früher, da mochte sich jeder dieser älteren Männer erinnern, früher konnten sie nicht einmal eine Zigarette in Anwesenheit eines älteren Onkels anzünden, geschweige Witze erzählen, vom Biertrinken schon gar nicht zu reden. Die Jungen hatten ein paar Dosen Bier kühl gestellt und wollten sie endlich trinken, alleine, ohne die Frauen und vor allem ohne die meist strenggläubigen alten Männer.

Obwohl Khaled nicht mittrank, duldete er es. Und mancher fragte sich, wie das wohl kam, dass ein Halbschweizer nicht trank, während seine tunesischen Verwandten das Bier in Eile austranken, als hätten sie Angst, man könne es ihnen jederzeit wegnehmen, oder als beobachtete sie jemand.

Endlich, gegen ein Uhr morgens, waren die letzten Gäste weg. Nur die Familie war noch im Haus. Hundemüde und voller Eindrücke ging Khaled ins Bett.

Am nächsten Tag stand Khaled spät auf, die Müdigkeit und die Anspannung der letzten Tage waren ihm anzusehen. Er hatte einem entfernten Onkel versprochen, ihn zu besuchen. Der wohnte etwas außerhalb der Stadt in Richtung libyscher Grenze. Es war ein Cousin seines Vaters. Er hatte Zucker und durfte vom Arzt aus nichts Süßes zu sich nehmen. Aber er konnte ohne Tee nicht leben. Und so hatte er seinen Neffen gebeten, ihm aus der Schweiz Süßstoff mitzubringen und Schokolade. Er liebte Schokolade, aber es musste solche für Diabetiker sein. Und die gab es hier nicht.

Khaled nahm ein Taxi und gab die Adresse an.

»Zu Abdallah Ben Hassen?«, fragte der Taxifahrer ungläubig. »Ja, es ist ein Onkel von mir.«

»Du musst wissen, dass ich schon mal jemanden dorthin gebracht habe, aber ihr Sohn hat mir fast das Auto demoliert, ich werde in sicherer Entfernung halten. Das verstehst du doch sicher.«

»Klar.«

Sein Onkel hatte einen Sohn, der geistig schwer behindert war. Er hatte mit diesem Cousin als Kind schon gespielt, inzwischen war er ein junger Mann, fast zwei Meter groß und über hundert Kilo schwer. Sein Onkel war aus dem Stadtkern hinaus aufs Land gezogen, weil die Nachbarn die Schreie des Jungen, es war mehr ein Heulen und lautes Klagen, nicht mehr ertrugen.

Als sie ankamen, hielt der Taxifahrer tatsächlich weit weg und bestand auf eine schnelle Bezahlung, sodass er sofort wieder abzischen konnte.

Von Weitem rief Khaled: »Assalamu aleikum!«, und hörte sofort seinen Cousin rufen: »Khaaaaled!« – Wie kann mich dieser Mensch an zwei Worten erkennen, wo meine Mutter heute noch fragt: »Wer ist es?«, wenn ich grüße.

»Khaaaled«, hörte er noch mal den lauten Schrei. Und dann kam sein Cousin Abdellatif auf ihn zu gestürmt, hinkend, torkelnd, taumelnd, und drückte ihn in die Arme, bis ihm fast die Luft ausging.

»Abdellatif, Abdellatif«, schrie ihm sein Vater nach. »Langsam, mein Sohn, langsam. Erdrück deinen Cousin nicht.«

Sie begrüßten sich und gingen ins Haus. Immer wieder schrie Abdellatif: »Khaaaled«. Er hielt den seltenen Gast, den er schon über zwei Jahre nicht mehr gesehen hatte, ständig am Arm und Khaled musste sich gelegentlich befreien, weil ihm der Arm schmerzte, so kräftig war sein behinderter Cousin. Er gab seinem Onkel den Süßstoff und die Diabetikerschokolade, von der dessen Sohn sofort kosten wollte. »Das ist ein Medikament, mein Sohn, nur für mich.«

Daraufhin sagte Khaled: »Ich habe auch für dich etwas, sieh mal.«

Er übergab ihm eine kleine Schachtel mit verschiedenen Süßigkeiten und ein Malbuch für Kinder mit vielen bunten Stiften. Abdellatif freute sich wie ein fünfjähriges Kind.

Sie tranken Tee und plauderten. Danach gingen sie alle hinaus aufs Feld, wo der Onkel frische Karotten, Salat, Zwiebeln, Petersilie und Lauch aus dem Boden riss und alles in einen großen Jutesack packte. »Für deine Familie. Das ist kein Gemüse vom Markt, das nach nichts schmeckt, das im Treibhaus wächst, nein, das ist echtes Gemüse, aus der Mutter Natur. Nicht einmal Dünger brauche ich, sie werden sich daran erfreuen.«

»Onkel«, fragte Khaled leise, während Abdellatif ihnen auf Schritt und Tritt folgte und seinen Speichel immer wieder mit einem Tuch abwischte und dabei immer und immer wieder schrie: »Khaaaled.«

»Onkel, warum bringst du ihn nicht in ein betreutes Heim. In Medenine gibt es eins, in Gabes auch.«

»Mein lieber Neffe, ich bringe es nicht übers Herz.« Sein Onkel hatte Tränen in den Augen. »Ich habe mich jahrelang gefragt, warum Allah uns damit bestraft hat. Wir hatten zunächst zwei wunderschöne, gesunde Mädchen. Du weißt ja, Monjia ist Lehrerin und glücklich verheiratet, Fathia bekommt wöchentlich Angebote. Sie will aber zuerst studieren. Ich bestand darauf, noch ein Kind zu haben. Ich wollte einen Sohn. Gott gab mir einen, er sah als Säugling normal aus und so freute ich mich, bis er etwa zwei Jahre alt war, da wurde die Behinderung sichtbar. Er sprach von Anfang an nur in einzelnen, meist unverständlichen Silben, war für sein Alter viel zu groß und zu stark. Er schlug um sich, wenn er etwas wollte. Ich erinnere mich, dass meine Frau ihn mal mit aller Gewalt und in vollem Schmerz von ihrer eigenen Brust wegzerren musste, weil er so fest zubiss, dass er ihr die Brustwarze schnitt. Später fing er an zu schreien, Gott vergebe mir, es ist ein tierisches Heulen. Er hat nie richtig geredet. Ich war bei allen Spezialisten des Landes. Alle rieten mir, ihn in ein Behindertenheim zu stecken. Ich bin ein gläubiger Mann, Neffe, es kann nicht sein, dass ich eine solche Prüfung einfach verweigere. So leben und leiden wir mit ihm seit bald fünfundzwanzig Jahren. Er ist nun fast in deinem Alter. Ich kann ihn nicht weggeben. Ich käme mir wie ein Verräter vor. Deine Tante Aicha hat einiges mitgemacht. Wenn er böse ist, dann kann er gewalttätig werden. Wir schließen ihn jede Nacht ein, wir haben die Zimmertür mit Stahlstangen verstärkt, er hat uns etliche Türen einfach weggestoßen. Gott vergebe mir, ich habe ihn auch schon oft an Ketten gefesselt, ich weinte dazu, aber ich konnte nicht anders, er hat seine Mutter schon mehrmals so hart geschlagen, dass sie ohnmächtig neben ihm lag.«

»Onkel«, sagte Khaled noch leiser, als er seinen Cousin ganz nahe an seiner Seite spürte. »Du hast keine Schuld, das ist Gottes Wille, und niemand, am allerwenigsten Gott, ist dir böse, wenn du ihn Spezialisten anvertraust.«

»Spezialisten?«, sagte sein Onkel höhnisch lachend. »Ich habe sie gesehen, diese Spezialisten. Sie schlugen die armen Geschöpfe, sie gaben ihnen Beruhigungsmittel, sie bestraften sie und misshandelten sie. Nein, niemals. Ich leide seit Jahren und manchmal« – er musste leer schlucken – »manchmal, mein lieber Khaled, habe ich ungeheure Vorstellungen. Ich muss mich dann schnell zum Gebet begeben und Gott den Allmächtigen um Vergebung bitten für meine bösen Gedanken.«

»Gott stehe euch bei, Onkel, Gott gebe euch die Geduld und die Ausdauer.«

»Gott segne dich, mein Lieber.«

Abdelmajid Hamrouni

Endlich, dachte Abdelmajid. Gott sei Dank ist diese Feier gut über die Bühne gegangen. Alle hatten genug zu essen und zu trinken. Die Erwartungen an uns waren hoch. Wir kommen ja schließlich aus der Schweiz. Und da erwarten die Leute nicht nur das Übliche. Sie wünschen sich Extras. Und von allem extra viel.

Er saß im Flughafen Djerba und wartete auf seinen Abflug. Er musste am Montag um zehn Uhr vor dem Gerichtspräsidenten des Bezirksgerichts Rorschach erscheinen in Sachen Saida Hamrouni gegen Abdelmajid Hamrouni. Ein Albtraum, den er sich niemals hätte vorstellen können. Seine eigene Tochter klagte ihn an wegen Bedrohung, Körperverletzung, Freiheitsberaubung. Er hatte sich seine Verteidigung zurechtgelegt; die Gegenpartei trat mit einem erfahrenen Anwalt gegen ihn an. Sie würden ihn mit Artikeln aus dem Strafgesetzbuch, dem Zivilgesetzbuch, dem Obligationenrecht und dem Familienrecht, dem Haftpflichtgesetz und dem Unterhaltsgesetz bombardieren. Aber er hatte sich vorbereitet. Er war nur froh, dass sein Sohn und seine Frau dichtgehalten und nirgends diese hässliche Geschichte erwähnt hatten. Sie hatten alle drei auf die vielen Fragen der Familie und der Bekannten, wieso denn Saida nicht da sei, geantwortet, sie habe gerade Prüfungen und hätte sie nicht verschieben können.

Er zog noch einmal die Vorladung aus seiner Jackentasche hervor und las. Er konnte sich nicht vorstellen, nach zwanzig Jahren Erziehung, Pflege und Fürsorge seiner eigenen Tochter vor den Schranken des Gerichts gegenüberzustehen.

Seine Frau hatte nicht mitkommen wollen. Sie hatte eine schriftliche Stellungnahme abgegeben, noch vor ihrer Abreise nach Tunesien. Sie hätte niemals zwischen ihrem Mann und ihrer Tochter stehen können. Wen hätte sie verteidigen, wen beschuldigen sollen? Sie wäre nur in Tränen ausgebrochen. Abdelmajid hatte einen Freund gebeten, ihm einen Brief zu schreiben, in dem er den Bezirksrichter bat, auf die persönliche Erscheinung von Souad zu verzichten und dafür eine schriftliche Aussage ihrerseits zu akzeptieren. Als Begründung gab er an, dass nach islamischer und arabischer Tradition eine Frau nicht zur Aussage gegen ihre Tochter oder ihren Mann gezwungen werden könne und dass seine Frau eine gläubige Muslimin sei und beim Bestehen des Richters auf ihr persönliches Erscheinen kein großer Gewinn aus einer solchen Präsenz gewonnen werden könnte, da sie jedenfalls die Aussage auch unter Strafandrohung verweigern würde. Der Richter war einsichtig. Er machte sich nicht die Mühe, die religiös und kulturell begründete Bitte abzuklären, jeder Imam hätte ihm bestätigt, dass sie nicht stimmte.

Jedenfalls hatte Souad ihre Stellungnahme aufgeschrieben, vielmehr sie vom selben Freund ihres Mannes aufsetzen lassen, und sie hatte sie vor dem Gemeindeschreiber unterschrieben, der die Aussage beglaubigte. Sie wusste, dass die schriftliche Aussage vom Gerichtssekretär allen Anwesenden, also ihrer Tochter, ihrem Mann, dem Anwalt ihrer Tochter und deren Liebhaber, vorgelesen werden würde.

»Ich, Souad Hamrouni, Mutter von Saida Hamrouni, der Klägerin, und Ehefrau von Abdelmajid Hamrouni, dem Beklagten, gebe im vorliegenden Streitfall hiermit meine schriftliche Stellungnahme. Ich beschreibe hier die Umstände, die dazu führten, dass mein Mann seine Tochter schlug, nach meinem besten Wissen und Gewissen, und ich werde die ganze Wahrheit sagen, Gott helfe mir dabei.

Unsere Tochter studiert seit zwei Jahren an der Universität St. Gallen. Dass sie dieses Studium der Wirtschaft machen kann, verdankt sie allein ihrem Vater, der dafür auf viele Sachen verzichtet hat, die er geplant hatte, so zum Beispiel ein neues Auto, um ihr diese Ausbildung zu ermöglichen. Sie wohnte selbstverständlich bei uns. Wir haben alle große Hoffnungen in sie gesetzt. Wir dachten, sie würde eines Tages nach Tunesien zurückgehen und dort ihrem Land eine Stütze sein. Das hatte sie uns anfangs auch versprochen. Aber wenn ich heute darüber nachdenke, hat sie uns wahrscheinlich nur alles vorgespielt. Sie hatte wahrscheinlich niemals vor, nach Tunesien zurückzugehen. Sie war nämlich von Jugend an davon überzeugt, dass es hier in der Schweiz schöner sei und dass sie später hier leben würde. Auf unsere Fragen, ob sie denn zumindest einen Tunesier heiraten und mit ihm hier leben würde, antwortete sie stets, dass sie mit der Mentalität eines tunesischen Mannes nicht zurechtkäme. Die einzigen zwei tunesischen Männer, die sie wirklich kennt, sind ihr Bruder und ihr Vater. Somit war für mich klar, was sie meinte: Sie wollte unsere Mentalität nicht anerkennen und sah sie als falsch an.

Vor einem Jahr lernte sie Christoph kennen. Sie erwähnte ihn aber erst vor vier Wochen. Sie sagte, sie hätte vor ihrem Vater und ihrem Bruder Angst, sie würden diese Bekanntschaft unterbinden. Natürlich hätten wir sie unterbunden, sie ist doch Muslimin und Christoph ist Christ. Und natürlich ist sie Araberin und kann nicht mit einem Mann etwas Ernstes anfangen, bevor sie ihn heiratet. Aber ihr Kopf war stärker als unsere drei Köpfe zusammen. Und so ging sie abends mit ihm aus, wenn wir alle dachten, sie sei bei einer Studienfreundin am Lernen. Das gab sie alles an jenem verheerenden Abend zu, als sie ihrem Vater alle Schande gesagt hat.

Ich habe diese Vorgeschichte erwähnt, damit man verstehen möge, warum mein Mann an jenem Abend die Nerven verloren hatte. Ich komme nun zu den Ereignissen des betreffenden Abends.

Mein Mann, unser Sohn und ich saßen noch spätabends vor dem Fernseher und warteten auf Saida. Sie hatte uns wieder einmal gesagt, sie ginge zu ihrer Freundin und lerne bei ihr. Als wir uns nun Sorgen zu machen begannen, rief Khaled bei ihr an, doch ihre Eltern sagten, sie sei außer Haus. Zunächst dachten wir, die zwei Frauen seien miteinander weggegangen; es war für uns kein Problem, dass unsere Tochter mit einer Freundin einen Kaffee trinken ging, aber um diese Nachtzeit hatten wir sie schon lange zurück erwartet. Mein Mann wollte sich schon auf den Weg machen und sie in St. Gallen suchen.

In diesem Moment kam sie herein. Nach einer kurzen Unterredung gab sie zu, dass sie nicht bei ihrer Freundin war. Sie roch auch noch nach Alkohol, versuchte zwar, den Geruch mit einem Kaugummi zu verdecken, aber sie torkelte leicht. Ihr Vater stellte sie zur Rede und sie gab zu, dass sie mit diesem Studenten unterwegs gewesen war. Sie sagte wörtlich: ›Ja, ich war mit einem Mann, einem Schweizer, unterwegs. Ich kenne ihn seit bald einem Jahr, aber ihr erlaubt mir ja keine Männerbekanntschaften, darum habe ich es verheimlicht. Und heute Abend war ich bei ihm zu Hause und ich habe mit ihm und seinen Eltern etwas getrunken!‹ Daraufhin wollte sie in ihr Zimmer verschwinden. Mein Mann hielt sie aber am Arm zurück und setzte sie mit Gewalt auf das Sofa. Er hob schon seine Hand und wollte sie ohrfeigen, doch ich sprang zwischen sie und verhinderte es. Er schrie sie an: ›Warum machst du uns eine solche Schande, nach allem, was wir für dich getan haben?‹ Und sie antwortete ruhig, vielleicht wegen des Alkohols: ›Ich bin knapp über zwanzig Jahre alt und darf tun und lassen, was ich will. Ihr könnt mich aus der Wohnung schmeißen, ihr könnt sogar eure Unterstützung für mein Studium abbrechen, aber ihr könnt mich nicht daran hindern, mit einem Mann auszugehen.‹

Sie sagte diese Worte mit so einer Überzeugung, so einer Selbstsicherheit, dass sie mir fremd vorkam. Meine eigene Tochter richtete sich gegen uns und redete so arrogant, so frech, dass ich ihr auch meine Meinung sagen musste: ›Ich habe dich getragen, geboren und habe über dich gewacht! Und nun das? Wie kannst du nur?‹

Auch darauf kam eine eiskalte Antwort: ›Du hättest mich weder tragen noch gebären noch stillen müssen. Du hast es freiwillig gemacht.‹

Wir sahen einander an und stellten fest, dass unsere Tochter verhext sein musste. Niemand spricht so mit seinen Eltern, nicht in unserer Gesellschaft. Sie hatte sich in den letzten zwei Jahren so sehr von uns entfernt und wir hatten es im Kampf des Alltags nicht bemerkt.

Mein Mann ging im Wohnzimmer hin und her, hielt den Kopf

zwischen den Händen, wie wenn er ihm wehtäte, und hatte schon Tränen in den Augen. Sie aber saß da, mit einem kaum sichtbaren, vergnügten Lächeln.

›Darum also‹, sagte mein Mann, ›darum haben mich Freunde schon gewarnt, ich solle auf meine Tochter aufpassen. Aber sie sagten nicht mehr dazu, sie wollten mich nicht verletzen. Sie müssen dich gesehen haben mit diesem Mann, du bist eine Hure geworden. Eine studierende Hure, nichts anderes!‹ Saida sprang auf und wollte aus der Wohnung laufen. Da ergriff sie mein Mann an den Haaren und warf sie zu Boden. ›Du gehst nirgendwohin. Du wirst diese Wohnung nicht mehr verlassen, bevor du dich von diesem Mann getrennt hast. Du rufst ihn sofort an und sagst es ihm.‹ Natürlich weigerte sie sich: ›Ich werde nichts dergleichen tun, du kannst mich umbringen, wenn du willst. Dann landest du im Gefängnis und du, Mutter, und du, Bruder, ihr werdet als Zeugen und Mittäter auch verhaftet.‹

›Sie spinnt!‹, rief mein Mann aus, ›sie hat den Verstand verloren. Wir werden dich einliefern müssen, weißt du das? Dein Studium ist hiermit zu Ende. Morgen schon rufe ich eine psychiatrische Klinik an.‹

Zum ersten Mal schaltete sich dann Khaled ein: ›Vater, mach dich nicht unglücklich. Was willst du? Sie hat es schon getan. Es ist alles zu spät. Du weißt, dass du Schwierigkeiten kriegst, wenn du ihr etwas antust. Lass sie einfach gehen.‹

Was unser Sohn meinte mit ›sie hat es getan‹, wurde uns erst später bewusst, als sie die Wohnung verließ, mit einem kleinen Koffer in der Hand. Es brach mir das Herz zu sehen, wie meine Tochter nach zwanzig Jahren, doch noch zu früh, verschwand. Wir hatten Pläne mit ihr. Wir wollten sie mit einem jungen Arzt aus Zarzis verheiraten. Viele Männer aus Ben Guerdane interessierten sich für sie, aber wir wollten keinen von ihnen. Dieser junge Arzt war ein richtiger Schatz. Er hätte zu ihr gepasst. Als wir verstanden, dass sie schon mit diesem Christoph geschlafen hatte, da waren all unsere Träume in Asche verwandelt. Mir wurde schlecht und mein Mann ging ins Bett. Natürlich tat er kein

Auge zu. Er weinte leise neben mir. Ich habe diesen starken Mann noch nie so elend und schwach erlebt wie an jenem Abend.

Khaled ging am selben Abend aus und kam erst am nächsten Morgen zurück.

Mein Mann fragte mich noch spätnachts, als wir wieder in der Küche saßen, weil wir beide nicht mehr schlafen konnten: ›Was habe ich bloß falsch gemacht? Was werden die Leute von uns denken? Wie erklären wir eine solche Unerhörtheit unseren Angehörigen? Und ich habe ihr vertraut.‹

Und ich antwortete ihm: ›Wir haben nichts falsch gemacht. Wir hätten nur keine Kinder haben sollen oder wir hätten nicht so lange in der Schweiz bleiben dürfen. Wie willst du ein Mädchen nach unseren Sitten erziehen, wenn sie den ganzen Tag unter Europäerinnen und Europäern ist? Wie willst du ihr in den wenigen Stunden, die du mit ihr verbringst, unsere Kultur und Tradition beibringen, wo sie außer uns kaum Araber kennt und hier in der Schule, auf der Straße, im Fernsehen und überall nur anderes sieht? Nein, Abdelmajid, du hast keinen Fehler gemacht. Es musste wohl so kommen. Du hättest eher sie nach Tunesien schicken sollen. Aber wir wollten ja nicht denselben Fehler machen wie mit Khaled. Ich weiß nicht, manchmal glaube ich, es war überhaupt ein Fehler, in dieses Europa zu kommen. Auf der anderen Seite: Was hätten wir, wenn wir in Ben Guerdane geblieben wären? Wir hätten das schöne Haus neben meiner Schwiegermutter nicht, nicht das Auto, die Mitgift für unsere Kinder, eine Mitgift werden wir jetzt wohl nicht mehr brauchen. Wir hätten gar nichts von alledem.‹

Ich beschwor danach meinen Mann, seiner Tochter nichts anzutun. Er versprach mir hoch und heilig, beim Grab seines Vaters, dass er sie in Ruhe lassen und abwarten würde, bis sie wieder zurückkäme.«

Abdelmajid Hamrouni schüttelte den Kopf. Er saß immer noch im Flughafen Djerba, einen Kaffeebecher in der Hand und seine Reisetasche zwischen den Füßen. Er hatte nur eine Horrorvision: dass es für seine Tochter so ausginge wie für Jamila, ihre Cousine in Aulnay. Wieso verstehen diese Mädchen nicht, dass es eine Schande, eine Sünde ist? Verflucht noch mal! Wir haben sie in allem Traditionsbewusstsein erzogen. Aber kaum sind sie sechzehn, fangen sie an, zu rebellieren, hören weder auf Mutter noch Vater, weder auf Bruder noch Schwester. Der arme Abdallah. Er ging nach Frankreich, um bei Citroën zu arbeiten. Vier Jahre lebte er alleine in einem kleinen Zimmer mit ein paar Genossen, nordafrikanischen Arbeitern. Sie kochten, beteten, lachten und weinten zusammen. Sie weinten nur aus einem Grund: Sehnsucht! Vier lange Jahre hat er ohne seine Frau gelebt. Von Jahr zu Jahr kam er dann nach Ben Guerdane und verbrachte einen Monat Ferien dort. Der Familiennachzug klappte ein paar Jahre später problemlos. Seine Frau und seine beiden Töchter zogen zu ihm. Sie nahmen eine kleine Wohnung und es entwickelte sich alles prächtig, bis Jamila sechzehn Jahre alt wurde. Sie fing an, mit Freundinnen zu Partys zu gehen. Sie ging auch mit Jungs, Franzosen, aus. Der arme Abdallah. Er hat sie fast getötet, hat man uns berichtet. Sie lag einige Wochen im Spital. Er ergab sich der Polizei mit den Worten: »Mein Leben ist futsch. Macht mit mir, was ihr wollt.« Warum verstehen diese Mädchen nicht, dass wir eine solche Schande nicht ertragen, dass uns die ganze Familie tadeln und aussetzen wird? Warum können sie sich nicht vorstellen, dass wir eine andere Kultur und Einstellung haben als die Europäer?

Ich werde meiner Tochter nichts antun. Ich hab's geschworen. Aber sie ist meine Tochter gewesen. Soll sie doch mit diesem Schweizer zum Teufel gehen. Ich habe sie schon aufgegeben. Der Gerichtstermin ist nur Formsache. Ich werde mich verteidigen und dann die auferlegte Strafe wortlos akzeptieren. Was soll's? Es ist alles zu spät. Verlorene Mühe. Jahre der Erziehung für nichts. Jahre des Kummers und der Entbehrung, und das ist der Lohn!

Abdelmajid Hamrouni erklomm die Treppen des Gerichtsgebäudes, wo ihm am Empfang der Saal 211 angegeben worden war, mit gebücktem Rücken, wie wenn er zum Henker ginge, freiwillig, um sich den

Kopf abschlagen zu lassen. Die Beruhigungsversuche seiner Frau am Telefon, es sei ja nur eine Verhandlung und keine Verurteilung, hatten ihn ganz und gar nicht beruhigt. Allein die Tatsache, dass er wegen seiner Tochter vor den Kadi musste, hieß für ihn schon Verurteilung, gar Verdammung. Da wollte also ein Schweizer, gestützt auf Schweizer Gesetze, unter Druck von einem Schweizer Anwalt, ihm den Vorwurf machen, er hätte gesetzeswidrig gehandelt. Welches Gesetz sollte er nun befolgen, das seiner Kultur und seiner Tradition oder jenes dieses für ihn sowieso fremd und eigenartig gebliebenen Landes, das er trotz gelegentlich ernsthafter Bemühungen nicht zu verstehen vermochte?

Es war das Gesetz, das seine Tochter befolgte, das ihn nun verurteilen würde. Und das Gesetz seiner Vorfahren galt hier nichts. Das Gesetz von Ehre und Rechtschaffenheit, von Zurückhaltung und Keuschheit bis zur Heirat, das wurde hier, im zweiten Stock dieses Gebäudes, mit Füßen getreten. Soll also jede mit jedem und überall tun und lassen, was die beiden wollen? Wen interessierte es? Ihn interessierte es! Es ging schließlich nicht nur um seine Tochter, sondern auch um seine ganze Familie. Er würde sich schon zu verteidigen wissen …

»Herr Hamrouni, ich mache Sie darauf aufmerksam, dass in der Schweiz kein Gesetz existiert, das es zwei jungen erwachsenen Menschen verbietet, miteinander auszugehen.«

»Herr Richter, bei allem Respekt vor dem Schweizer Gesetz, unsere Kultur, Tradition und Religion verbietet es aber. Stellen Sie sich vor, Ihre Tochter würde vergewaltigt!«

»Herr Hamrouni, ich wiederhole mich vielleicht, aber eine Vergewaltigung stellt eine Straftat dar. Wäre Ihre Tochter vergewaltigt worden, dann säßen nicht Sie auf der Anklagebank, sondern der Vergewaltiger!«

Das also, dachte Abdelmajid Hamrouni, stellt gar keine erwähnenswerte Tat dar: Meine Tochter wird von einem Mann entjungfert, der sie mit Sicherheit nicht heiraten wird. Er schließt ihr alle Türen, einen tunesischen Mann zu finden, und es soll weder ein Verbrechen noch eine Untat sein? Wo, bei allen Heiligen, bin ich denn hier? Ich habe in diesem Land alle Regeln eingehalten, nicht ein einziges Mal meine Steuern zu spät bezahlt, nicht einmal bin ich zu schnell gefahren, noch nie habe ich einen Polizisten gebraucht, noch hat mich jemals einer verhören müssen. Außer bei dieser Geschichte mit Khaled und dem Jugendamt, aber da war mein Sohn jung und geriet mit diesen Albanern auf eine schiefe Bahn, das war aber vor langer Zeit. Und nun höre ich, dass Prostitution kein Problem im Schweizer Gesetzbuch darstellt. Hingegen ist es ein Problem, wenn ich meine eigene Tochter züchtige, und dies in einem gewaltlosen Rahmen. Gott der Allmächtige, lass dieses ganze Haus in sich zusammenbrechen und mich und alle anderen Beteiligten darunter umkommen, bevor ich diese ganze Schande akzeptieren muss.

Während der Richter die kurze Anklageschrift vorlas, versank Abdelmajid in Gedanken, sah seine kleine Tochter auf die Welt kommen, aufwachsen, auf seinem Schoß sitzend Geschichten von Hexen und Feen hören. Er sah, wie sie krabbelte und kroch, dann die ersten Schritte machte. Er war immer da. Er erinnerte sich, wie sie in den Kindergarten kam, dann in die Primarschule, wie sie schnell durch ihre Intelligenz und Auffassungsgabe auffiel. Er erinnerte sich plötzlich an den ersten Streit mit ihr, als sie im Alter von etwa zehn Jahren mit Freundinnen schwimmen wollte. Sie war die Einzige, die es noch nicht gelernt hatte. Die Lehrerin kam bei ihm vorbei, eines Abends, und versuchte zu erklären. Doch er blieb, im Gegensatz zu seiner Frau, bis zum letzten Moment hart. Es sei nicht mit seiner Tradition zu vereinbaren, wenn Mädchen und Jungen ins gleiche Schwimmbad gingen. Unmöglich! Das war wahrscheinlich der erste Kampf, den er verloren hatte. Denn seine Frau stimmte ihn in den nächsten Tagen um. Die Lehrerin musste versprechen, dass sie Saida in eine reine Mädchengruppe verlegen würde, dass sie peinlich genau auf die Vermeidung körperlicher Kontakte mit dem anderen Geschlecht schauen würde. Ich hätte damals nicht nachgeben sollen, waren seine Gedanken, als der Richter aufhörte zu lesen.

Er stand alleine auf der linken Seite des Eingangs. Auf der anderen Seite saßen Saida und ihr Freund. Neben ihnen stand dieser Anwalt, der alles notierte, um später ein zerschmetterndes Plädoyer zu halten. Ihnen gegenüber, an einem langen Tisch, waren der junge Richter, eine Assistentin und ein Schreiber.

Die ganze Angelegenheit dauerte keine Stunde. Der Anwalt forderte eine Geldstrafe und eine Verwarnung. Saida schaute ihren Vater nicht ein einziges Mal an, während er bei seiner Rechtfertigung immer wieder auf ihr versteinertes Gesicht zeigte. Mit Sätzen wie »einem Vater bricht es das Herz, wenn seine eigene Tochter ihn vor den Richter schleppt« wollte er eine Reaktion provozieren. Aber sie schien gar nicht anwesend zu sein.

Der Richter hob die Sitzung auf und verkündete, dass das Urteil in einigen Tagen schriftlich mitgeteilt würde. Die Parteien hätten dann dreißig Tage für die Anfechtung Zeit. Die Rechtsmittel würden ihnen ebenfalls schriftlich mitgeteilt.

Sie verließen den Gerichtssaal ohne ein Wort, ohne sich anzuschauen.

Saida Hamrouni

Man nennt mich Hexe, Abtrünnige, Hure und was weiß ich alles. Es ist mir egal. Die haben alle keine Ahnung. Da leben sie Jahrzehnte in Europa und lernen nicht einmal die Oberfläche dieser Gesellschaft kennen. Ich nenne sie Ignoranten. Sie hören auf die Daheimgebliebenen, die ihnen ständig sagen, wie sie in Europa zu leben haben, in einem Europa, das die Angehörigen nur vom Fernsehen kennen. Jedes Jahr, wenn meine Eltern zu Hause waren, wurden sie gefragt: »Was ist mit Saida? Wann kommt sie heiraten? Um Gottes willen, sie ist schon über zwanzig und noch nicht einmal verlobt. Sie soll ja frei ihren Mann wählen, aber sie sollte endlich wählen!«

Wie lächerlich! Wie könnte ich einfach auf einen jungen Cousin zeigen und sagen: »Diesen will ich!« Wie wenn ich ein Vieh auf einem Markt aussuchen würde. Und was hätte ich mit einem solchen Mann tun sollen? Hätte ich für ihn mein Studium aufgeben sollen? Oder hätte ich zuerst fertig studieren dürfen, dann Kinder gebären und zu Hause bleiben sollen? Wäre er zu mir in die Schweiz gekommen und hätte hier einen Arbeiterjob machen sollen, während ich mit einem Wirtschaftsstudium an einer der besten Universitäten Europas daheimhocken sollte? Ach, diese unsinnigen Ideen, die meine Verwandten haben, machen mich rasend. Da fangen sie einen Gedanken an und halten auf halbem Weg mit dem Denken an, denn sie können nicht analysieren, sie können nur aus dem Bauch denken. Und wenn sie nicht weiterkönnen, dann sagen sie alle: »Du bist zu europäisch. Lass diese komische Art, mach, was wir dir sagen, und es wird gut.« Von wegen, es wird gut. Nichts würde gut, wenn ich nicht für mich denken würde. Sogar meine Eltern schalten ihren Verstand ab und nicken nur noch, wenn ihnen irgendein wildfremder Mann in der Heimat den Vorwurf macht, ihre Tochter sei nicht mehr Araberin.

Was meine Eltern nie kapiert haben ist, dass ich eine andere Kultur habe als sie. Nur weil sie mich zur Welt gebracht haben, heißt es noch lange nicht, dass ich wie sie bin. Sie haben nie begriffen, dass ein Kind, das in Europa zur Welt kommt und hier seine Ausbildung macht, sein Studium und seine ersten zwischenmenschlichen Erfahrungen hat, keineswegs die Kultur der Eltern erbt. Kultur kann man nicht erben, man erlebt sie. Also habe ich eine andere Kultur als meine Eltern. Ich denke anders, fühle anders, spreche anders und hoffe und erwarte vom Leben anderes, als sie es tun.

Meine Eltern haben ihr Leben lang nur hier gewohnt und gewartet, dass sie wieder nach Hause gehen dürfen. Ich lebe hier. Ich habe immer nach den Ferien in Tunesien nach Hause gewollt, in die Schweiz, meine Heimat. Wir sind wohl eine Familie mit verschiedenen Heimaten, vielleicht sogar mit verschiedenen Kulturen. Eine Trennung scheint unvermeidbar, denn meine Eltern wollen und wollen nicht verstehen, wieso ich mich hier wohlfühle, Schweizer Freunde habe, gern wählen gehe und eben wie eine Schweizerin lebe, obwohl ich nicht wie eine typische Schweizerin aussehe.

Natürlich liebe ich Tunesien, natürlich mag ich meine Verwandten und natürlich respektiere ich meine Eltern. Aber ich bin, verflixt noch mal, nicht ihr Eigentum, mein Vater durfte mich keinesfalls schlagen.

Dass wir uns bald vor Gericht sehen werden, ist mir unangenehm und peinlich. Es ist für die ganze Familie hier und in Tunesien eine tragische Sache. Aber es musste so kommen. Ich denke, sie werden in Tunesien kaum was darüber gesagt haben. Und wenn ja, dann bin ich endgültig abgeschrieben. Ja, und? Als wenn es das in Tunesien nicht gäbe! Ich habe nicht auf dieser Klage bestanden, Christoph hat mich dazu überredet. Aber er hat recht. Wenn mein Vater mich heute so behandelt, dann könnte er mir später noch mehr antun.

Christoph ist mein Freund, ich nenne ihn auch Partner, das sage ich aber meinen Eltern niemals. Sie können sich eben keine Partnerschaft außer der Ehe vorstellen. Es wäre verlorene Liebesmühe, wenn ich versuchen würde, ihnen zu erklären, was für eine Beziehung wir haben. Sie würden es schlicht und einfach Haram und illegal nennen. Christoph ist ein liebenswürdiger Mensch, er hat mich mal in der Mensa angesprochen. Er setzte sich zu mir und wir redeten über unsere Lehrgänge, er studiert Jus. Sein Vater ist Anwalt und hat eine Kanzlei in St. Gallen, die will er eines Tages übernehmen, weil seine Geschwister beide den Arztberuf gewählt haben. Wir haben uns dann tagelang nicht mehr gesehen und ich machte mir schon Sorgen, ob er vielleicht wegen meines Namens nicht mehr aufgetaucht war. Ich habe oft erlebt, wie jemand wegen meines Namens falsche Rückschlüsse auf mein Verhalten zog. Damit hatte ich lange Zeit Probleme, aber heute stehe ich darüber und erkläre jedem, der es wissen will, dass auch eine Saida Hamrouni studieren und es zu etwas bringen kann. Nicht jede Tochter bleibt wie ihre arabische Mutter zu Hause und wartet auf ihren Mann und ihre Kinder. Nicht jede macht sich den Haushalt und die Küche zur Lebensaufgabe. Emanzipiert? Ja, bin ich!

Meine Eltern machen mir den Vorwurf, dass ich dieses Land liebe, das sie nur als Transitland betrachten, dass ich diese Gesellschaft akzeptiere, die sie stets verachtet haben, dass ich mich hier wohlfühle, wo ich in ihren Augen immer eine Fremde sein werde. Sie werfen mir vor, dass ich einen Mann liebe, der nicht zu unserer Glaubensgemeinschaft gehört, dass ich von Kleidern und anderen Gütern etwas halte, dass ich auch schon Alkohol getrunken habe, nicht bete, kein Kopftuch trage. Meine Eltern sehen in mir den Albtraum aller arabischen Familien.

Sie sehen nicht, dass ich eine ausgezeichnete Studentin mit Zukunftschancen bin, dass ich selbstständig und mit erhobenem Kopf in dieser für sie fremden und feindlichen Umgebung gehe, dass ich unzähligen Verwandten und Landsleuten mit Geld, Rat und Tat geholfen habe.

Und es sind nicht nur meine Eltern, die mich nicht akzeptieren. Bei meinem letzten Besuch in Ben Guerdane haben mich etliche Tanten vorwurfsvoll beobachtet, wie ich mich schminke, bevor ich aus dem Haus gehe, wie ich telefoniere und dabei lache. Für sie alle ist das Leben ein zu erduldendes Schicksal. Nicht für mich! Ich habe viel Streit in meinem Leben gehabt, es waren immer unwissende Landsleute. Das Unvorstellbarste, das mir je widerfahren ist, ergab sich in einem Hotel in Zarzis. Ich ging in meinem Bikini zum Strand und dann zum Pool. Die Jungs haben sich natürlich sofort an mich rangemacht, bis sie gemerkt haben, dass ich Tunesierin bin. Dann änderten sich ihre Bemerkungen. Einer sagte mir direkt ins Gesicht: »Wie kannst du dich wie eine Touristin verhalten, wie kannst du das mit deinem Glauben und deiner Tradition vereinbaren?« Dann gab er einen leisen, unverständlichen Kommentar ab, begleitet von einem verachtenden Blick.

Ich ging auf mein Zimmer und heulte zuerst einmal. Dann schaute ich in den Spiegel und sah keine arabische, verschleierte Frau, ich sah nur eine Europäerin mit Migrationshintergrund, wie man so schön sagt. Daraufhin habe ich mich geschminkt, meine besten Kleider angezogen und bin an die Rezeption gegangen. Ich habe den Chef de Réception verlangt, der sofort kam. Ich sprach alle auf Deutsch an. Vom Chef de Réception verlangte ich, dass der Hoteldirektor kommen solle oder er mich zu ihm führen müsse. Auf sein Drängen, ich solle doch ihm das Problem schildern, weigerte ich mich strikt und verlangte nach dem Hoteldirektor.

Ich sehe nun zwar orientalisch aus, aber außer zwei Angestellten wusste niemand, wie ich hieß oder woher ich kam. Der Hoteldirektor empfing mich in seinem Büro. Ich ließ mich aus über seine Angestellten und muss wohl so pauschal geschimpft haben, dass er mich zu beruhigen versuchte, indem er sagte: »Madame, Madame, langsam, es kann doch nicht sein, dass alle meine Mitarbeiter Sie beleidigt haben. Wer war es? Ich zitiere ihn sofort hierher. Aber sagen Sie zuerst, was passiert ist.«

Ich erklärte und er hörte ruhig zu. Ich dachte mir ständig: Wenn dieser Mann mich auch züchtigen will, dann werde ich wohl aus diesem Hotel ausziehen und mich an eine Zeitung wenden.

Der Hoteldirektor gab einen fast unbemerkbaren Befehl an seinen

Chef de Réception, der verschwand. Mir wurde inzwischen ein Fruchtsaft gebracht, ich hatte nicht einmal gemerkt, dass jemand danach verlangt hatte. Der junge Chef de Réception kam mit allen drei Angestellten der Pool-Pizzeria und machte eine Handbewegung, die mich zu einer Entscheidung aufforderte. Ich zeigte auf einen Mann und die anderen wurden wieder zur Arbeit geschickt. Dieser kleine, gut aussehende Mann stand wie ein reuiger Hund da, die Hände hinter dem Rücken, wie wenn er vor einem Militärgericht stünde; er wusste wohl, was auf ihn zukam. Der Hoteldirektor schrie ihn an, in einem nordtunesischen Dialekt. Der Einzige, der wusste, dass ich alles verstand, war der kleine Salah, so hieß er. Er nickte unentwegt, versuchte erst gar nicht, etwas einzuwenden. Der Hoteldirektor hielt ihm einen nicht enden wollenden Vortrag: »Als wir dich hier angestellt haben, wurden dir alle Bedingungen, alle Verhaltensregeln gegenüber Touristen und insbesondere Touristinnen klargemacht und du hast genickt und das fassten wir so auf, als hättest du alles verstanden. Und nun stellen wir fest, dass du gar nichts verstanden hast. Stell dir vor, diese junge Frau geht in ihre Heimat zurück und erzählt einer Zeitung über uns, wie rückständig wir seien, wie intolerant und unfreundlich wir mit den eigenen Leuten umgehen. Dass sie tunesische Wurzeln hat, bedeutet gar nichts. Mach das nie wieder, verstehst du? Nie wieder! Und jetzt geh an die Arbeit.«

Mir kam das plötzlich alles wie eine Farce vor.

Der Hoteldirektor stand auch mit hinter dem Rücken verschränkten Armen, als ob er sich von einer Handgreiflichkeit zurückhalten wollte. Der Chef de Réception betrachtete den Boden als suche er nach einer Münze.

»Bitte trinken Sie in aller Ruhe Ihren Fruchtsaft. Es wird Sie nie wieder jemand belästigen, das spricht sich sofort herum. Erwarten Sie aber nicht allzu viel Freundlichkeit. Das ist nur menschlich, dass die Jungs hier glauben, nur Touristinnen im Sinne ihrer Definition dürfen sich im Bikini zeigen. Unsere«, – dabei machte er ein Zeichen mit beiden

Händen, das ein Einführungs- und Schlusszeichen andeutete – »unsere Frauen werden anders gesehen als echte« – und wieder machte er dieses Zeichen mit den Zeige- und Mittelfingern beider Hände – »echte Touristinnen, von denen erwartet man nichts anderes.«

Als ich hinausging, war ich mir nicht so sicher, ob diese Schelte, diese Drohungen und die Rüge, die dieser kleine Pizzeria-Angestellte bekommen hatte, auch wirklich ernst gemeint waren. Im Abschied des Hoteldirektors mit den Worten: »Und weiterhin schöne Ferien, Madame«, das von einem merkwürdigen Lächeln begleitet war, glaubte ich eine zynische Haltung erkannt zu haben, als hätte er mir sagen wollen: »Okay, du hast, was du wolltest, ich habe den Kleinen vor dir gedemütigt, geh nun wieder hin und leg dich halbnackt hin wie ›echte‹ Touristinnen« – ich sah wieder seine Zeichen – »und reiz mir alle Jungs. Es gibt kein Gesetz dagegen, nicht hier im Hotel. Aber wenn noch irgendein Tropfen arabischen Blutes in deinen Adern fließt, wenn irgendein Flecken arabischer Seele in deinem makellosen Körper steckt, dann wirst du dich besinnen.«

Der Chef de Réception öffnete mir hastig die Bürotüre und begleitete mich hinaus, sodass ich mich des Eindrucks nicht erwehren konnte, auch er wolle endlich mit dieser Lappalie abschließen und an seine viel wichtigere Arbeit gehen.

An diesem Tag, das war vor etwa drei Jahren, habe ich verstanden, dass nicht nur meine Eltern meine Lebensweise nicht begriffen und akzeptierten. Es waren alle meine Landsleute, bis auf wenige Ausnahmen, die an meinem Verhalten, meinen Zielen, meinen Träumen etwas auszusetzen hatten.

Ich weiß, wie das mit meinem Vater und dem Gericht ausgehen wird. Ich kenne mich aus und Christoph hat mich genau orientiert. Er wird eine Verwarnung bekommen, nichts Weltbewegendes, zuvor wird er alle Propheten anrufen und wird versuchen, sein Verhalten zu rechtfertigen, mit Tradition, arabischer Kultur, Patriarchat. Aber er wird am Schluss dem Urteil des Richters nicht widersprechen, mein

Vater ist ein intelligenter Mann. Und bei allen Differenzen, die wir seit meiner Pubertät haben, kann ich auf viele schöne Erinnerungen zurückblicken. Ich werde ausziehen, das ist klar. Vielleicht ergibt sich mit der Zeit eine Beruhigung der Gemüter. Aber da habe ich Bedenken. Meine Mutter, ja, sie würde über ihren Schatten springen, sie würde mich nach einer gewissen Weile wieder zu sich und vielleicht auch in ihr Herz lassen. Nicht mein Vater. Wenn er mit jemandem abgeschlossen hat, dann für immer.

Als ich etwa sechzehn Jahre alt war und zum ersten Mal die Zeit überschritten hatte, die meine Mutter mir für den Ausgang gewährt hatte – mein Vater wusste gar nichts davon, er hätte mich bestimmt nicht gehen lassen – und mein Vater mich im Wohnzimmer erwartete, gab es Ärger, nicht nur für mich, auch für meine Mutter.

»Mach das nie wieder«, beschwor mich meine Mutter, »dein Vater könnte dir das niemals verzeihen.« Dann erzählte mir meine Mutter, wie sie – noch in Tunesien – mit ihm eine solche Situation erlebt hatte. Nicht dass sie ausging, sie verspätete sich lediglich nach einem Besuch bei einer Freundin, einer nahen Nachbarin. Er hatte drei Tage nicht mehr mit ihr geredet, weil sie in seinen Augen die Vereinbarung nicht eingehalten hatte. Meine Mutter hat das alles akzeptiert. Aber wenn mein Vater in Rorschach stundenlang mit Freunden beim Kartenspiel saß und die Zeit vergaß, sagte sie mir lediglich: »Er braucht diese Freunde halt, ich habe kein Problem damit, hier auf ihn zu warten. Er wird immer nach Hause kommen.«

Meine Mutter hat volles Vertrauen in ihren Mann und niemals würde sie auf die Idee kommen, dass er nicht bei Freunden Karten spielte. Er aber, mein Vater, würde sie sofort verdächtigen, wenn sie nicht auf geradem Weg nach Hause käme. Damit habe ich ein Problem. Und als ich das meiner Mutter gegenüber erwähnte, gab es wieder Ärger.

»Wie kannst du einen Mann und eine Frau auf die gleiche Stufe setzen. Ich meine nicht damit, dass der Mann höher einzustufen sei, aber es ist doch anders, ob ich oder er auswärts sind.«

»Aber Mutter, das meine ich doch, du akzeptierst Dinge, die dir dein Mann niemals erlauben würde. Das ist nicht gleichgestellt, das ist eben übereinander gestellt.«

Sie argumentierte, dass es in unseren Ländern so sei, dass die Männer ausgingen und die Frauen zu Hause blieben. Und ich sagte, dass in unseren Ländern die Cafés voller Männer und ohne Frauen seien, im Gegensatz zu hier. Und sie brachte ein, dass ihr Mann nur in arabische Cafés und Clubs ginge. Und ich sagte erneut, dass ich diese Cafés kenne und dass auch Frauen dort verkehren …

Meine Mutter und ich sind verschieden.

Khaled, mein Bruder, ist wie mein Vater. Er ist trotz seines langen Aufenthalts in der Schweiz Tunesier und Araber geblieben. Er würde seine Frau genau so behandeln wie mein Vater unsere Mutter behandelt, nicht etwa schlecht, aber keineswegs auf gleichem Niveau. Mein Bruder hat sich soeben verlobt. Mein Gott! Eine Frau, die er dreimal gesehen, zweimal gesprochen und einmal berührt hat! Und was für eine Berührung! Sie haben sich lediglich die Hand gegeben.

Ich kam fünf Jahre nach meinem Bruder in Rorschach zur Welt. Ich erinnere mich nicht an die frühe Kindheit mit ihm, er war bei unserer Großmutter. Wäre ich vor ihm geboren worden, dann wäre ich nach Tunesien zurückgegangen und ich würde heute einen Cousin oder Nachbarn meiner Eltern heiraten.

Vielleicht wollten meine Eltern auch keine Kinder mehr nach Khaled. Vielleicht war ich unerwünscht und ein reiner Unfall. Jedenfalls kann ich nicht ganz nachvollziehen, wie sie es fertigbringen konnten, den Sohn nach Hause zu schicken und die Tochter hierzubehalten. Wahrscheinlich bereuen sie es heute auch. Jedenfalls kam Khaled eines Tages zurück, ich war fünf oder sechs. Ich freute mich riesig, aber er war mir fremd und ich ihm auch. Während unserer Jugend hatten wir wenig miteinander zu tun, ich konnte nicht mit ihm reden, er war mir zu arabisch; er sah in mir die kleine Schwester, die ihn bedienen sollte. Aber nicht ich! Ich habe ihm öfter, als ihm lieb war, gesagt, wie es hier funktioniert: Er musste seine Sachen selber aufräumen, sein Geschirr selber abwaschen, wenn unsere Mutter mal im Deutschkurs war. Ich holte ihm nicht ein einziges Mal eine Cola aus dem Kühlschrank, der näher bei ihm stand als bei mir, obwohl er es etliche Male gefordert hatte. Irgendwann gab er es auf, wahrscheinlich mit dem Gedanken, ich sei keine echte Tunesierin …

Ich wäre gerne bei der Verlobung meines Bruders dabei gewesen, aber nachdem, was vor Kurzem passiert ist, konnte ich das nicht. Auch ihm war es bestimmt lieber, dass ich nicht mitgegangen bin, und meinen Eltern erst recht. Das wär's noch gewesen! Ich wäre dort und müsste sagen, dass ich demnächst gegen meinen Vater vor Gericht ziehe, das wäre die Hölle! Niemand hätte meinem Vater auch nur den geringsten Vorwurf gemacht, alle hätten mich verachtet. »So etwas, geht gegen ihren eigenen Vater vor den Kadi, das gibt's doch nicht. Was hat dieses Europa aus dem Mädchen gemacht.«

Tja, was hat dieses Europa aus mir gemacht? Eine selbstsichere, emanzipierte, gebildete Frau, das hat es aus mir gemacht. Aber das sehen *sie* nicht so, *sie* sehen in mir die aufständische, unkontrollierbare Frau. Mein Vater hatte seit meiner frühen Jungend versucht, mich unter Kontrolle zu halten. Als er aber feststellte, dass ich wohl zu viel Grips habe, um eine Lehre als Blumenverkäuferin zu absolvieren, und alle Lehrer auf ihn einredeten, er solle mich für eine höhere Ausbildung vorbereiten, da musste er wohl oder übel zulassen, dass ich die Matura machte und anschließend das Studium begann. Aber er war von meinem Wissen nie begeistert, er dachte immer, dass Wissen eine Frau verderbe. Das ging so weit, dass ich in Diskussionen mit Besuchern Aufmerksamkeit erregte, weil ich in der Männerrunde saß und mitredete, während meine Mutter sich brav mit den anderen Frauen in die Küche verkroch. An einem Abend, ich weiß es noch ganz genau, eskalierte diese »Unverschämtheit«, als ich mich in ein Gespräch unter Männern – Freunden und Arbeitskollegen meines Vaters, allesamt Araber – einmischte und sagte: »Ah ja? Und wo sind die Araber, die

1948 die Teilung Palästinas nicht wollten? Die meisten unter ihnen leben heute noch. Damals hatten sie die historisch einmalige Gelegenheit, mindestens einen Teil des Landes für die Palästinenser zu sichern. Stattdessen haben sie es verworfen. Und die Konsequenz? Auf einem kleinen Flecken leben nun die Hinterbliebenen und die Millionen von Flüchtlingen werden niemals Platz haben in ihrem ehemaligen Land. Zwischen der Wahl, einen ganzen oder einen halben Apfel zu bekommen, haben sie sich für den ganzen entschieden, ihn aber verloren. Tja, jetzt gibt man ihnen nicht einmal ein Viertel des Apfels, obwohl sie schön darum betteln.«

Mein Vater wollte mich aus der Wohnung schmeißen, aus dem Zimmer jedenfalls: »Du hast keine Ahnung, wovon wir reden, Mädchen, sei ruhig und geh auf dein Zimmer, sofort!«

Aber Massoud, ein älterer Mann mit grauem Haar, grauem Schnurrbart und sogar grauen Augenbrauen, hielt meinen Vater zurück: »Abdelmajid, lass sie ruhig ausführen, wenn sie unrecht hat, werden wir sie schon belehren können. Erzähl, Saida, wie meinst du das?«

Ich setzte mich gerade hin, holte tief Luft und sagte: »1948 hat die UNO die Teilung Palästinas angeboten. Hätten die Araber damals akzeptiert, es wäre ein Verlust gewesen, ja, bestimmt, aber ein weit geringerer als heute. Sie hätten einen anerkannten Teil des Landes bekommen und müssten nicht als Flüchtlinge leben. Die meisten arabischen Länder, die damals gegen Israel ›für die Palästinenser‹ in den Krieg zogen – und bekanntlich verloren haben – wiesen die Flüchtlinge, die erst durch die Entscheidung dieser Länder zu solchen gemacht wurden, zurück, bis auf wenige Ausnahmen. Na? Heißt das, wir Araber haben etwas aus der Geschichte gelernt?«

Mein Vater wollte mich schon wieder zum Schweigen auffordern, da unterbrach ihn Massoud: »Interessante These einer jungen, europäisierten Frau. Ich will dir aber sagen, wie es damals zu- und herging, das kannst du gar nicht wissen, ich war 1948 erst ein Kind. Trotzdem habe ich mich viel länger damit befasst als du. In einem Punkt hast du recht: Wir haben heute für die palästinensische Bevölkerung weniger Platz als vor 1948. Aber es ging nicht anders. Stell dir vor, dass jemand heute Abend in dein Haus eindringt. Er besetzt einen Teil davon, verbarrikadiert sich und lässt dich weder Küche noch Bad benutzen. Du streitest mit ihm, du kämpfst, aber er ist stärker. Den Nachbarn wird es zuviel. Sie schalten sich ein, bilden ein Komitee und teilen dein Haus. Sie bieten dir einen Teilungsplan, der dir dein Schlafzimmer, einen kleinen Teil des Kellers, die Mitbenutzung des Bades und eine kleine Kochnische erlaubt. Würdest du darauf eingehen? Bestimmt nicht! Du würdest auch sagen: ›Alles oder nichts‹, und würdest im schlimmsten Fall dein eigenes Haus in Brand stecken, damit der Eindringling es nicht benutzen kann. So gesehen war der Entscheid der Araber 1948 nicht falsch. Nicht aus damaliger Sicht.«

Er lächelte mich an und ich musste zugeben: Ja, das ist die Art Diskussion, die ich mag, Argument gegen Argument, Gedanke gegen Gedanken. Aber nicht wie es mein Vater tat – nämlich seine und keine anderen Gedanken!

»Und was schlägst du vor, Onkel Massoud? Wie soll es weitergehen, wo liegt die Lösung?«

Jetzt lachte er herzlich. »Wenn ich die hätte, wäre ich schon in Stockholm für den nächsten Nobelpreis angemeldet. Ich fürchte, es wird noch lange keine Lösung geben.« Sein Gesicht verfinsterte sich. »Israel und Amerika werden weiterhin repressiv vorgehen und die Palästinenser zurückzuschlagen versuchen. Panzer gegen Handgranate, Flugzeug gegen Steine, Armee gegen Attentäter. Tja, jedes Volk ist irgendwann des Krieges überdrüssig. Auch dieses Gebiet wird eines Tages befriedet werden. Denke an die Punischen Kriege. Sie dauerten Hunderte von Jahren!«

Was wusste mein Vater schon über die Punischen Kriege? Und was wusste er – oder meine Mutter – über den Dreißigjährigen Krieg? Ich hatte meinem Vater schon mal gesagt: »Im Islam heißt es: ›Gläubige Männer und gläubige Frauen, verschließt euch nicht dem Wissen‹!«

Mit meinem Vater konnte ich nur mit Suren aus dem Koran und Hadithen aus Mohammeds Zeit argumentieren. Und wenn ich ihm etwas brachte, das er nicht kannte, dann bestand er darauf, dass ich ihm die genauen Quellen nannte. Er las dann nach und gab mir erst später recht, wenn er sich Zeit genommen hatte, etwas gegen meine Einstellung zu suchen. Selten fand er was und musste knurrend – nicht ohne eine zusätzliche Erklärung, die seine Einstellung unterstützte – zugeben, man könne es auch so sehen wie ich.

Das war nicht die einzige Gelegenheit, wo mein Vater das Gefühl hatte, ich dürfe nicht mitreden. Eine Frau könne über Kochen und Waschen plaudern, aber nicht über Politik, das war seine Devise. Er machte mich auch schon bei anderer Gelegenheit lächerlich, indem er mir vor der ganzen Familie sagte: »Was kümmert dich der Irak-Krieg. Das ist nichts für Frauen.« Ich antwortete: »Ach ja, nichts für Frauen? Du weißt aber, dass in Abu Ghraieb Frauen die irakischen Männer misshandelten. Soldatinnen!«

»Das sind alles Sünder und Gottlose. Halt dich aus dieser Sache raus.« Diese Sache, wie es mein Vater bezeichnete, war eine Demo gegen die Foltermethoden und überhaupt gegen den Einsatz der Amerikaner im Irak. Ich war Komiteemitglied bei der Organisation. Wir wollten sie am Samstag vor dem Bahnhof in St. Gallen abhalten. Meine Eltern behaupteten, sie hätten Angst um mich und um meine Zukunft. Ich argumentierte zwar, dass man in Europa eben nicht nur hinter vorgehaltener Hand, nur in den eigenen vier Wänden oder nur unter sich protestieren könne. Man könne in Europa und besonders in der Schweiz seine Meinung auch auf die Straße tragen, ohne dass man dabei verhaftet und gefoltert werde. »Ihr könnt nur zu Hause sitzen und über diesen Krieg und diese Amerikaner fluchen und euch ärgern. Ich könnte auf die Straße gehen und es allen Mitbürgern sagen. Und ich werde dabei nicht mit Wasserstrahl und Tränengas nach Hause gezwungen.«

Aber es brachte nichts. Sie haben mich überstimmt.

Mein Vater hat tatsächlich gewonnen. Er redete – mit Unterstützung meiner Mutter und meines Bruders – so lange auf mich ein, dass ich schließlich mit Tränen in den Augen meine Kolleginnen anrufen und meine Beteiligung absagen musste. Meine Eltern fürchteten sich vor allem davor, dass ich polizeilich registriert würde und Ärger bekäme.

Und so ballte ich in den nächsten Tagen die Faust in der Tasche und ärgerte mich, dass ich auf sie gehört hatte. Ich schwor mir, dass ich mich nicht mehr von solchen Vorhaben würde abhalten lassen, später, wenn ich aus dieser Wohnung und dieser Familie ausgezogen sein würde.

Ja, ich bin nun gegangen, habe meinen eigenen Weg einschlagen, mein eigenes Leben zu führen begonnen. Mit Christoph habe ich einen tollen Mann gefunden. Er wird mir helfen, seine Familie wird mir helfen, sie mögen und respektieren mich. Ich bin nicht allein in diesem Europa und muss nicht zurückgezogen leben und um den Entzug von Hilfe und Zuneigung bangen. Ich bin eine freie Frau!

Christoph Inauen

Als ich Saida kennenlernte, also als ich sie zum ersten Mal in der Mensa sah, hätte ich nie im Leben gedacht, dass sie Araberin war. Unter einer Araberin stellte ich mir eine Frau mit dunklem Schleier vor.

Die ersten Gedanken, die man in einem solchen Moment hat, sind: »Ich will sie mal meinen Eltern vorstellen, ich will mit ihr ins Kino, dann essen gehen oder umgekehrt, ich will sie küssen und an mich drücken, ich will mit ihr tanzen, mit ihr schlafen und mit ihr aufwachen, mit ihr frühstücken und bereden, was wir aus einem regnerischen Sonntag machen könnten.« Aber heute weiß ich, dass ich diese Gedanken sofort verjagen musste, nachdem sie mir beim ersten Mittagessen ihren Namen und ihre Herkunft nannte. »Saida«, das klang anders, als sie aussah, als sie sprach, als sie sich verhielt. Sie hätte ebenso gut Fabienne oder Jacqueline oder sogar Barbara heißen können. Sie erklärte mir, dass der Name »Herrin« bedeutet.

Ich nahm dann auch etwas Abstand, gezwungenermaßen, ich erkrankte einen Tag nach unserer Begegnung und fehlte für ein paar Tage. Als ich sie wiedersah, da traf es uns wirklich wie aus heiterem Himmel. Es war uns beiden egal, was unsere Familien dazu sagen würden. Ich, Christoph Inauen, und sie, Saida Hamrouni – ich versuchte, mir die Gesichter meiner Eltern vorzustellen, und wusste nicht, ob ich lachen oder heulen sollte. Ich hörte schon meine Mutter: »Um Himmels Willen, Christoph, von allen Studentinnen aus St. Gallen, Appenzell, Zürich und sogar Bern und Basel musstest du ausgerechnet eine Araberin nehmen?« Und mein Argument, sie sei St. Gallerin, sah ich auch schon zerschmettert: »Eine St. Gallerin heißt nicht Saida. Basta.« Und ich sah meinen Vater mich zur Seite nehmen. »Du weißt, in welcher Partei ich bin, du weißt, dass man uns beobachtet, eine solche Geschichte wäre ein gefundenes Fressen für meine Gegner. Also tue mir das nicht an, Christoph.«

Als sie mir ihre Ängste gestand, die sie hatte, ihrem Vater von mir zu erzählen, da verstand ich, dass wir wohl eine Zeit lang heimliche Liebhaber sein mussten. Was heißt Liebhaber? Wir waren wie Teenager, obwohl wir erwachsen waren. Wir getrauten uns lange nicht, wegen der Angst vor unseren Familien, uns in der Öffentlichkeit zu küssen. Es könnte uns ja jemand sehen und das ihrem Vater zutragen, sagte Saida immer. Also gingen wir die ersten paar Male außerhalb der Stadt, in Wil, Uzwil oder gar Winterthur, miteinander aus; sie sagte stets zu Hause, dass sie bei einer Freundin zum Lernen sei. Sie hatte eine Verschworene gefunden.

So ging es einige Monate und es belastete uns beide. Eines Abends, im Bolero in Winterthur, sagte sie mir, dass sie gerne mit mir schlafen würde, dass sie aber noch Jungfrau sei. Das sagte sie mir bei einem Tanz, auf der Tanzfläche, und sie musste es laut wiederholen, weil ich meinen Ohren nicht traute. Eine bildschöne Frau, über zwanzig und noch Jungfrau? Als wir uns zu einem Drink setzten, sah ich ihr leicht errötetes Gesicht und sie wiederholte allen Ernstes, was sie zuvor gesagt hatte. Ich schluckte leer. Ich war katholisch aufgewachsen, für mich war Sex vor der Ehe auch nicht problemlos. Meine Eltern waren konservativ, aber doch nicht so sehr, dass sie angenommen hätten, ich wäre mit meinen zweiundzwanzig Jahren noch nie mit einer Frau zusammen gewesen. Sie war aber überzeugt, dass ihre Eltern das wussten und dass sie es nie zulassen könnten, wenn sie mit einem Mann, den sie nicht zuvor geheiratet hätte, Sex hätte. Dafür seien Türkinnen schon vom Balkon neun Stockwerke hinuntergeworfen worden, von ihren eigenen Vätern. Ich sah ihr die Angst an, die sie vor ihrer Familie hatte. Und zum ersten Mal hatte ich selber Angst. Was könnte passieren, was könnte uns zustoßen, wenn wir es doch wagten?

Ich konnte nicht anders, als die blöde Frage stellen: »Habt ihr auch Ehrenmord in eurer Gesellschaft?« Saida lachte mit diesem wunderschönen Gesicht und beruhigte mich: »Mein Vater würde mir nie etwas antun, er würde mich aus seinem Herzen und seinen Gedanken ausschließen, aber er täte mir niemals anders weh.«

»Er darf es einfach nicht erfahren«, sagte ich in der Rolle eines angehenden Juristen.

Wir sind seit elf Monaten ein Paar. Und erst vor drei Monaten hat uns Khaled, Saidas Bruder, »erwischt«. Wir gingen Hand in Hand in der Stadt spazieren. Wir gingen sogar bewusst in die Altstadt, Nähe Gallusplatz, und erst dort nahm ich ihre Hand. Plötzlich, wie aus heiterem Himmel, kam er aus einer Gasse heraus. Wir nahmen sofort beide instinktiv unsere Hände voneinander, diese Übung hatten wir schon gelegentlich machen müssen, denn jedes Mal, wenn Saida eine Bekannte ihrer Familie sah oder nur dachte, es könnte jemand sein, der ihre Familie kannte, nahm sie Abstand, als wolle sie sagen: »Es ist nur ein Kollege, ein Kamerad aus der Uni.«

An jenem Abend, als uns Khaled eben auf frischer Tat ertappte, fragte er seine Schwester auf Arabisch: »Wer ist das? Und was machst du mit ihm mitten in der Nacht?« Es war sieben Uhr abends und wir waren unterwegs ins Klöschti, eine eher versteckte Wirtschaft, wo kaum Araber verkehrten. Sie versuchte zu erklären. Ich sah ihr an, dass sie von ihrem älteren Bruder mehr als Respekt hatte, es war blanke Angst. Ich verstand nicht, ob es sich um Angst vor ihm handelte oder davor, dass er seinen Eltern alles berichten würde. Ich mischte mich ein: »Red bitte deutsch, sodass ich es auch verstehe.« Er warf mir einen giftigen Blick zu und redete weiter mit seiner Schwester, sein Ton hatte sich erhoben, seine Gesten wurden bedrohlicher und Saidas Verhalten schien mir wie resigniert. Sie hatte diese Angst abgelegt, ich weiß inzwischen, dass es eher die Überraschung, der Schock war, nicht eine echte Angst. Saida empfand keine solchen Gefühle wie Angst, nicht ihrem Bruder gegenüber, nicht einmal ihrem Vater gegenüber. Nachdem sie sich mal leise, mal laut unterhalten hatten, schwenkte Khaled endlich auf Deutsch um: »Hört zu, wenn euch jemand anderes sieht, der wird das direkt unserem Vater erzählen. Und das gäbe böses Blut.«

»Was meinst du damit?«, fragte ich direkt. »Na, was meine ich wohl?

Eben böses Blut. Ich habe keine Ahnung, wie er reagieren würde. Es ist für ihn einfach nicht drin, verstehst du? Das kannst du nicht verstehen. Hat sie dir das denn nicht erklärt?«

»Was soll sie mir erklärt haben?«

»Na, dass das nicht geht, Mann, du und sie, das geht einfach nicht. Sie ist Muslimin, du bist Christ. Hast du ihm denn nichts gesagt?« Er sah seine Schwester mit Verachtung und Unverständnis an. Sie senkte nur leicht den Kopf, murmelte etwas auf Arabisch und dann sagte er ihr noch ein paar Worte, die ich wieder nicht verstehen konnte. Er hob dabei den Zeigefinger, fuchtelte mit der Hand und es sah fast aus, als wollte er ihr eine Ohrfeige verpassen. Sie stand aber da, schaute ihm nun auch mit erzürnten Augen ins Gesicht, bis er die Hand herunternahm. Dann ging er eilig weiter.

Wir gingen ebenfalls weiter und unterhielten uns ausführlich. Ich erfuhr nun genau, warum diese Beziehung nicht sein durfte. Ich hatte ja keine Ahnung. Es kam mir vor, als säße ich einer Frau gegenüber, die nicht viel anders war als andere Frauen meiner Umgebung, deren Herz und Seele aber auf einmal so fremd erschienen. Ich sah eine junge Europäerin in ihr, dann aber, nach ihren ausführlichen Erzählungen, erkannte ich immer mehr eine exotische Frau aus einer anderen Kultur. Wir fragten uns doch tatsächlich, ob unsere Beziehung unter diesen Umständen eine Chance hatte. Wir liebten uns, aber das war für ihre Kultur und Tradition nicht genug. Es mussten noch mehrere andere Bedingungen stimmen, damit man sich näherkommen durfte. So hätte ich ebenfalls Moslem sein sollen, wir hätten zuerst heiraten müssen, bevor wir uns auch nur küssen durften.

»Ich will mit deinem Vater reden«, sagte ich fast verärgert. Und sie antwortete, dass es gar keinen Sinn machte, dass er mich nicht einmal empfangen würde. Sie hielt unsere Beziehung seit Monaten geheim. Nicht einmal ihre Freundinnen, die ihre Eltern kannten, erfuhren davon. Was für eine Kultur, dachte ich. Und ich hatte zu Hause schon so viel von ihr erzählt, dass meine Eltern mich geradezu drängten, sie ihnen endlich vorzustellen. Ihre anfängliche Skepsis legten sie ab, als ich ihnen mehr und mehr von Saida erzählte. Es beruhigte sie vor allem, dass ich ihnen glaubhaft machen konnte, dass sie weder Schleier, noch Kopftuch trug, weder gebrochen Deutsch sprach noch täglich in die Moschee ging. Und so kam es zu diesem ominösen Abend, der uns später alle vor den Richter bringen sollte. Ich sagte Saida, dass meine Eltern sie gerne kennenlernen würden. Es war an einem Freitagmorgen, in der Cafeteria unserer Uni. Sie saß wie immer über Bücher gebückt und büffelte, was weiß ich, irgendein Wirtschaftsfach. Sie sagte sofort zu und auf meine Frage, wann es ihr am besten passe, antwortete sie: »Ist heute Abend zu kurzfristig?« Ich wusste, dass meine Mutter niemals Gäste empfing unter einer Woche Vorankündigung. Aber irgendetwas ließ mich sofort sagen: »Klar, heute um sieben. Treffpunkt Klöschti?«

Meine Mutter hasste spontanen oder kurzfristigen Besuch. Sie wollte sich, das Haus und das Abendessen in aller Ruhe vorbereiten. Sie ist eine tolle Gastgeberin, sie will jeweils alles über ihre Gäste im Voraus erfahren, um ihnen die eine oder andere Überraschung zu machen. Mancher Gast staunte regelrecht: »Aber Frau Inauen, wie konnten Sie wissen, dass mein Lieblingsdessert Mousse au Chocolat ist? Und zwar weißes Mousse?« Und sie behielt ihr Geheimnis mit einem zufriedenen Lächeln für sich.

An jenem Freitag musste ich alle Register ziehen, damit meine Mutter die kurzfristige Besucherin empfing, von »sie verreist eben in den nächsten Tagen« bis »es geht nur freitags wegen des Studiums und ihrer Haushaltspflichten zu Hause«.

Ich habe natürlich nicht gewusst, hätte es mir aber denken sollen, dass Saida zu Hause eine Freundin vorgeschoben hatte, bei der sie lernen wollte. Nachträglich verstehe ich sie. Wie hätte sie ihren Eltern sagen können, sie ginge zu einem Schweizer Freund? Nicht einmal Studienkollege hätte sie mich nennen können. Sie hätten es ihr nicht erlaubt. Heute weiß ich das.

Meine Eltern waren von Saida begeistert. Ihr Wissen, ihr Interesse an jedem erdenklichen Thema, ob es die Welt bewegte oder auch nur amüsierte, war ihnen angenehm. Sie war nicht aufdringlich, rechthaberisch, im Gegenteil. Auch wenn sie nicht einverstanden war – besonders mit meinem Vater – versuchte sie, es so diplomatisch wie möglich auszudrücken. Und es braucht viel, bis mein Vater sagt: »An Ihnen ist eine Politikerin verloren gegangen. Sie können immer noch einsteigen.«

Saida wusste aber, in welcher Partei mein Vater war, und das wäre dann zu lächerlich gewesen, wenn die beiden Parteikollegen wären.

Wir aßen fein, etwas würziger als sonst, was Saida hoch schätzte. Anschließend sollte ich Saida nach Hause bringen. Doch plötzlich lief der Plan anders ab. Ich weiß nicht mehr, wer auf die Idee kam. Habe ich ihr gesagt, ich würde ihr gerne mein Zimmer zeigen? Oder hat sie gefragt: »Wo ist denn dein Zimmer?« Jedenfalls befanden wir uns plötzlich mitten in meinem großen Zimmer. Vor lauter Nervosität wollte ich den Fernseher einschalten, aber sie hielt mich davon ab, küsste und umarmte mich, sagte mir zärtliche Geständnisse und ich bestätigte ihr alles. Wir liebten uns in jener Nacht. Dann, gegen ein Uhr morgens, habe ich sie nach Hause gebracht. Es war in jener Nacht, dass ihr Vater sie geschlagen hat.

Sie hat es mir am Montag nicht sofort gesagt. Sie war nur seltsam ruhig und distanziert. Ich dachte, dass sie alles bereut hatte und mich vielleicht nicht mehr sehen wollte. Ich drängte auf eine Erklärung und bekam sie. Als ich sie in der Nähe ihrer Wohnung die letzten Schritte alleine machen ließ und lediglich abwartete, bis sie ins Haus ging, da war es passiert. Ihre Eltern erwarteten sie und Khaled war auch dabei. Sie hätten sie beschimpft, dann hätte ihr Vater sie geschlagen. Sie wäre auf den Boden gefallen, mehr wegen des Schocks als wegen der Wucht des Schlages.

Ich redete mit ihr ausführlich darüber. Ich erklärte ihr, dass das in der Schweiz ein Offizialdelikt sei, dass sie also gegen ihren Vater vorgehen könne, dass sie es nicht akzeptieren müsse. Mit Tränen in den Augen sagte sie mir: »Wir können uns nie wieder treffen. Sie beobachten ab jetzt jeden meiner Schritte. Mein Vater will mich sogar aus der Uni nehmen.«

Auch meine Eltern waren empört, dass einem aufgeschlossenen, intelligenten Mädchen so etwas widerfahren musste. Sie brachten sofort die Rede auf einen Anwalt und ich bewegte mit allen Argumenten und langer Überredungsversuche Saida dazu, erst mal die Idee zu akzeptieren, gegen ihren eigenen Vater vorzugehen, und es dann aber auch noch wirklich durchzuführen. Der Anwalt ist ein Freund meines Vaters, dessen Honorar von uns übernommen wurde. Wie hätte sie von ihrem Vater Geld für die Anklage gegen ihn selbst verlangen sollen?

Es ging alles sehr schnell. Der Termin vor dem Richter stand kurzfristig, sodass Saida nicht allzu lange warten musste und sich womöglich noch mal – aus Angst und Respekt vor ihrer Familie – alles überlegen würde. Sie hatte sich so sehr gewünscht, an der Verlobung Khaleds teilzunehmen. Aber das ging unter diesen Umständen natürlich nicht mehr. Sie weinte wie ein kleines Kind. »Ich habe nur diesen einen Bruder. Und Verlobung ist bei uns meistens einmalig im Leben. Wenn ich bei der Verlobung nicht dabei sein kann, werde ich wahrscheinlich auch nicht die Hochzeit miterleben dürfen.«

Saida lebt nun bei uns. Wir sind offiziell ein Paar, aber wir achten immer darauf, wenn wir in der Stadt sind, dass wir nicht allzu auffällig sind, es könnten uns immer Bekannte ihrer Familie sehen. Ihr Vater soll mit ihr abgeschlossen haben. Das tat ihr weh. Der größte Schmerz aber ist die Trennung von ihrer Mutter. Saida hat mir gesagt, dass sie schon mit ihrer Mutter heimlich telefoniert hat, wenn sie wusste, dass ihr Vater bestimmt aus dem Haus war. Einmal war ich bei einem solchen Telefonat dabei. Es ging sehr kurz. Beide Frauen heulten nur vor sich hin, Saida nuschelte zwischen Weinen und Seufzern ein paar unverständliche Worte und legte den Hörer wieder auf, um sich in meinen Armen auszuheulen.

Wie kann ein Mann so hart sein?, dachte ich mir. Er macht seine Frau, seine Tochter, bestimmt auch sich selbst unglücklich, aber Tradition geht wohl vor Gefühlen!

Ich habe große Hoffnung in Khaled. Er wird in unser aller Leben noch eine wichtige Vermittlerrolle spielen müssen. Er ist der Einzige, der es schaffen kann, diese vermeintliche Schande, die seine Schwester der Familie angetan haben soll, zu verkraften und sie nicht für so weltbewegend anzusehen wie sein Vater. Saidas Mutter wäre bereit, über ihren Schatten zu springen, das spüre ich jedes Mal, wenn sie von ihr spricht oder mit ihr telefoniert. Khaled muss den Vater umstimmen.

Die Rückkehr

Nach der Zollkontrolle in Zürich-Flughafen stehen drei junge Menschen noch kurz beieinander und verabschieden sich. Yves beobachtet, wie drei Tauben vom Dach einer Flughalle wegfliegen, jede in eine andere Richtung.

»Darf ich mal kurz kitschig werden?«, fragt er. »Seht mal, drei Vögel, wie wir. Glaubt ihr, die treffen sich wieder?«

Fatima antwortet: »Sie hatten eine Zeit lang Unterschlupf unter diesem Dach gefunden. Jetzt fliegen sie aus, um ihren Lebensunterhalt zu sichern. Ich glaube ja, sie werden sich wieder treffen, vielleicht hier, vielleicht auf einem Baum?«

Und Khaled bestätigt: »Ich bin ganz sicher, dass sie sich bald wieder treffen. Und bestimmt ist eines ein Weibchen und die anderen zwei sind Männchen.«

Sie lachen alle drei, Yves gibt Khaled die Hand und drückt sie lange und fest. »Schau nach deiner Schwester, sie ist jetzt ganz alleine!« Dieser verabschiedet sich ebenfalls mit einem Händedruck von Fatima, die ihrerseits dann Yves umarmt und ihm drei Küsse gibt.

Dann gehen alle drei ihre eigenen Wege, Khaled wird den Zug in die Ostschweiz nehmen. Yves nimmt die S-Bahn und Fatima wird von ihrer Mutter abgeholt.

»Wer waren die Jungs?«, fragt Yvonne ihre Tochter.

»Zwei Vögelmännchen, die ihr Nest verlassen haben und ihren Ursprung suchten. Wie ich.«

Fatima steigt ins Auto ihrer Mutter ein. Sie schließt die Türe, schnallt sich wortlos an, atmet tief ein und lächelt ihrer Mutter zu:

»Er hat sich verändert, Mutter, er ist alt und harmlos, lieb und gläubig geworden. Er hat seine Fehler eingesehen und den Preis bezahlt.«

Ihre Mutter lächelt wortlos zurück, dann fährt sie mit einem zufriedenen Gesichtsausdruck los.

»Ich muss unbedingt nächste Woche zu Großmutter. Ich muss ihr ein, zwei Dinge zum Verhalten meines Vaters erklären. Sie wird einiges falsch aufgefasst haben. Ich will, dass sie versteht, auch wenn sie nicht akzeptieren wird.«

»Wie wird sie wohl reagieren, wenn du ihr gestehst, dass du gar nicht in Griechenland warst?«

»Hm, sie wird bestimmt verstehen, dass ich diese Reise für mich antreten musste.«

»Und mir?«, fragt Yvonne, »mir willst du nichts erklären?«

»Muss ich denn?«

»Nein, ich habe schon lange verstanden und auch akzeptiert. Ich bin froh, dass du diese Reise gemacht hast. Jetzt haben alle Beteiligten ihren Frieden gefunden.«

Yves steht mitten in seiner top-modern eingerichteten Wohnung und genießt die Ruhe. In seinen Ohren summt und rumort es noch. Die vielen lauten Stimmen, die kreischenden Kinder, die lachenden Frauen, die laut rufenden Männer sind alle auf einmal nur noch Erinnerung. Er packt aus. Souvenirs und kleine Geschenke für seine Freunde. Einige Aschenbecher für die Jungs seiner Clique, zwei silberne Armreifen, die er einem Händler im Hotel Plaza abgekauft hat. Er muss lachen, als er zurückdenkt: »Ah, du Tunesier, Landsmann, willkommen, ich mach billig Preis, du mein Freund, du mein Bruda.«

Das kleine Kamel hat er für die Tochter seiner Arbeitskollegin gekauft. Sie waren beide vor Kurzem auf Djerba, Monika und ihre dreijährige Céline. Sie wurden so was von herzlich auf dieser Insel empfangen, dass Monika ihn um ein kleines Kamel für ihre Kleine bat. Sie hatten bei ihrem letzten Urlaub auf Djerba einen Kamelritt gemacht. Und davon spricht Céline heute noch.

Auf seinem De-Sede-Tisch liegen nun alle Sachen säuberlich beschriftet. Die Armreifen sind für Claudia und Kathrin. Eine schöne, feine Halskette liegt noch in ihrem kleinen Kästchen, mit Watte unterlegt, und ohne Namen. Beim Anblick der Kette lächelt Yves zufrieden und geht duschen. Es ist erst sechs Uhr abends. Die Freunde warten auf ihn in ihrer Stammbar in Zürich-Oerlikon. Danach werden sie essen gehen und bestimmt noch eine lange Pokerrunde spielen. Seine Freunde arbeiten morgen, aber er hat noch bis nächsten Montag Zeit, seine Eindrücke und Erfahrungen zu verarbeiten. Dann geht der Alltag wieder los.

Khaled schließt die Wohnungstüre auf, findet seinen Vater vor dem Fernseher, dieser begrüßt ihn herzlich und schaltet den Kasten ab. Sie unterhalten sich kurz, Khaled geht danach in sein Zimmer, packt aus, wirft die schmutzige Wäsche in einen Korb und nimmt eine Dusche. Danach kommt er mit einem kleinen Päckchen in der Hand herunter. Der Fernseher läuft wieder.

»Wohin gehst du?«, fragt ihn sein Vater.

»Ich habe einem Freund etwas Süßes mitgebracht, ich treffe ihn im Stadthof.«

»Einer deiner albanischen Freunde?«, fragt sein Vater lächelnd. »Ja«, antwortet Khaled.

»Das sieht mir aber eher nach einem Päckchen für ein Mädchen aus, eine rosa Schleife!«, sagt sein Vater mit einem verschmitzten Lachen.

»Der Confiseur hatte nichts anderes. Ich hab's im Flughafen Djerba gekauft. Hast du vergessen, dass ich mich soeben verlobt habe?«

»Ich will dich doch nur hochnehmen. Ich mache solche Späße, um mich abzulenken. Du weißt doch, die Geschichte mit deiner Schwester.«

»Ich weiß, Vater, es wird schon wieder. Die Zeit wird's richten. Das musst du besser wissen als ich!«

»Ja, hoffen wir es. Genieß deinen Abend.«

»Dieser schlaue Fuchs«, denkt Khaled. »Wie hat er das gemeint mit dem ›Mädchen‹? Er weiß doch genau, dass ich keinem Mädchen etwas schenken würde. Hat er wohl instinktiv an Saida gedacht? Hat er sich erinnert, dass in unserem Bekanntenkreis kein anderer Mensch so gern Baqlawa isst wie seine Tochter?«

»Danke, schau nicht zu lange fern. Es tut deinen Augen nicht gut. Tasbah ala khir, Baba.«

»Tasbah ala khir, Ouildi«

Weitere Werke des Autors

Romantik und Problematik der bikulturellen Beziehungen

Viele Ehen zwischen Europäerinnen und Nordafrikanern gehen in die Brüche - aber bei weitem nicht die Mehrheit. Einige Tragödien nach einer traumhaften, verliebten, alles gebenden Zweisamkeit hinterlassen Kinder und Mütter, allein stehend, vor einem Scherbenhaufen. Aber auch junge Männer stehen nach einigen Jahren Europa-Aufenthalt vor dem Nichts. Sie gehen mittellos, lediglich um eine bittere Erfahrung reicher, in ihre Heimat zurück und müssen dort viele Fragen beantworten und sich Vorwürfe machen lassen.

Amor Ben Hamida beschreibt einfühlsam die Hintergründe, die Geschichte und die Motive dieser jungen Männer, aber auch die Einsamkeit, Verzweiflung und Naivität mancher Touristin. Er zeigt, dass hinter jeder Geschichte eine Fülle von Hoffnungen, Erwartungen und Enttäuschungen verborgen ist. Im Zentrum steht dabei der Tunesier Fathi, der von kurzen Liebschaften nichts hält, sondern eine auf Dauer angelegte Beziehung sucht, als er auf Djerba die Schweizerin Claudia kennen lernt.

Broschiert: 135 Seiten
Verlag: Glare Verlag; Auflage: 3. unveränderte Auflage (März 2006)
Sprache: Deutsch
ISBN-10: 3930761513
ISBN-13: 978-3930761517

Kulturverständnis, statt Kulturkonflikte!

Mit arabischen Grüssen
Ein kultureller Annäherungsversuch

Dieses Buch ist ein Versuch, die vermeintlich so verschiedenen Welten von Nordafrika und Europa ein kleines Stück näher zu bringen! Es richtet sich in erster Linie an Tunesien-Reisende und bikulturelle Paare in Europa. Aber auch der in Europa lebenden und arbeitende Araber findet viele Tipps und Erklärungen, die ihm nur ein Araber mit 36 Jahren Europa-Erfahrung geben kann.

Amor Ben Hamida beschreibt aus nordafrikanisch-arabischer und islamischer Sicht mehr als fünfzig Alltagsthemen, die für bikulturelle Beziehungen, aber auch für den allgemein an arabischen Ländern interessierten Europäer von grosser Bedeutung sind.

Broschiert: 228 Seiten
Verlag: Books on Demand; Auflage: 1 (April 2007)
ISBN-10: 3833490594
ISBN-13: 978-3833490590

Die Reise ins Glück
Eine deutsch-arabische Liebesgeschichte

Eine Ferienbegegnung, aus der eine Beziehung wird ...

Dies ist die Geschichte einer deutschen Frau, die sich nach Jahren der glücklichen Ehe aus den bekannten Gründen in einer Krise befindet: zwei Kinder, ein Mann, der selten da ist, mangelnde Zärtlichkeit und Aufmerksamkeit, zermürbender Alltag. Als sie mit einer Freundin – zur Erholung – eine zehntägige Urlaubsreise nach Djerba (Tunesien) antritt, denkt sie nicht im Geringsten daran, dass sie einem jungen, exotischen, leidenschaftlichen Mann begegnen wird, der ihr Leben verändern sollte.

Broschiert: 260 Seiten
Verlag: Books on Demand; Auflage: 1 (Januar 2008)
ISBN-10: 3833486135
ISBN-13: 978-3833486135

In Arbeit:

Der träumende Kameltreiber
Eine unglaubliche Liebesgeschichte

Der junge Kameltreiber Ahmed Ben Soltane versammelt seine Freunde vor seinem Zelt, bietet ihnen Tee und Süssigkeiten und erzählt ihnen seine unglaubliche Geschichte mit einer Schweizer Prinzessin namens Heidi, der er auf der Suche nach Arbeit in Italien begegnet, die ihn in die Schweiz schmuggelt und mit der Ahmed – wie er es nennt – drei Tage und Nächte eines Prinzen erlebt.

Als reiche Tochter eines Schokoladenfabrikanten zeigt Heidi Ahmed das luxuriöse Leben von Zürich und Klosters. Er erlebt einige Tages des sorgenlosen Daseins. Doch dann erfährt er immer mehr über diese Gesellschaft, die im Geld zu schwimmen schien, aber mit Alkohol, Drogen und Selbstmorden am Abgrund lag. Er fängt einen Streit an, wird verhaftet und ausgeschafft. Doch die Ausreise hatte er eigentlich schon beschlossen, konnte es seiner Prinzessin Heidi jedoch nicht eingestehen. So war er froh um den jungen betrunkenen Mann, der ihn provoziert hatte und damit seinen Aufenthalt im Paradies Schweiz besiegelt hat.